설향

(雪鄕)

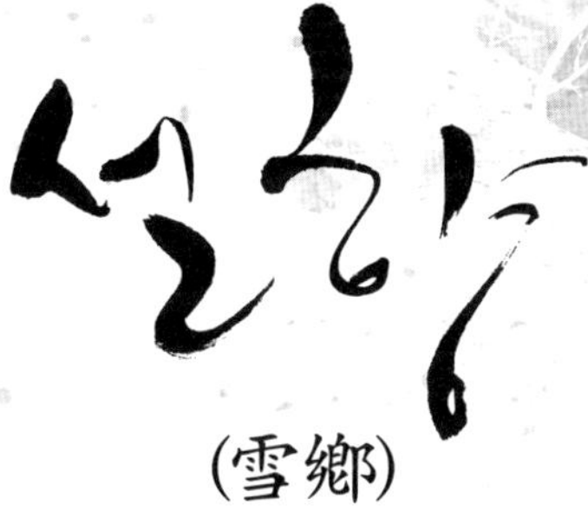

설향

(雪鄕)

정소성 장편소설

詩와에세이

참으로 오래간만에 전작 장편소설 『설향(雪鄕)』을 펴낸다.

장편소설 『바람의 여인』(실천문학사)을 펴낸 해가 2005년이었으니 대략 7년이 흐른 셈이다. 그러니까 대략 8년 만에 펴내는 장편이다. 그동안 내가 소설을 쓰지 않았나 하면 그렇지는 않았다. 중편소설을 여섯 편, 단편을 열 편 정도 썼다.

그 오랜 세월 동안 나는 왜 장편소설을 쓰지 않았을까, 자문해 본다. 사실 나는 그 전에는 거의 일이 년에 한 편의 장편소설을 펴내 왔었다. 그래서 다들 나보고 직장을 가진 사람으로는 가장 다작하는 작가라는 말을 하곤 하였다.

무엇보다도 청탁되어지는 중 단편을 소화하느라 시간적인 여유가 없었다. 과감히 중단편 집필을 거부해야 하는데, 문단과 출판사와의 인간관계 등으로 그러지를 못했다. 그러나 다른 이유는 그간 나는 30

년 넘게 봉직해오던 대학을 퇴직하였고, 정년 직전에 좀 심한 신병을 얻어 조금 고생을 하였다. 지금은 건강을 완전히 회복하였다.

소설가가 소설을 펴내지 않는 것보다 심한 고통은 없다. 2, 3년간 신작이 없으면 조금 안타까운 시선으로 바라보다가 5년이 넘어서면 체념의 시선으로 변한다. 이 정도가 되면 나를 아껴주는 분들은 화까지 낸다. 당신 도대체 뭐하고 있는 거냐고 역정을 내는 분들도 있다. 미안한 마음을 금할 수가 없었다. 그만큼 나의 작품을 아껴준다는 뜻이 아니겠는가. 그럴 경우, 나는 지금 쓰고 있습니다 하고 말씀드리지만, 마음속으로는 불멸의 작품을 써서 보답하겠습니다 하고 다짐을 하곤 하였다.

나이를 먹어갈수록 소설을 너무 무겁고 소중하게 생각하고 두렵게 생각하게 되어 감히 선뜻 집필에 임하지 못했다고 하면 변명이 될 것인가. 그래서일까, 이번 소설은 열두 번 이상 추고를 하였다. 작품의 전 문장을 거의 외울 정도가 되었다. 소설은 정말 어려운 것 같다.

내가 생각해도 7년이란 세월은 너무 길었다. 그 긴 공백을 문예지에만 인쇄되어 출간되는 중, 단편으로 메꿀 수는 없었을 것이다. 문예지는 문학도나 문인이나 문학동호인이 아니면 거의 읽히지 않는다고 보아야 하지 않을까.

나의 신작을 기다려준 독자 여러분들에게 고개 숙여 사과드리고, 곧이어 중, 단편집과 벌써 집필하기 시작한 또 다른 장편소설의 빠른 출간으로 보답하고자 한다.

나는 그 오랜 공백 기간 동안 내 졸작들의 일관된 독자군이 있다는 사실을 확인하였다. 이는 지금 나에게 큰 희망과 용기를 주고 있다. 나는 다시 쓰고 또 쓸 것이다. 정년으로 자유로워진 탓일까, 한결 홀

가분한 마음으로 집필의 의욕을 불태우고 있다.

소설이란 무엇일까, 새삼스러운 질문을 던지게 된다.

소설이란 무엇이기에 지속적으로 독자를 끌어들일 수 있는 것일까.

소설이 무엇인지 몇 마디로 글로 말할 수는 없을 것이다. 그러나 이 정도 나이가 들어보니, 소설은 어쩌면 자기의 이상과 진실된 희원으로만 살 수 없는 실제의 인간의 삶을, 인간의 상상력 속에서나마 작가 자신의 열정과 희망 그리고 진실로 살아보고자 하는 생명 존재로서의 간절한 소원을 추구하는 작업이 아닌가 한다.

『설향』은 이런 생각에서 쓰여진 것 같다. 힘들게 발문을 써주신 권영민 교수에게 감사드린다. 출간사인 '시와에세이' 양문규 주간에게도 감사드린다.

2012. 2

옥수동 서재에서 한강을 바라보며

정소녕

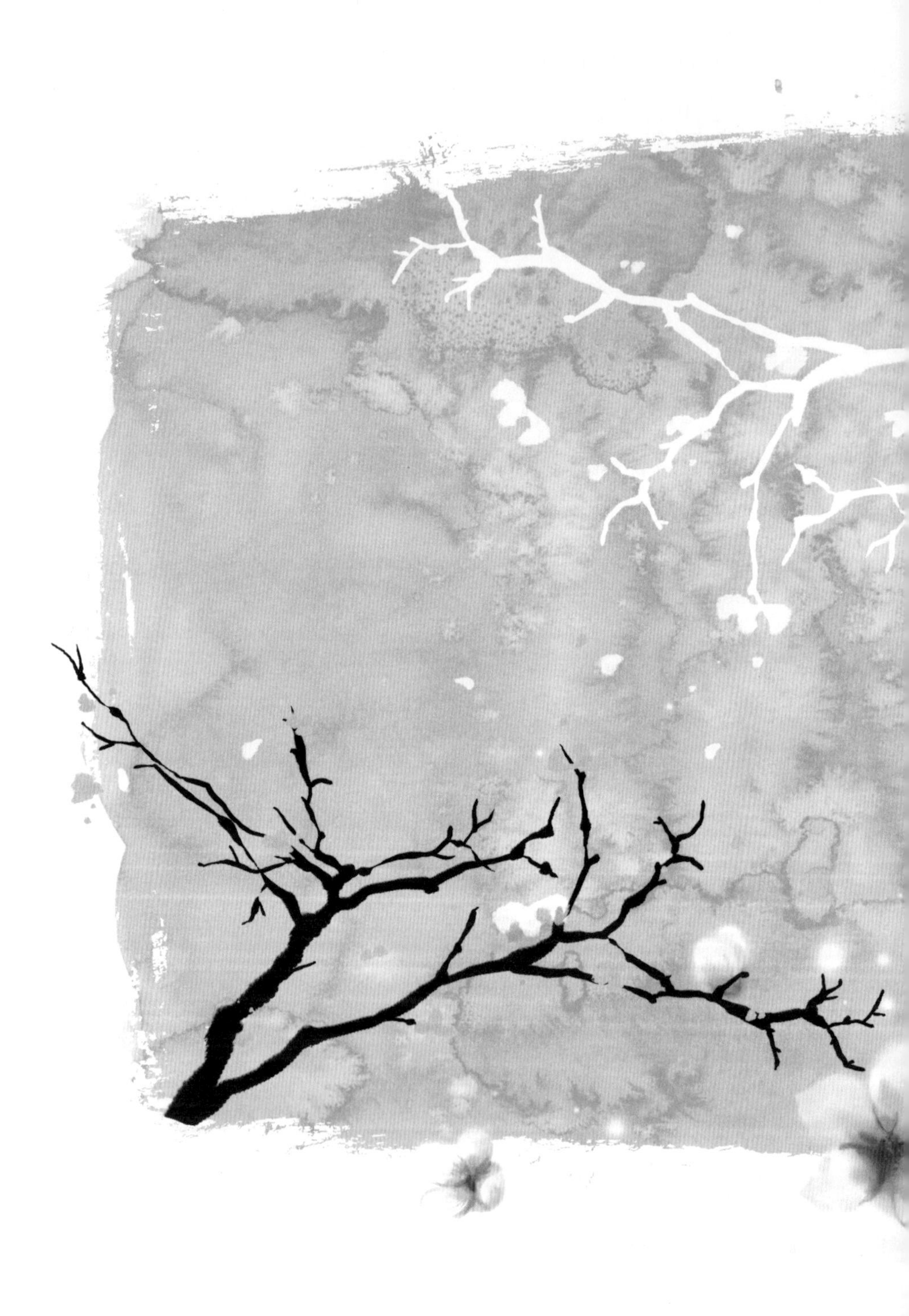

＊차례＊

책 앞에 · 5

제1장 동해안의 젊은이들 · 13

제2장 마음의 행로 · 44

제3장 숲 속의 통나무집 · 68

제4장 분열 · 102

제5장 졸업 후— 절망을 넘어 · 128

제6장 군 입대 · 150

제7장 시련의 세월 · 182

제8장 같은 날의 휴가 · 198

제9장 충격적인 비극 · 234

제10장 돌아서 가는 길 · 254

제11장 기항지 · 296

발문/권영민 · 311

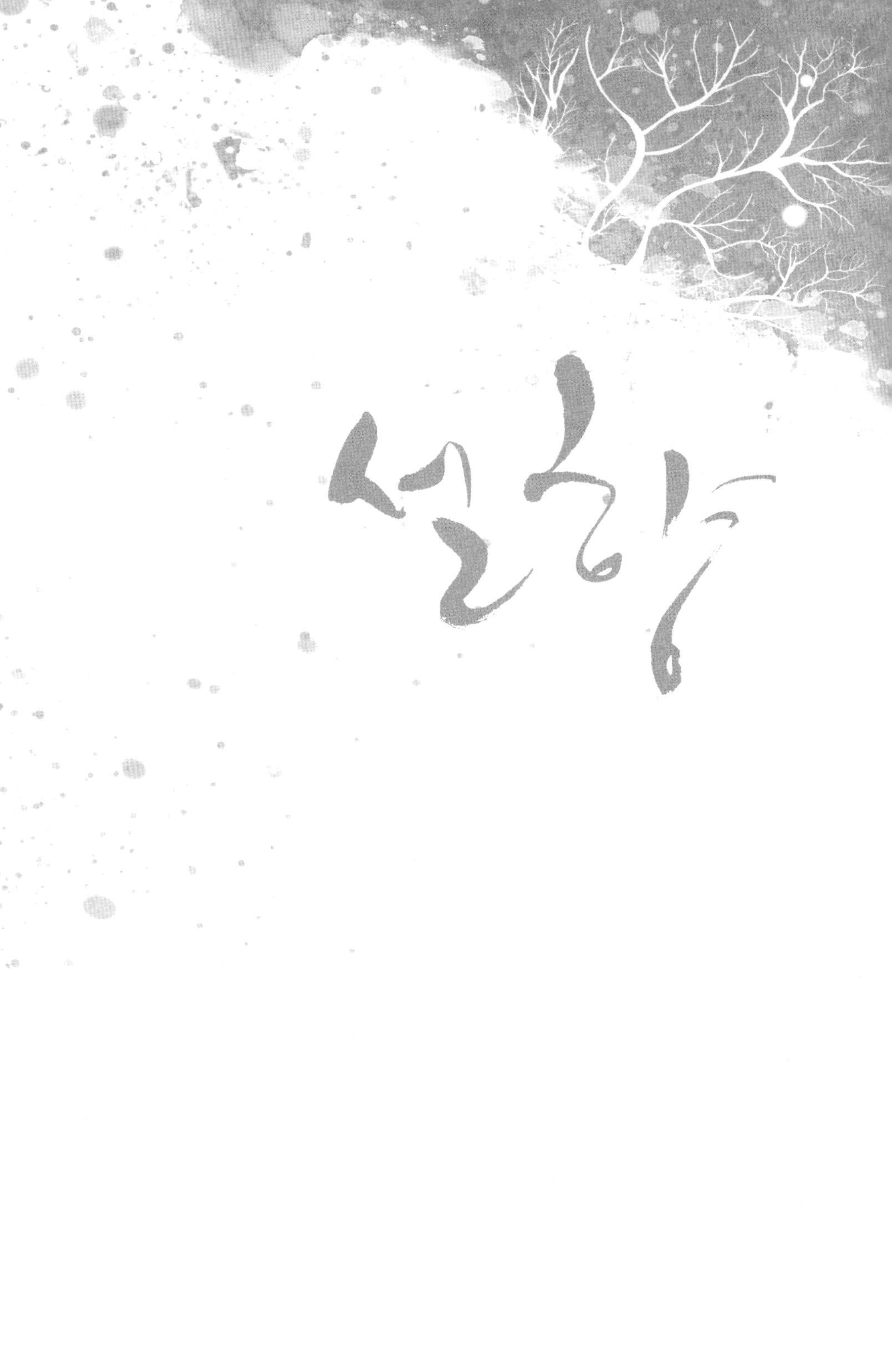

설렘

제1장

동해안의 젊은이들

나는 재학 중 혜란을 깊이 사귀었다.

그녀는 나의 원룸을 가끔 찾아오기도 했다.

동쪽으로 난 넓은 유리창으로는 멀리 관악산이 보였다.

혜란은 경우에 따라서는 나와 함께 저녁도 짓고, 커피도 끓이곤 했다.

그녀가 지은 밥을 먹고, 커피를 마시고, 그리고 작업 중인 작품을 보고 서로 평하곤 했다.

그리곤 실제로 붓을 들어 그녀의 의견대로 작품을 조금 고쳐보기도 했다.

가정형편이 괜찮은 편이었던 혜란은 아버지로부터 전세아파트를 한 채 받았다. 그것은 양화대교가 내려다보이는 강변에 위치하고 있었다. 반짝이는 수면 위로 선유도가 그림처럼 떠 있었다.

　나도 가끔 혜란의 아파트를 찾아가곤 했다.

　혜란이 좀 남다른 가족사를 가지고 있다고 해서 신경 쓸 일은 없다. 혜란은 계모를 두고 있다는 말을 한 적이 있었다.

　나와 혜란은 졸업을 앞둔 미대 졸업반의 클라스메이트일 뿐이다. 다만 남들이 오해할 정도로 친하게 지낸다. 그러나 실속은 그렇지 않다.

　혜란에게는 어쩌면 나보다 더 친한 태현이도 있다.

　사실, 나는 가끔가다가 혜란은 나의 연인인가 자문할 때가 있었다.

　그런 것 같기도 했고, 그렇지 않은 것 같기도 했다.

　억제할 수 없는 사랑의 감정에 빠져 그녀를 안을 경우에, 혜란은 아무런 반항을 하지 않는다. 연인이 아니고서야 어떻게 그럴 수가 있는가.

　하지만 우리의 행위는 거기서 멈춘다. 그걸 보면 우리는 연인이 아닌 것 같다.

　혜란을 향한 나의 이런 어정쩡한 마음은 태현도 마찬가지인 듯했다.

　섬세하고 치밀하며 어린아이처럼 순수한 태현의 영혼의 세계를 나는 언제나 느끼고 있다.

　한 캠퍼스에서 뒹군 3년이 넘는 세월은 결코 짧지만은 않았다. 실습실에서 밤샘하기를 밥 먹듯이 한 우리들이 아닌가.

　“현우야, 아무리해도 너만큼 안돼… 넌 타고 났어.”

　실습실 한구석에 나뒹굴어져 자고 있는 나의 곁으로 와서 태현은 가끔 이런 소리를 했다.

　“무슨 소리 하는 거야! 내가 하고 싶은 얘길 네가 하고 있어! 넌 고흐

야! 고흐가 살아 있으면 너한테 놀러왔다가 귀 한번 더 짜르고 울고
갔을 거야!'
　나의 이야기는 입발림이 아니었다. 사물을 보는 눈과 색채를 선택
하여 한 폭의 그림으로 구성해내는 그의 능력이 웬지 천부적으로 느
껴지는 것이었다.

　우리가 대학에 입학할 때, 서양화과 동기생은 40명이었다.
　군대에 가고 복학하고 하는 남학생들에 따라 약간의 변동은 있지만
거의 이 숫자의 학생들이 졸업을 맞는다. 선배들의 경우를 보면, 이
숫자 중에서 일생 화가로서 활동하는 사람은 겨우 두세 사람에 불과
하다.

　3학년이 되면, 졸업을 어렴풋이 의식하게 된다.
　자기 자신이 이 교정을 떠나야 하는 존재라는 사실을 깨닫기 시작
한다.
　이런 어렴풋한 깨달음은 우리 젊은이들의 인간관계를 한결 옥죄는
방향으로 기능을 한다.
　서너 쌍의 동거 커플이 생기고, 가을에 결혼을 하겠다고 선언하는
학생들도 생겨났다.
　동기생들은 언제부터인가 나와 태현, 그리고 혜란과 미라를 묶어서
한 동아리로 보는 경향이 있었다.
　그것은 우리들이 자주 몰려다니기도 하지만, 어쩌면 우리들이 그야
말로 전업화가로 나갈지도 모르는 학생들이라는 평판 탓이었다.
　이런 분위기는, 우리들의 그림에 대한 열정이나 실력이 알게 모르

게 클라스에서 최상위에 속한다는 그들 나름의 자연스러운 어떤 합의에서 우러나온 것이었다.

혜란과 미라의 마음이 우리 둘 중 어느 한 사람에게 고정되지 않은 것에는, 어쩌면 나와 태현의 남다른 우정 탓이 아닐까 하는 생각을 해보는 경우가 있었다.

"현우야, 이번 여름방학에 동해안으로 스케치여행을 가지 않을래?"

"갑자가 무슨 소리야? 그러면 최고지. 하지만 준비가 필요하지 않을까."

"미라가 제의했어. 비용은 괘념하지 말래."

"미라가!"

나는 나도 모르게 가벼운 탄성을 발했다. 그녀가 그런 중요한 문제를 태현을 통해서 제의를 하다니 이해가 되지 않았다.

미라가 그런 제안을 했다면 심사숙고하였을 것이다. 3학년이 되어 남학생인 내가 만사에 신중해지는데, 졸업과 동시에 혼기로 드는 여학생의 경우 그런 제의를 함부로 했겠는가.

상당한 재력을 지니고 산다는 미라의 집안에서 허락한 일인지도 궁금했다.

"좀 생각해봐야 하지 않을까."

"너답지 않게 뭘 그래! 그래서 미라가 나한테 먼저 제의한 거야. 그림 그리는 우리들이 무슨 철학자처럼 뭘 그리 깊이 생각하고 그래! 혜란이도 기꺼이 찬성을 했대!"

"태현이와 혜란이가 찬성을 했다니 난들 어쩌겠나. 기꺼이."

"그래, 잘 생각했어. 어쩌면 우리들 재학 중 가장 멋진 스케치여행이 될 거야."

동해안으로 떠나기로 한 날, 미라는 학교로 모인 우리들을 6인승 승합차에 태웠다. 각기 이젤을 갖추고 있어서 짐들이 적지 않았다. 이 승합차는 미라가 여러 번 우릴 태운 적이 있어서 낯설지 않았다.

초여름의 날씨가 쾌청하였다.

우리들의 마음은 티 없이 맑게 그리고 높게 개인 하늘을 따라 한없이 부풀었다.

미라는 하늘색 반바지에 베이지색 티를 입었는데 가는 허리와 풍부한 상체의 균형을 잘 조각하고 있었다. 혜란은 자주색 반바지에 짙은 녹색의 반팔 블라우스를 걸치고 있었는데 대단한 볼륨감을 느끼게 하는 의상이었다.

"미라와 혜란이 환쟁이로 늙기에는 너무 아까워"

태현이가 한마디 던졌다.

차는 잘 닦인 경춘가도를 신나게 달렸다. 최근에 개통된 국도다. 서울과 속초 간을 2시간대에 주파할 수 있도록 만들었다고 한다.

모처럼 서울을 벗어난 탓일까, 맑고 서늘한 공기가 젊은이들의 기분을 한껏 고양시켰다.

그러나 나는 어느 면 긴장되는 자신을 느꼈다.

학우애와 뭉뚱그려진 사랑의 감정이 우리를 지배하고 있었지만, 우리는 아직까지 어느 누구와 본격적인 사랑의 감정에 돌입하지 못하고 있었다.

나는 뚜렷한 이유도 없이 혜란을 사랑하고 있는 것 같았다. 그러나 미라의 나를 향한 마음도 대단히 값어치 있고 아름답다는 생각을 했다.

　그리고 사랑의 차원에서가 아니라, 태현과 나의 우정의 차원에서 우리의 관계를 고려해야 한다는 생각이 늘상 나를 지배하고 있었다.

　나와 태현이가 맺고 있는 우정의 핵심은 무엇일까, 가끔 이런 생각에 빠질 때가 있다.

　그것은 아무래도 그의 화가적 기질에의 존경과 감탄이다. 이것을 나는 가지지 못한 듯이 느껴진다.

　그런데 문제는 이런 생각을 나에 대해서 태현이도 한다는 사실이었다. 하기야 나도 나 자신 화가로 타고난 기질이라고 생각할 때가 없는 것은 아니다. 이 사실이 우리의 우정을 만들고 있었다.

　그래서 우리는 서로 존경하지만, 사실은 서로 간에 조금은 두려움을 느끼고 있었다.

　태현에 대한 이런 존경과 두려움은 나의 영혼 속에서 혜란과 미라를 향한 사랑의 꽃이 만개하는데 짙은 그늘과도 같은 구실을 하는 듯했다. 사랑 사랑하지만 그것은 멀고 가까움이 천차만별이며 너무나 가변적인 듯이 느껴졌다. 그러나 태현을 향한 나의 이런 감정은 천근 같은 무거움을 가지고 내 영혼의 심처로 가라앉아 있는 듯이 느껴졌다.

　혜란과 미라 역시 나와 태현과 비교하여 그림에 대한 열정이 적은 것은 아닌 듯이 느껴진다. 하지만 운명적으로 그림에 빠져드는 기질적인 측면에서 우리를 못 당할지도 모른다는 생각을 할 때가 있다.

　용대리 휴게소에서 미라가 차를 멈췄다.

　서늘한 산 공기와 끝 간데없이 펼쳐진 산악의 연봉들이 시야에 펼쳐졌다.

"30분 쉬자꾸나. 우동도 먹구, 커피도 마시구. 볼일 본 사람들은 식당으로 와."

미라와 혜란은 넓은 챙이 둘러진 모자를 쓰고 손을 잡고서 사람들 사이로 뛰어들었다.

"현우야, 와줘서 고마워."

미라였다.

"나에게 직접 말하지 않은 이유가 뭘까?"

"겁이 나서 그랬어. 거절당할까봐."

나는 거절하지 못했을 것 같은 느낌이 들었다.

미라는 나에게 형언할 수 없는 어떤 볼륨감으로 다가왔다. 그 볼륨감은 왕성한 생명력을 바탕으로 하는 내일에의 찬란한 희망과 맞닿아 있었다.

미라에게 설렘이 있다면, 혜란에게는 믿음이 있었다. 올챙이 화가에게는 믿음보다가는 설렘이 먼저가 아닐까.

"팔짱 껴도 돼?"

"뭘 그런 걸 묻고 그래. 끼면 난 영광이지. 미라가 얼마나 멋진 공주님인데."

나는 팔짱을 끼고 싶다는 미라에게 무안을 줄 수는 없다고 생각했다. 우리 둘이 식당을 찾아 들어갔더니, 먼저 와 자리를 잡고 앉아 있던 혜란과 태현이 박수를 치며 환호했다.

"야— 멋지다, 환상의 커플이야!"

"신혼여행 떠나온 사람들 같아!"

"놀리지들 말어! 너희들도 팔짱 껴! 부러우면!"

우동과 커피를 마시고 다시 차에 올랐다. 이번에는 혜란이가 핸들을 잡았다.

한참을 달리다보니 최신식으로 언덕 위에 새로 건축된 호텔이 저 멀리 동해안의 수평선을 바라보며 우뚝 서 있었다.

"미라 덕택에 호강하네. 여름 성수기에 이런 델 다 와보고. 고맙다야 미라야."

"그런데 말이야 한 가지 양해 구할 것이 있어."

"뭔데?"

"여름철 성수기라 예약시기를 놓쳤어. 그래서 방을 두 개를 잡지 못하고 하나밖에 잡지 못했어. 대신 대형이야. 바다쪽이구. 스페이스는 충분한데, 우리가 남과 여라서…"

"제기럴, 우리가 무슨 입사생 지옥훈련 받으러 왔나. 부모 돈 타서 쓰는 대학생 주제에. 청바지 입은 채로 구석구석에 담요 덮어쓰고 뒹굴어. 화장실은 순서대로 가구."

"방구석을 뒹굴 필요는 없어. 침대가 따불베드로 두 개나 있는데. 너희들 둘이서 자. 우리 둘이 잘게. 베드가 나란히 붙어 있으면, 벽면 가까이로 각각 멀찍이 떼어놓으면 돼! 그리고 아침식사는 제공되니까 문제가 없고, 점심 저녁은 각자 알아서 해결해! 이젤을 밖으로 옮겨도 되구."

"그리구, 남성동지들은 실내에서 바지를 항상 입고 있을 것!"

혜란이 덧붙였다.

"여성동지들은?"

"제한규정 없음이야. 자기 마음대로야. 원래가 그렇잖아? 여성 패션은 항상 자유방임이야!"

태현이 대꾸했다.

차가 호텔의 주차장에 세워졌다.

예약된 방은 호텔의 맨 꼭대기 20층에 자리 잡고 있었고, 동해안의 수평선과 해안선을 온전히 포용하고 있었다. 방안에는 햇살이 가득했는데, 자동 에어컨이 돌아 서늘했다.

"괜찮군. 그림이 저절로 될 것 같아."

"앙띠브의 피카소 여름화실 같아."

"니스의 마티스 여름별장 같기두 하고."

호텔의 창가에서 내려다보는 구도는 시야가 너무 좁고 획일적이었다.

나는 호텔방 창가의 의자에 앉아 잠깐 졸았다. 3시경이 되어 나는 준비하고 온 간단한 텐트백을 메고, 그리고 이젤을 들고서 바닷가로 내려갔다. 일행은 어디로 갔는지 보이지 않았다.

호텔로 오르는 오르막길을 내려오면, 동해안을 종주하는 큰 도로가 달리고 있고, 그것을 넘어오면 한창 물이 오른 해송의 숲이 있다. 숲 사이로 걸어 나가야 바닷가에 이른다. 거기에는 크고 작은 바위들이 흩어져 있었고, 그것이 끝나는 지점부터는 방파제의 시멘트 블록들이 빼곡히 박혀 있었다. 해수욕을 할 수 있는 모래사장은 남쪽으로 한참 떨어져 있었다.

그래서일까, 해송의 숲 언저리에는 천연의 고요가 서려 있었다.

내가 텐트를 준비한 이유는, 실외에서 그림을 그리다가 비를 만나면 피할 방법이 없어서 당황한 적이 여러 번 있었기 때문이었다. 아울러 깜빡 낮잠을 자는 나의 습관 탓도 있었다.

아직 본격적으로 시즌업 되지 않은 탓이었을까, 해송의 숲 주변에는 인적이 드물었다.

숲 가장자리, 바다를 향한 전망이 탁 트인 곳에 텐트를 쳤다.

그리곤 호텔과 그 뒤 설악산의 연봉을 넣어 그림의 구도를 잡아 보았다.

나의 인생이 나의 자아만으로 이루어지는 것은 아니다. 나의 가정, 가족 관계도 대단히 중요하다. 초등학교 교사로 일생을 사신 아버님을 생각하면 존경과 연민이 언제나 아울러 느껴진다. 쉰 중반을 넘어선 아버님을 생각하면 불안을 느끼지 않을 수 없다.

아버님 덕택으로 편안하게 지내온 3년 넘는 서울생활은 나의 생활 감각을 다듬어 주었다.

그러나 나는 태현의 화가로서의 장래에 대해 안정을 장담할 수 없다고 생각한다. 그는 집안이 가난하지는 않지만 왠지 그리 안정되어 있지 않은 것 같았기 때문이다.

우리가 숨 쉬며 살아가는 이 땅의 이 시대는 고흐가 살던 시절도 아니고, 또 테오같이 전적으로 형을 보살펴주는 동생이 있는 것도 아니기에, 우리에게는 절대적으로 호구지책이 있어야만 했다.

나는 태현이가 부럽고도 불안하게 느껴졌다. 그러나 나는 그를 존경하지 않을 수 없었다.

그에 대한 나의 존경심은 그림을 지향하는 나의 내면의 치열성과 비례하는 것이었다.

이렇게 맑게 개인 날의 산천은 나의 내면 속에 침잠해있던 색채에의 감각을 일깨우고 용솟음치게 한다. 그것은 나를 견딜 수 없게 하는 것이다.

무거운 화구들을 옮기고, 텐트를 치고, 그림의 구도를 잡느라 애쓴 탓일까, 나는 몰려드는 피로를 느끼고서는 텐트 속으로 들어갔다.

텐트의 바닥에 몸을 눕히니, 열려진 텐트의 환기창으로 하늘이 올려다보였다.

구름 한 점 없는 청명한 초여름의 하늘이 끝 간데없이 펼쳐져 있었다.

피로를 느끼고 깜빡 잠으로 떨어지는 나의 버릇은 나만의 것은 아니리라.

하지만 나는 언제부터인가 이런 버릇을 마치도 나의 트레이드마크처럼 생각하고 있다.

깜빡 잠을 자고 나면 나는 왠지 모르게 새로운 세계가 열리는 듯한 감각에 빠지곤 한다.

조금 전 호텔의 20층 방에서 깜빡 잠이 들었다가 깼을 때도 나는 새로운 세상이 열리는 듯한 감각을 느꼈다.

지금 바로 깜빡 잠에서 깨었을 때도 순간적으로 새로운 세계가 열렸던 것이다. 즉 파도소리가 봇물처럼 내 귓구멍 안으로 쏟아져 들어왔고, 짠 소금냄새와 더불어 친숙하면서도 나를 한없이 먼 곳으로 데려가는 낯선 향기가 나의 후각을 점령했다.

그 순간 뜬 눈의 시야 속으로 혜란의 터질 듯한 몸매가 나의 시야를 가득히 메웠다.

“으음, 혜란이…”

“자고 있었구나.”

혜란의 탄력 있는 얼굴이 내 얼굴 위에서 반대 방향으로 내려다보고 있었다.

나는 살며시 혜란의 두 귀를 잡았다. 이어서 그녀의 상체를 잡아당겨 내 가슴에 안았다.

그러자니 자연 그녀의 젖무덤이 내 얼굴을 덮었다. 온 지구가 무한한 탄력을 가진 스폰지가 되어 나의 얼굴을 짓누르는 듯한 감각이 느껴졌다. 정신이 몽롱해지는 향기가 그 가슴속에서 뿜어져 나왔다.

혜란은 아무런 대꾸도, 아무런 반응도 없었다.

정신을 몽롱하게 하는 짙은 향기를 뿜어내는 그녀의 몸에서는 왠지 바위 같은 무거움이 느껴졌다. 그것은 지구의 한복판을 향해 내달릴 수 있는 무한대의 중력처럼 느껴지기도 했다.

나는 얼굴을 움직여 그녀의 가슴 사이의 깊은 골짜기를 향해 돌진하였다.

그것의 부드럽고 깊은 골짜기는 끝 간데를 모를 지경이었다.

그것에의 몰입은 천 년의 장막 저 너머에서 들려오는 해조음 탓으로 한결 절실하게 느껴져 왔다.

나는 두 손을 들어 그녀의 상체를 안았다.

해조음은 시간의 장벽을 허물고 계속되고 있었다.

얼마의 시간이 흘렀을까.

"딴 애들이 이리루 오고 있을 거야. 일어나자."

혜란의 잠긴 목소리가 아득히 들려왔다.

우리는 손을 잡고 백사장으로 나갔다.

초여름의 청명한 공간이 짙은 남색의 바다를 배경으로 무한대로 펼쳐져 있었다.

저 아래 숲을 지나 방파제 위에서 수평선을 배경으로 두 사람이 역시 손을 잡고 거닐고 있었다.

"쟤들, 태현과 미라 아니야?"

"걔들이야⋯ 걔들 말고는 사람이 없어. 이제 사람들이 모여올 때도 됐는데. 미라야— 태현아— 이리루 와— 너무 시원해—"

"그래— 기다려—"

우리는 손을 풀고 방파제를 향해 걸음을 옮겨놓았다.

지금 이 순간 이렇게 걷는 것이 행복감으로 느껴졌다.

조금 전 혜란을 안았을 때의 팽만감과 부드러움, 그리고 그녀 몸의 향내가 아직 내 의식 속에 남아있었다. 그래서일까, 지금 이 순간 무한히 행복하였다.

"언제 이렇게 멀리 왔니?"

"아냐, 우린 숲 뒤루 해서 곧장 백사장과 방파제로 왔구, 넌 숲 앞으로 가서 방향이 영 틀린 것 같아. 자 여기 방파제에 앉아봐. 세상이 전부 바다야. 고생해서 온 보람이 있어!"

혜란이 나를 행복하게 한다면, 미라는 나를 황홀하게 한다. 화가에게는 행복감보다 황홀감이 더 절실한 감정이 아닐까. 미라가 한마디를 덧붙였다.

"현우의 잠은 본래 유명하잖아— 잠시 눈을 붙였다가 깨어나면 바로 그 순간 몽롱하고 맑은 새로운 세상이 눈앞에 전개된대."

세 사람은 이젤을 가지러 호텔로 올라갔고, 나는 다시금 붓을 들었다.

산악에 드리워졌던 연분홍 안개의 띠는 이제 걷히고, 대신 산악의 연봉들은 짙은 주황색의 모포를 뒤집어쓴 것처럼 은은한 빛을 발했다. 바다와 모래밭, 그리고 방파제와 숲 위에도 주황색의 띠가 드리워졌다.

우리들은 다가오는 졸업을 느끼며, 이제 자신의 진로를 결정지어야 한다는 아릿한 압박감에 시달리고 있었다. 전업화가의 길로 나갈 수만 있다면 그 이상 좋은 일은 없을 것이다. 그러나 그게 어디 그리 쉬운 일인가.

"도착하는 날 이렇게 열심히들 하면 지쳐서 서울로 돌아가지도 못해!"

방파제 가장 멀리에 이젤을 설치했던 태현이 소리쳤다.

각자 캔버스에 오염 방지용으로 검은 비닐을 씌워 놓았기 때문에 서로들 그리기 시작한 그림들의 에스키스를 볼 수는 없었다.

우리는 이젤을 나의 텐트 속으로 모아 보관하고 저녁을 먹으러 갔다.

우리는 매생이 국밥집으로 가서 허기를 풀었다. 학생 주제에 한 접시 15만 원씩이나 하는 회를 먹을 수는 없었다.

식사가 끝난 후 여학생들은 커피를 마시겠다며 호텔로 올라갔다.

나와 태현이가 남았다.

"태현아, 텐트 같은 거 가지고 오지 않았어?"

"거기까지 생각이 미치지는 못했어. 내가 어찌 현우를 당할 수 있겠니."

"무슨 그런 말을 하니. 너는 나의 스승 같은 사람이야. 그림에 한해서는. 너의 그림을 보고 내가 영감을 받을 때가 자주 있어. 이번 그림도 슬쩍 봤지만 보통이 아니더라구. 들라크루아의 「항구」 같은 냄새가 났어."

"들라크루아의 「항구」는 낭만주의 그림이지. 이건 풍경화고… 나는 풍경이라기보다는 색채의 순간적인 조화라고나 할까."

"인상주의란 말이야?"

"꼭 그런 것도 아니고. 뚜렷한 대상물이 있는 것도 아니야."

"그럼, 입체파라는 뜻이로군."

"그것도 아니야. 그냥 그리고 싶은 것을 내 방식대로 그리고 있을 뿐이야."

"우리 그림은 결국 서양화인데, 그게 문제야. 박수근의 그림을 어떻게 서양화라 하겠어? 동양화도 아니고… 서양화한 동양화라고 보는 것이 타당하지 않을까."

둘은 방파제 위를 걸었다. 끝없이 파도가 밀려왔고, 그것들은 해조음을 동반했다.

"미라와 혜란에 대해서 어떻게 생각해?"

갑자기 태현이 몸을 돌리더니 나의 안색을 살폈다.

이 질문만큼은 언제부터인가 나와 태현 사이에서 터부로 되어있었다.

그러나 이런 침묵의 터부를 깨는 태현을 내가 싹 무시할 수도 없다는 생각이 들었다.

"무슨 말을 할 수 있겠니! 그림에 대한 소질과 정열은 막상막하인 것 같아."

나는 태현이가 던진 질문의 요지를 피했다.

나와 태현이가 두 여학생 중 누구 한 사람에게 느끼는 감정을 키우려 드는 순간, 서로가 방해가 되었다고 한다면 지나친 말이 될까. 내가 혜란을 생각하면 혹시 태현이가 그녀를 더 사랑하는 것이나 아닐까 하는 생각이 언제나 나를 가로막았다.

게다가 결정적으로 나의 감정이 누구에게로 기울어진 것도 아니었다.

나는 혜란이나 미라를 생각하면 두 사람 다 가슴이 전기에 대인 듯 찌르르해짐을 느낀다.

사람들은 사랑은 하나뿐이라고 하는데 내가 이런 두 개의 감정을 가졌다는 것은 누구를 결정적으로 사랑하지는 않는다는 뜻인지도 모르겠다.

나의 이런 마음의 향방은 느낌으로는 태현도 마찬가지인 듯했다.

나는 진실로 그의 화가로서의 대성을 빌어주고 싶었다.

나의 이런 인간으로서의 염원은 그가 나보다 한 단계 윗질의 화가로서의 소질을 가지고 있다는 나름대로의 인식 탓이었다.

태현이 해가 지는 바다의 색채를 보겠다며 이젤을 챙겨가지고 방파제로 왔다.

나는 식곤증 탓이었을까, 잠시 자리에 누웠다.

나는 졸음기를 느꼈다.

내가 깜빡 잠에서 깨어났을 때, 잠시 얼떨떨하다가 정신을 차리고 보니, 온 세상이 보라색으로 변해있음을 알았다. 밝음과 어둠이 섞이는 순간, 찰라 적으로 그런 색채가 수평선에 서린다는 말을 어느 미술 교과서에서 읽은 적이 있다. 지금이 바로 그 순간인 것 같았다.

그런데 다시 눈을 감았다 떠보니 내 얼굴 위에 어떤 얼굴이 그 보랏빛 공간 속에 떠 있었다. 그 얼굴은 보랏빛보다 더 부드럽고 은은한 미소를 머금고 있었다.

재탄생한 세상은 새로운 얼굴을 꽃피운 것인가.

나는 손을 들어 그 얼굴로 가져갔다. 차가움과 매끄러움 그리고 탄력이 느껴졌다.

"잠을 자면서 누군가의 이름을 부르던데… 천천히 부드러운 음성으루."

"미라의 이름을 불렀겠지."

"아니야, 내 이름은 아니었어. 누군지 알 수 없었어."

"초여름의 동해안이 너무나 좋아. 이렇게까지 좋을 줄은 미처 몰랐어."

"특히 무엇이?"

"시시각각으로 바뀌는 자연의 색채가 눈부실 정도야."

나는 내 몸뚱어리가 미라의 몸에 짓눌려 자유를 잃고 있음을 그제야 알아차렸다. 나는 계속하여 미라의 얼굴을 만지고 있었다.

"자연만 아름다워?"

"…"

"나나 혜란이가 아름답다고 생각한 적 없어? 특히 내가?"

"그야, 언제나 생각하는 일이지."

"누가 더 아름다워?"

나는 미라가 드디어 칼을 빼들었다고 생각했다. 우리의 불문율을 그녀는 자신이 빼든 칼로 쳐버린 것이다.

나는 잠시 생각에 잠겼다. 미라의 질문에 금방 대답이 나오지 않았기 때문이었다.

나는 미라와 혜란 중 누구가 더 아름답다고 생각해본 적이 없었다. 두 사람 다 아름답고 특징이 있었다.

그러나 나는 이런 질문을 하는 미라에게 상처를 줄 수는 없다는 생각을 했다.

“뭘 그런 걸 묻고 그래? 미라도 아름답고 혜란도 아름다워.”

“그래도 누가 조금이라도 더 아름다우냐고?”

“아참, 그야 미라겠지.”

“나를 그렇게 아름답게 생각한다면 그 생각의 증거를 좀 보여줄 수 없을까?”

“무슨 그런 소리를 다 해! 미라를 아름다운 내 친구로 생각하고 있어. 사실이야.”

“그걸 어떤 형태로 보여줘!”

“어떻게?”

“저기 방파제를 따라 재워져 있는 시멘트바위 위에 앉은 전라의 나를 모델로 해서 그림을 그려줄 수 있겠어?”

“…”

나는 당황하지 않을 수 없었다. 미라가 오늘은 뭔가를 작심한 듯했다. 아니면 이 찬란한 자연의 대향연에 가슴이 갑자기 부풀어 올랐는지도 몰랐다.

“어려운 일은 아니야. 하지만 남의 눈들이 있잖아.”

“새벽녘이나, 오후 늦게 사람의 눈을 피하면 되지 않을까. 텐트로 시야를 가릴 수도 있구.”

“미라의 요구를 거절하면 내가 신사가 아니지.”

“아니, 꼭 그려보구 싶다구 말해줘야 해! 내가 전라로 모델이 돼주겠다는데…”

“멋진 그림이 될 거야. 그래 꼭 그려보고 싶어.”

“메르시 보꾸야. 트레 보꾸야.”

“그런데 다른 사람들은 무관한지 모르지만, 태현과 혜란은 어떻게 생각할까?"

"우리 둘만의 연출이야. 남의 시선이나 생각을 개의할 필요는 없다고 생각해!"

"알았어. 미라가 내 모델이 되기 위해 바닷가에서 옷을 벗는다구… 내가 갑자기 위대한 화가가 된 것 같아."

"현우는 위대한 화가는 아니지만, 머잖아 그렇게 될 거야."

"「풀밭 위의 점심」이 아니고, 이건 「방파제 위의 누드」구만."

미라가 내 몸에서 내려왔다. 나는 정신이 다 몽롱해질 정도였다. 그녀의 몸이 내뿜는 탄력과 향기에 취했기 때문이었다.

"미라야, 직업적인 모델이 아니면서 전라의 모델이 된 여인들은 결국 그 화가의 연인이 되었어. 알고 있지? 꾸르베에게 여성의 그 부분을 모델로 제공했던 귀부인은 결국 그의 연인이 되고 말았어."

"우리의 경우, 그것은 다음의 문제야. 다만 이 순간 네 그림의 가장 충실한 모델이 되고 싶은 것이 내 마음이야. 나에게도 용기가 필요해!"

"연인이니 사랑이니 하는 차원의 문제가 아니야. 인간의 몸이 가질 수 있는 아름다움의 문제야. 너무 황홀해. 미라의 몸은 참으로 아름다울 거야."

"너무 밝아두 이상하니, 지금같이 조금 어둑한 색채 속에 살짝 숨기는 것이 어떨까?"

"좋은 생각이야. 하지만 지금은 아니야. 준비가 전혀 되지 않았어. 내일 이맘때 하자."

바닷가 공간을 채우던 보라색은 어느덧 검은색으로 변해 있었다.

어두워진 공간에는 간간이 폭발하는 화약에서 쏟아지는 불꽃이 원을 그리며 솟아올랐다.

불꽃이 막대기로부터 쏘아질 때는 아득한 음향을 발했다. 혜란과 미라는 하하거리면서 검은 허공에다 불화살을 쉬지 않고 쏘아올렸다. 태현은 그녀들에게 발사준비가 된 불화살을 공급하느라 정신이 없었다.

이렇게 여름은 깊어가고 있었고, 우리의 젊음은 서서히 불타오르기 시작한 듯했다.

"어이— 현우야, 너무 철학자가 되지 말어— 우리 여기 노래방으로 가는 길이야. 저기 불빛에 간판 보이지, 그리로 오라구—"

"그래, 먼저 가 있어. 곧 갈게—"

우리는 기계음악이 분출하고 네온사인이 명멸하는 좁은 공간에서, 네 명 다 자리에 앉지를 않고서 목이 터져라 노래를 불렀다.

이상하게도 기계음과 네온사인 속에서 목이 터져라 노래 부르고 춤을 추면서도 나는 맑은 정신으로 태현을 의식하고 있었다. 그는 과연 무엇을 생각하고 이런 분위기를 어떻게 받아들이고 있는 것일까, 하는 궁금증이 일었기 때문이다.

그는 나에게 적어도 신비의 인간이었다. 아니 신비 그 자체였다.

솔직히 말해 그가 미라와 혜란 중에서 누구를 더 좋아하는지가 가장 궁금하였다.

"커피 마시고 싶어."

혜란이 중얼거렸다.

"기다려. 커피 끓이는 소형 버너를 가지고 왔어. 커피도 물론 가지고 왔구. 저기 있어."

나는 혜란이 커피를 찾을 줄 알고 이런 것들을 준비했다. 나의 생각

은 적중했다. 나는 텐트로 가서 커피를 끓여 머그잔 두 개에 담아왔
다. 다른 하나는 미라의 것이었다. 나는 도수가 낮은 소주도 한 병 가
지고 왔다. 태현의 몫이었다.

태현은 술을 잘하지 못하지만, 귀엽게 마시는 편이다. 나는 전혀 술
을 하지 못한다.

우리는 거의 3시까지, 내가 가지고 온 커피와 세 병의 소주를 마시
면서 모래밭을 뒹굴었다.

결국 우리는 아무도 호텔로 올라가지 않고, 나의 비좁은 텐트 안에
서 서로 엉켜서 잠을 잤다.

"이중섭이 단칸셋방에서 네 식구가 뒹굴어 아들 발가락이 어미와
아비의 입으로 들어가는 그림이 생각나는구나."

"내 입으로 누구 발가락이 들어오면 사양하지 않고 잘 빨아주고 깨
물어주겠어."

"서귀포에 가서 이중섭의 고택이라는 초가로 찾아갔다가 나는 그
고색이 창연한 초가삼간이 화가의 옛 살던 집인 줄 알았어. 그게 아니
라, 삼 칸 집의 오른쪽 마지막 칸 부엌 옆에 달아낸 쪽방이더구만. 거
기에 어떻게 덩치 큰 중섭과 일본인 부인, 그리고 두 아들 녀석이 누
울 수 있었는지 아무리 가늠해 보아도 짐작이 가지 않더라구."

"그러니 포개어져 잤을 거야."

"우리도 비좁으면 중섭 식구들처럼 포개어져 자자꾸나."

나는 미라와 혜란이 누운 쪽에서 벌써 침묵이 전해져 오는 것을 느
꼈다. 그녀들이 그 순간 잠으로 떨어진 것이었다. 나는 얼핏 시계를
보았는데, 벌써 4시를 가리키고 있었다.

나는 새벽이 오고 있는 바닷가를 혼자서 걸었다.

태현이 내 결에 자리를 잡고 앉았다.

"우리의 이 만남, 언제까지 갈까?"

"몰라, 사람의 일 어떻게 알아!"

"그냥 대학생 시절의 하나의 추억으로 끝날까… 아니면 영원히 갈까."

"영원한 것은 없을 거야."

"그런데 말이야, 태현아, 나는 웬지 우리들의 우정은 우리 인생에서 영원히 갈 것 같은 생각이 들어…"

"나도 그런 생각이 들기는 해. 하지만 장담할 수 없어. 다만 우리가 화가로서 일생을 살 경우에만 그것이 가능하다고 생각해. 인생항로를 바꾸면, 그것 불가능해. 각기 자기 분야에서 먹고 살기 바빠서 친구고 뭐고 다 잊게 돼…"

"너 참, 인생 다 살아본 사람 같구나."

그는 웬지 명석한 두뇌와 비상하고 신비스런 영감을 가지고 있는 듯했다. 언제나 나는 그가 나보다 한 수 위라고 생각하고 있었다.

"그런데 태현아, 상의할 게 하나 있어."

"뭔데? 나하고 상의할 게 뭐가 있겠어!"

"저기 방파제 끝 시멘트 바위 위에서 황혼녘에 내가 미라의 누드화를 그리기로 했어."

"좋은 일이군. 획기적인 아이디어야! 그래서?"

"모처럼의 미라의 청이야. 대단한 발상이지… 만약 그걸 내가 거절한다면 미라가 얼마나 상처를 받겠어? 그래서 합의는 했지만… 도무지 용기가 나지 않아!"

"참, 현우야, 그게 바로 너야. 너 왜 그렇게 용기가 없냐? 무슨 강도 짓을 하는 것도 아니구, 성희롱을 하는 것도 아니구, 강간을 하는 것도 아니구, 화가가 모델과 합의하여 그림을 그리는데 무슨 용기가 필요하다는 거야!"

"그래두, 미라는 직업모델이 아니잖아! 그리고 처녀구! 가슴이 떨려서."

"미라는 신비스런 용기를 가진 아이라구 생각해… 여기 같이 오자구 한 사람도 미라구! 걱정하지 마! 내가 저기 방파제 끝 부분에 천막으로 가리개를 설치해 다른 피서객들의 접근을 막아줄 테니 그려! 뭘 우물쭈물하는 거야! 혜란이하고 같이할게!"

"무슨 해안 순찰병 같은 것은 없을까?"

"있을지도 모르지… 그러니 잠시만 포즈를 취하고 말어. 그 찬란한 형상을 잠시만 보고 머릿속에 각인 시키고 마는 거야. 그림이야 머릿속의 것을 끄집어내어 그려 가면 되지 뭐."

"너무 파격적이라고 욕먹지 않을까?"

"선구자는 항상 욕먹는 법이야. 꾸르베가 「생명의 원천」을 그리고 얼마나 욕을 먹었어? 그것을 곧이곧대로 그렸거든. 꾸르베는 그것을 좀 달리 형상화해서 그릴 줄 몰랐던 거야. 왜냐하면 그는 사실주의의 대가 아니야. 그는 천당을 그려달라는 어느 부호의 요청을 거부했어. 자신은 천당을 본 적이 없어서 그리지 못한다는 거야. 지독한 사실주의자지. 처음에는 음란화라고 전시가 계속 거부되었어. 지금은 오르세미술관에서 가장 많은 관람객을 유치하는 그림으로 알려져 있어… 어쩌면 가장 프랑스적인 그림일지도 몰라."

"그 그림을 보면 여성의 그 부분이라 음란한 생각이 들 것 같지만 그렇지가 않더군. 내가 태어난 데가 과연 어디인가 하는 생각이 먼저 떠오르더군."

"사랑은 참 신비스러워. 사랑을 하면 생명이 탄생하니 말이야."

"신의 조화라고 말할 수밖에."

나와 태현은 근 다섯 시까지 대화를 이어갔다. 수평선에 여명이 전해져왔다.

우리 둘이 텐트로 와보니 미라와 혜란은 보이지 않았다. 아무래도 밤바다 바람이 차니 호텔로 올라간 것 같았다.

우리도 호텔로 올라갔다.

방은 서늘했다. 천장에 붙은 자동 에어컨 탓이었다.

두 여학생이 자는 침대에는 시선을 주지도 않고 우리는 시트를 방바닥으로 끌어내려 잠자리를 만들었다. 그리곤 녹아떨어졌다.

아침에 눈을 떴더니 주위에 아무도 없고 나 혼자만이 방바닥에 뻗어 있었다.

나는 혜란과 미라의 체취를 어느 정도는 구별할 수 있을 것 같았다. 굳이 체취라 하지 않아도 될 것이다. 그녀들은 각기 애용하는 향수가 다른 듯했다. 그래서 체취도 달라질 수 있는 것 같았다.

나는 그녀들의 머리털이 닿았을 베개들을 번갈아 가슴에 안고 가만히 코를 대어 보았다. 처음에는 구별이 되지 않았다. 그러나 눈을 감고 아주 천천히 베개에서 묻어나는 향내를 코로 빨아들이니 얼핏 다르게 느껴졌다.

나는 두 개의 베개를 마치도 그녀들의 얼굴이나 되는 양 정성을 다해 다시금 천천히 가슴에 안아보았다.

간단히 샤워를 하고 식당으로 내려갔다.

열 시가 넘었는데도 식당에는 손님들이 꽤 많았다. 대부분이 브런치를 먹는 사람들인 듯했다. 그러나 우리 패거리들은 보이지 않았다.

멀리 바닷가로 시야를 넓히니 어제 이젤을 설치했던 장소에 제각기 자리를 잡고 그림을 그리는 광경이 멀리 보였다. 내가 제일 게으른 편이었다.

나도 이젤 앞에 섰다.

근 두 시가 될 때까지 우리는 아무런 왕래도 없이 그림에만 열중했다.

두 시가 지나 우리는 숲 너머 남쪽 바닷가에 즐비한 식당으로 가서 점심을 먹었다. 큰 냄비에 매운탕을 시켜 밥에 말아 먹었다. 돈을 모아 밥값을 냈다.

나는 식사 후 나의 텐트로 들어갔다. 여자들은 커피를 마시겠다며 호텔로 올라갔다.

내가 낮잠을 자고자 하는 것은 나 특유의 낮잠 후의 그 황홀한 감각으로 미라의 몸을 보고 싶은 마음에서였다.

나는 텐트의 환기창으로 구름 없는 파란 하늘을 쳐다보다가 이윽고 잠으로 떨어졌다.

깜빡 잠에서 깨어난 나는 상체를 세운 채 미동도 하지 않고 바다의 수평선을 바라보았다. 점심때까지만 해도 해맑았던 해변의 공기는 어느새 짙은 황금색으로 변해있었다. 짙은 황금색의 공간을 넘어 저 멀리에는 아스라이 수평선이 펼쳐져 있었고, 거기에서 미라의 모습이 떠올라 보였다. 그녀는 대리석 같은 피부를 가지고 있었는데, 수평선에 비스듬히 누워서 흔들리고 있는 듯했다. 이윽고 혜란의 모습도 떠

올라 보였다.

혜란의 모습이 떠오르면 뭔지 요지부동의 어떤 이미지와 느낌이 나에게로 다가왔다.

무슨 사연이 있는지 태현은 방파제 끝에 비닐 매트를 깔고 길게 누워있었다. 창공과 바다 위 공간에 만연해 있는 황혼이 왠지 그의 하늘 향한 눈으로 빨려드는 듯한 느낌이었다.

나는 태현이 누워있는 곳으로 갔다.

"뭐하니?"

"구도를 잡고 있어! 미라를 어디에 앉히면 네가 가장 걔를 잘 볼 수 있을까 하구서."

나는 태현의 옆에 자리를 잡고 누웠다. 황혼이 깃든 하늘에는 몇 점 구름이 떠가고 있었다.

나는 조금 속으로 뜨끔하였다. 미라가 나의 누드모델이 되겠다는 요청은 어쩌면 나와 그녀 간의 감정의 교류라고 생각할 수 있었다. 그러나 태현은 그것을 자기와 묶어서 생각하고 있는 것이다.

"그렇게까지 생각해주니 고맙구나."

"고맙긴… 당연하지… 미라는 아름다운 아이야."

"혜란은?"

"막상막하야. 누가 더 아름다운지 분간이 가지 않아. 똑같이 아름다울 턱은 없는데 말이야."

"각자가 풍기는 몸과 영혼의 개성이 다르기 때문일 거야."

설악산 쪽 연봉들에는 어느덧 땅거미가 내리기 시작했다.

땅거미와 더불어 미라와 혜란이가 해안에 모습을 나타냈다. 그리곤 방파제로 걸어왔다.

태현은 방파제를 막고 있는 시멘트 바위 위에 비닐 매트를 깔아 놓았다. 그 바위는 수면 가까이 내려가 있어서 바닷물이 찰랑거렸다.

나는 이젤을 설치하고 그녀들을 기다렸다.

우리 사이에는 아무런 대화도 오가지 않았다.

미라는 바위 위로 가더니 주변을 한번 둘러보았다.

태현이가 시트를 펼쳐서 시멘트 바위께를 막아 주었고, 혜란이 더 멀리서 행인들의 접근을 막으려 무슨 설명을 하고 있었다. 피서객들은 다들 고개를 주억거리며 발걸음을 돌렸다.

이제 나와 미라만 남았다.

주변을 거듭 확인한 미라는 천천히 티를 벗었다.

탄력 있는 두 개의 젖무덤이 조용히 그러나 생동감 있게 흔들렸다.

그리고 쪼그리고 앉아 바지와 속옷을 벗었다. 신비스런 여자의 비밀이 온 세상에 드러나는 순간이었다. 그리곤 긴 다리를 앞으로 뻗어 비닐 매트 위에 앉아 포즈를 취했다.

그리곤 나에게 시선을 주었다. 그녀는 조용히 웃고 있었다.

나는 가슴이 터질 것 같은 흥분과 감동의 물결을 느꼈다.

올챙이 화가인 나에게는 미라의 전라의 모습을 본다는 사실이 중요한 것이다. 그녀는 나에게 자신의 전부를 주고 있는 것이라는 생각이 나의 머리와 가슴을 때렸다. 나를 화가로 인정해주는 첫 번째의 사람이 있다면 그것은 단연코 미라가 아니고 누구란 말인가.

나는 재빨리 스케치를 하였다.

그리고 웃음 띤 그녀의 얼굴에 나의 웃음을 보냈다.

그 순간 나는 나의 스케치작업을 빨리 끝내야 한다는 생각을 했다.

태현과 혜란이 방파제를 거니는 피서객들의 양해를 받느라 수고하는 장면이 눈에 들어왔기 때문이었다.

스며드는 땅거미 속에 황홀과 신비를 녹이고 있는 미라의 몸을 더 이상 대중들의 시야에 노출시킬 수 있는 여건에 놓아둘 수 없었다.

"미라야, 됐어. 이만하면 충분해."

"5분도 안됐어. 스케치가 끝났어?"

"그럼, 스케치는 끝났고 머릿속에 그림은 벌써 그려졌어. 고마워. 잘 그려볼게."

옷을 입고 방파제 위로 올라온 미라를 나는 가볍게 안아 주었다. 그녀의 몸은 부풀어 있었고 따뜻했다. 나를 위한 배려에 대해 인사를 한 것이었다.

태현과 혜란이 다가왔다. 그들은 나의 스케치를 살폈다.

"우리는 겨우 그림으로만 보는군!"

"누드모델 처음 봐? 학교에서 하는 것이 그건데…"

나는 별것 아니라는 듯 말했다.

나는 거짓말을 하고 있는 나 자신을 속으로 질책했다. 나는 왜 이런 멀쩡한 거짓말을 하는 것일까. 태현은 나의 충격을 감지하고 있었다.

"우리도 바닷가에 왔으니 회를 한번 먹어보자ㅡ"

"얘들아, 현우가 회를 먹재ㅡ"

"그래, 그래, 현우 최고다ㅡ"

"그래, 회는 내가 쏠게ㅡ 회값 걱정하지 말어! 자 가자ㅡ"

내가 회를 사겠다고 제의한 것은 나의 충격을 숨기기 위한 일종의 제스처 같은 것인지도 모른다. 회 한 접시에 15만 원이라면 결코 나에게 적은 금액이 아니었다. 그러나 나는 지금 이 순간 우물쭈물할 수 없다고 생각했고, 어떤 형태로든 미라에게 감사의 마음을 전하고 싶었다. 우리는 회를 안주로 해서 소주병을 비웠다. 술기운이 돌자 또 노래방으로 몰려갔다.

곁에 앉은 혜란이 나에게 소곤거렸다.

"오늘 기분이 어땠어?"

"누드모델 처음이야? 그 이상도 그 이하도 아니었어."

"감동하는 눈치던데…"

"조금은…"

나는 나도 모르는 사이 혜란의 몸을 세게 끌어안는 자신을 느꼈다. 혜란도 뭔가를 느꼈던지 나에게 자신의 몸을 한껏 실어왔다.

내가 상대의 몸을 끌어안고 춤을 춘 것은 혜란만이 아니었다. 미라와도 춤을 추었다. 그녀의 몸은 열기와 땀으로 범벅이 되어 있어서 사실 상당한 충격과 흥분을 일으켰다.

"미라야, 고마웠어."

"…"

그녀는 고개만 끄덕였다. 그리곤 몸을 내 가슴팍으로 밀어 넣었다. 그녀의 볼륨감 있는 가슴이 내 가슴을 찔렀다.

혜란과 미라가 나와만 춤을 춘 것은 아니었다. 태현과도 춤을 추었다. 그들도 춤을 추면서 몇 마디씩 서로 소곤거리는 듯했다. 그들도 나와 비슷한 비밀의 감정을 나누었으리라.

새벽녘에 똑같이 우리는 텐트로 가서 쓰러져 잤다. 여학생들도 호텔로 올라가지 않았다.

아침 늦게 잠에서 깬 우리들은 제각각 이 무한히 아름다운 자연과의 하루를 준비했다. 나는 일단 방파제를 걸어보았다.

그 하얀 방파제의 반사광 속에 웬 수영복 차림의 여자가 서 있음이 눈에 띄었다. 대단한 볼륨의 팔등신 미인인 듯했다. 일찍이도 해변으로 나온 여자 해수욕객인 듯했다.

그 여인이 수영방법을 여러 가지로 바꾸어가며 나에게로 헤엄쳐 오는데, 가까이서 보니, 아니 혜란이가 아닌가.

"왜 날 놀라게 해? 난 또 웬 미스코리아가 시력이 나빠 날 자기 숨겨논 연인으로 잘못 알고 찾아오는 줄 알았지 뭐야!"

"숨겨놓은 연인… 올챙이 화가가 웬 시인이야… 그런 말도 다 하구."

우리 둘은 바다에 떠 푸푸거리면서 대화를 했다. 그것도 무르익은 여름이었다.

"그럼, 날 한번 안아줘!"

"남들이 봐!"

"보면 어때서?"

"창피하잖아! 아침부터 지랄한다구."

"여름바다에 와서 이 정도를 지랄이라구 하면 정말 그게 지랄이야!"

"야, 너도 그런 험한 말 할 줄 알았구나."

"나 이런 말 잘해! 또 해볼까?"

"그래 해봐!"

"현우 개자식! 호호호호."

"그래, 그래, 네 맘대루 말해라. 나 개자식이다!"

"화내지 말어. 해변에 와서 네가 먼저 안은 사람은 나였어. 그것으로 위로하겠어. 그리구…"

"그리구 뭐야? 오늘은 웬일이야? 도무지 말이 없는 네가…"

“너한테는 순서를 빼앗겨 버려서 김샜어. 그래서 오늘 오후 다른 장소에서 태현의 누드모델이 되기로 작정했어.”

“…”

나는 새벽을 타고 나에게로 다가온 혜란을 위무라도 하려는 듯 붓을 들어 그녀의 반라를 화폭에 담았다. 그래서 나는 혜란의 돌출적인 행동에 대한 놀라움을 감추었다.

“내 다리가 이렇게 길고 내 허리가 이렇게 개미잔등이야?”

“그래도 실물보다 못해!”

“바보!”

혜란은 나의 어깨 위로 기어올랐다. 그리곤 내 어깨 너머로 손끝에서 그려지고 있는 자신의 모습을 한참 감상하는 것이었다.

좍 좍 그려지는 내 그림에 나도 신기할 정도였다.

나는 그 순간 내 등에 혜란이란 여자아이가 얹혀있는 것이 아니라, 바다 위 밤하늘에 떠 있는 수많은 별들이 소리 없이 내려와 한 아름 꽃다발이 되어 얹혀있는 것 같은 감각을 느꼈다. 그래서 나는 감격스러웠고 아울러 조심스러웠다.

그날 오후, 전날 내가 미라의 누드를 그렸던 바로 그 방파제의 자리보다 더 깊게 바닷속으로 돌출된 시멘트 바위 위에서 혜란은 태현을 위해 옷을 벗고 포즈를 취했다.

혜란의 몸이 내뿜는 현란함과 풍요로움은 미라에 그것에 조금도 뒤떨어지지 않았다.

제2장

마음의 행로

나는 서울로 돌아온 후 부모님이 계시는 고향 청양으로 내려가서 남은 여름방학을 보냈다. 나는 주로 동해안에서 그렸던 미라의 누드화와 혜란의 수영복화를 완성하는데 시간을 바쳤다.

두 여자의 나신과 반 나신을 그림으로 그리려니 어느 순간 그림에서 그녀들이 걸어나와 나와 대화하는 듯한 환영을 느낄 때도 있었다.

태현은 부모님이 계시는 연천으로 내려갔을지도 모르겠다. 그는 꽤나 자연을 좋아해서 풍경화를 그리곤 했다. 연천군은 고산준봉이 임립하지만 한편 임진강과 한탄강의 합수지역이다.

3학년 겨울방학에 우리 네 명의 콤비는 어떤 모임도 가지지 않았다. 서로 전화연락 같은 것도 하지 않았다. 이런 모임을 언제나 주도하는 미라가 프랑스로 떠났기 때문이었다.

이 겨울을 지나면 이제 대학생활도 일 년밖에 남지 않았다는 압박감이, 얼굴을 할퀴고 흘러가는 북풍처럼 가슴속으로 파고들었다.

나는 고향 행을 않고 자취방에서 지냈다. 오후에는 학교로 나가 그림을 그렸다.

미라 없이 우리들이 만나지 않은 것은 아니었다. 그러나 왠지 김이 빠졌다.

집안에 여유가 있는 미라는 졸업과 동시에 프랑스 유학을 생각하고 있었다. 세계가 한통속으로 돌아가는 요즘 세상에 미술학도로서 프랑스 유학을 가는 것은 바람직한 일이다.

미술작품의 큰 장이 뉴욕에서 선다고 하지만, 역시 세계 미술의 중심은 파리였다. 파리가 세계 미술을 지배한 역사가 길고, 그 흔적이 너무나 뚜렷하기 때문에 좀처럼 화가들의 뇌리에서 그것의 존재가 사라지지 않는다.

영화가 대중예술이라고 한다면, 회화는 귀족의 예술인 까닭일까.

미라는 이번 프랑스 여행이 처음은 아니었다.

일 학년 여름방학 때 벌써 프로방스 지방의 수도인 엑상프로방스에서 어학연수를 받았고, 2학년 때는 프렌치 알프스의 수도인 그르노블에서 연수를 받은 적이 있었다.

나는 여전히 두 여학생 친구들의 누드화를 완성하지 못하고 있었다. 하기야 혜란의 경우는 누드화도 아니었다. 비키니를 입었으니 그것은 누드화가 아니다. 그러나 나는 그것을 누드화로 인식하고 있었다. 혜란의 누드화는 태현이 그리고 있다.

가끔가다 혜란이 다가와서 내가 그리고 있는 자신의 그림을 유심히 살피곤 했다.

"역시 다르구나."

"놀리지 말어."

"아니야. 나를 그린 것이라 그런지 몰라도 그림이 내 가슴속으로 파고들어 오는 것 같아."

"겨울은 겨울대로 운치가 있어. 안동에는 안가니? 나도 2월에는 청양으로 내려가려구 해."

"나두 잠시 가려구 해. 하지만 서울 아파트를 오래 비워둘 수가 없을 것 같아."

대학가의 풍토란 일단 방학이 되면 강의가 끝남과 동시에 학생들 간의 만남도 잠시 중단된다. 대학생활이란 강의를 중심으로 이루어지기 때문이다.

2월에 접어들어 눈이 엄청 많이 내렸다.

내 고향 청양은 서해안에 가까워 겨울에 유난히 눈이 많이 내린다.

용산역에서 장항선을 타고 내려오다 보니, 천안을 지나면서부터 온 천지가 눈의 세계였다. 라디오에서도 충청도 서부지역에 폭설이 내리고 있다고 연달아 방송하고 있었다.

홍성역에 내려 마침 출발 대기 중이던 버스에 몸을 실었다.

아버님, 어머님, 그리고 두 동생들이 나를 맞아주었다.

집에 딸린 과수원에는 눈이 많이 내렸다. 아버님이 한 푼 두 푼 모아 장만한 과수원이다. 규모가 그리 크지 않다.

지하 저장고에는 탐스런 사과들이 수북이 쌓여 있었다. 아마도 손이 모자라 제대로 상품으로 출하를 하지 못한 듯했다.

며칠 후, 나는 질 좋은 사과를 포장해, 혜란과 태현에게 보냈다.

　서울 슈퍼에 가면 지천으로 있는 것이 사과지만, 청양이라는 문자 그대로 서해안의 맑은 햇볕을 받아 빨간 색깔로 잘 익은 사과는 우리 고향의 자랑거리의 하나이다.

　내가 귀향하고 난 후 보름 정도 지났을까.

　서재에 앉아 붓을 놀리고 있던 나의 핸드폰이 울렸다.

　"현우야, 그동안 잘 있었니? 우리 천안을 막 지났어."

　"아니 이게 누구야? 아무런 연락도 없이 이렇게 오기야? 누구누구야?"

　"혜란이하고 나 둘이야. 미라는 개학하고도 한 달쯤 있어야 귀국한 대."

　"이제 천안을 지났으면 한 시간은 더 걸리겠네. 뭘 타고 오니?"

　"응, 혜란이 차. 전화 바꿀까?"

　"아니, 운전 중일 텐데…"

　혜란이라는 말을 들었을 때 나는 내 가슴이 쿵하고 쇼크를 먹는 소리를 들었다. 혜란이가 당연히 오리라고 예측했지만, 나는 새삼스레 가슴이 설레는 것을 느꼈다.

　나는 과수원 한쪽 귀퉁이에 세워져 있는 별채에 보일러를 켰다. 원래 내가 이 방을 쓰려고 했으나, 기름값이 많이 올라 포기하고 그냥 서재를 쓰기로 했던 것이다. 어머니께서 내가 방학 중에 내려오면 쓸지도 모른다면서 깨끗하게 도배까지 해놓으셨다.

　마침 별채는 방이 두 개라 우리들이 나누어 며칠 기거하기에 안성맞춤이었다.

　나는 나의 미완성의 두 개 캔버스를 별채로 옮겼다.

　태현과 혜란은 예정시간보다 훨씬 늦게 도착했다. 길이 미끄러워 차가 제 속력을 낼 수 없었기 때문이었다. 혜란이 내 두 손을 잡았다. 두 손이 따뜻했다.

"야, 이거 완전히 설중여행이야! 설국이더라고."

"차라리 기차로 오지 그랬어. 혜란이 운전하느라 얼마나 팔이 아팠을까."

우리는 어머니가 끓여 오시는 커피를 마시고, 삶아 내오시는 고구마를 먹으면서 작업을 시작했다.

"현우야, 동해안 그림 이제는 끝을 내자. 너무 오래 가지고 있는 것 같아."

"나두 그럴 작정이야. 그래두 어디 내어놓을만 해야지. 마음에 들 정도로 그림이 돼야 할 텐데."

"네가 아무 말도 안하는데 무슨 말을 하기는 뭐 하지만 네 그림에는 어떤 혼이 들어가 있는 것 같아."

"혼?"

"그래, 혼!"

"여자 누드화에 혼이 들어가 있다면 무슨 말인가?"

"글쎄… 내가 어떤 혼을 느끼는 것은, 이 두 그림들 속의 여인들이 누드화임에도 불구하고 전혀 육체를 느끼게 하지 않고, 내 정신의 한 귀퉁이를 흔든다는 뜻이야. 설명을 하고나니 더 어렵군. 누드화가 육체의 아름다움보다도 영혼의 신비함을 느끼게 한다면 참 어폐가 있어…"

태현의 내 누드화 해설이 특이했다.

우리는 동해안 바닷가에 갔을 때처럼 일탈한 행동을 할 수 없었다. 부모님이 계시는데다 어린 동생들이 있어서 언행에 조심해야만 했다.

혜란은 피곤하다면서 윗방에서 불을 끄고 잤다.

나와 태현은 근 2시까지 그림을 그렸다. 그리고 대화도 나누었다.

나는 그가 어서 잠자리에 들기를 권했다. 나는 진심으로 그가 나의 고향집을 찾아준데 대해 감사했다. 내가 아는 태현은 겨울방학에 시골로 내려간 친구의 집을 찾아가고 할 위인이 아니다.

"도대체 웬 일이야? 아무런 사전 연락도 없이!"

"혜란이가 오고 싶어하는 마음을 행동으로 못 옮기더군… 그래서 내가 가자고 했어!"

일견 산만한 듯하지만 언제나 말을 아끼는 태현이다.

꼭 그렇다고 속단할 수는 없었다. 설령 혜란이가 나의 고향집에 가고 싶다는 의사를 먼저 분명히 태현에게 표시했고 그가 그녀의 그런 의사를 존중해서 그녀를 여기까지 동행했다고 해서 우리들 사이의 감정관계가 분명히 드러나고 또 정리되었다고 볼 수는 없는 일이다.

우리는 자리를 깔고 전깃불을 껐다. 우리는 각각 이불 속으로 들어갔다.

서울에서 느끼지 못하는 천 년의 침묵이 방안을 가득히 메워왔다.

과원에 쌓인 눈의 반사광이 희미하게 유리문에 서려 있었다.

옆방에서 잠든 혜란의 숨소리가 평화롭게 들려왔다.

"혜란이를 어떻게 생각하니?"

"글쎄…"

나는 무슨 대답인들 할 수 없었다. 그 이유는 무엇보다도 태현의 생각을 알 수 없었기 때문이었다. 나는 언제나 태현이가 나보다 훨씬 강력하고 예민한 감각으로 여성을 느끼고 있다고 생각하고 있었다.

"대부분 사랑의 고백은 남자가 하지만 그 고백의 길을 여는 것은 여자인 것 같아."

"…"

나는 대꾸를 할 수 없었다. 나는 내가 혜란에 대해 느끼는 것을 태현은 몇 배 더 심각하게 느끼고 있으리라 믿고 있었던 것이다. 그러니 함부로 무슨 말이든 할 수 없었다.

"나와 혜란이가 달려온 이 눈길은 혜란이가 너를 초대하는 사랑의 길이 아닐까?"

"…"

나는 계속해서 입을 다물고 있을 수밖에 없었다. 지금까지 태현이가 한 말은 나 자신도 느끼고 있는 것이었다. 사람의 왕래가 끊어진 이 겨울 눈길을 그녀가 왜 왔겠는가.

"혜란이는 변하지 않는 상아 바위 같은 성격을 가진 아이야."

"상아 바위가 뭐야?"

"내가 지어낸 말이야. 상아라는 고귀한 고체로 만들어진 바위라는 뜻이지."

"좋게 보는 군…"

"그래서 혜란에게는 한번 연인은 영원한 연인일 수밖에 없어… 그런 성격 때문에."

"혜란의 눈길이 사랑의 길이라면 왜 너의 동행을 허락했을까?"

나도 내 마음의 일단을 드러냈다.

"글쎄… 처음에는 혼자 가라고 했어. 서울에서 청양이야 눈감고도 갈 수 있는 길이잖아. 잘 포장도 되어 있고. 비교적 가깝고. 혜란의 마음도 어느 면 방황하고 있는 면도 있겠지. 사람의 마음에 절대적인 것이 있나. 특히 우리 세대의 감정은 조석으로 달라지고 강약도 바뀐다고 생각해.”

나는 우리가 이런 이야기를 하는 것은 이미 시기가 늦었다는 생각을 했다. 우리는 이제 졸업과 동시에 뿔뿔이 흩어져야 하는 3학년 겨울방학에 들어와 있는 것이다. 우리는 벌써 제각각 자기 갈 길에 쫓기고 있는 기분이었다. 이런 이야기는 철모르는 1, 2학년 때에 해야 하는 것이 아니었을까. 자신들의 주변에 있는 이성에 대해 이야기 하면서 밤을 새우는 것이 이들 새내기들이다. 이들은 세상을 모르고 젊음과 사랑 그리고 꿈과 희망에 부풀어 있다.

그러니까 이들은 아직까지 인생의 현장이 얼마나 가혹하며 예측할 수 없는 사건과 사고로 점철되어 있는지 알지 못하고 있다. 그러니 이들은 순수한 사랑의 감정에 몰입할 수 있다.

“고맙구나, 태현아. 나는 네가 우리들 사이에 얽혀있는 감정에 대해 일찍부터 너 자신의 마음을 솔직히 말해주기를 바랬다. 그런 것을 바라는 나 자신이 좀 우습지만, 나는 언제부터인가 나는 너의 어떤 감정의 영역을 침범해서는 안 된다는 스스로의 암시를 받고 있었어.”

“그래… 나 역시 마찬가지야… 네가 내 마음의 향방을 묻는 듯한 말을 했을 때, 나는 네가 좀 야속하게 생각되었어. 자기부터 이야기하지 않고 왜 나부터 얘기하게 하나 하구서… 내 가슴속에 어린 사랑의 감정이 현우 너를 향한 우정과 부닥칠 일은 없겠지만 그럴 경우를 가정하면 우리는 정말 괴로울거야. 우리는 본능적으로 그걸 피하려고 했던 게 아니었을까.”

칠갑산에서 흘러내린 산 정적은 우리들의 귀를 멍멍하게 했다.

괴기스럽다 할 정적감 속에서 우리는 옆방에 잠들어 있는 혜란의 숨소리를 의식했다. 그녀가 결코 들어서는 안 되는 얘기이기 때문이었다.

"우리들의 이런 마음의 향방은 결국 우리가 미학도로서 품고 있는 그림에 대한 외경심에서 비롯되었다고 생각해. 우리는 서로들 서로가 가지고 있는 그림에의 열정과 타고난 소질 같은 것에 대해 외경심을 가지고 있는 것 같아. 그림에 대한 지나친 흠모는 소질을 타고 났다고 생각되는 친구에 대한 본능적인 외경심으로 기울어졌고, 그것은 결국 청년다운 연애심리를 경계한 요인으로 작용했을 것 같아… 자신의 어느 이성을 향한 연애심리가 그 동일인을 사랑하는 친구에 대한 외경심과 부딪칠 수도 있다는 생각이지."

나는 평소에 느끼고 있던 나의 감정을 솔직히 이야기했다.

"나도 비슷한 생각을 한 것같이 느껴지네… 뭔지는 모르지만…"

태현은 애매한 소리를 했다.

뭔가 잡힐듯하면서도 잡히지 않는 감정의 어떤 핵을 향해 밤새 이야기의 여행을 하다가 우리는 잠이 들었다.

우리가 새벽에 잠을 깨니 동편에 위치하고 있는 칠갑산 연봉들 위로 해가 솟아 있었다.

옆방을 노크했으나 기척이 없어서 문을 열어보니 이부자리는 말끔히 개어져 있었고, 혜란은 보이지 않았다. 날씨는 풀어져 있었고, 햇살은 따사로왔다. 아마도 혜란이 과수원으로 그리고 주변 야산으로 산보를 나간지도 몰랐다.

본채로 올라가 아버님 어머님에게 인사드리고 늦은 아침상을 받았다. 고기반찬은 없었지만 정성껏 차리신 밥상이었다. 상을 물릴 즈음 아버님이 이런 말씀을 하시었다.

"내가 어젯밤에 전화를 해서 칠갑산 자연휴양림의 통나무 방갈로

한 채를 예약했다. 우리집이 너무 협소한데다가 별채를 오래 비워두었기 때문에 너희들에게 미안하고 그림을 그리는데 방해가 될 것 같아 그렇게 하였다. 거기는 지대가 높고 전망이 서해안까지 탁 트여 아주 좋은 작업장이 될 것이야. 날짜에 구애받지 말고 얼마든지 오래 머물러도 상관없다. 현우가 내려오기 전부터 내가 생각하던 것이다. 네가 내려오면 너를 좀 쉬게 하려고 네 에미와 상의하곤 하였다. 친구들까지 왔으니 얼마나 다행이냐. 식사는 우리가 날라다 줄 것이다. 천천히 짐을 챙기도록 하거라. 친구가 경영하는 시설인데 겨울철 비철이라 죽 비어있었다."

우리는 아버지의 과분한 처사에 어안이 벙벙하였다. 초등학교 교사의 월급으로 맏아들을 서울에 유학시키면서도 이런 처사가 가능한 일인지 판단이 서지 않았다.

"아버님 너무 과분합니다."

태현이 겸손히 말했다.

"아니다, 젊은 날에 좋은 추억을 만들어라. 언제까지나 대학생이 아니다. 학생의 신분으로 친구집에 가는 것도 마지막이 될 거야."

나는 아버지의 속 깊은 사랑에 감사하였다. 남자는 먼 것을 잘 보고, 여자는 가까운 것을 잘 본다는 말을 어디선가 읽은 적이 있다. 아버지는 나의 먼 장래를 보시고 있는 것이다.

우리는 아버지의 말씀대로 아침을 먹고 짐을 챙겨 차에다 싣고 산림휴양원으로 갔다.

칠갑산 자연휴양림의 정상에 설치된 전망대에 서니 서쪽으로 저 멀리 서해의 수평선이 시야에 떠올랐다.

서해의 수평선이 던지는 아름다운 채색과 장엄함에 압도된 우리들은 말을 잃어버리고 벙어리처럼 이젤을 챙겨 죽어라 그림을 그렸다.

점심을 들고 난 후 우리들은 그 사이 그린 각자의 그림들을 감상하였다.

나는 그 순간 달려드는 졸음을 참지 못하고 토막잠으로 떨어졌다. 잠으로 떨어지면서 나는 쾌재를 부르고 있는 나 자신을 의식했다. 그 잠 뒤에는 형언할 수 없이 아름다운 환상의 세계가 펼쳐질 것이라는 사실을 내 주변 사람들은 잘 알고 있었다.

내가 잠에서 깨어나니 웅장한 화음의 오케스트라가 아흔아홉 골짜기로 일컬어지는 저 칠갑산의 연봉들에서 피어오르고 있었다. 그런가 하면 한편으로는 두 귀를 멍멍하게 하는 천 년의 침묵도 느껴졌다.

내가 정신을 차리고 혜란과 태현을 찾았으나 그들은 보이지 않았다. 방갈로는 춥지 않았다. 난방시설이 잘 갖추어져 있었고 잘 작동했다.

그리고 날씨가 많이 풀어졌다. 날짜가 벌써 2월 말로 치달으니 매서운 추위는 물러나 있었다. 나는 방갈로를 나왔다. 저 멀리 아득한 서해의 수평선 위로 해가 지고 있었다.

주변을 향해 고개를 돌리다가 나는 우연히 손을 잡고 걷고 있는 혜란과 태현의 모습을 보게 되었다. 그들은 나를 만나서도 손을 풀지 않았다. 그들은 뭐가 그리 우스운지 깔깔거렸다.

"뭐가 그리 우스워?"

"혜란이가 그러는데 현우를 따라다니는 소매치기는 백발백중 성공하다는 거야."

"무슨 소리야?"

"네가 낮잠으로 떨어지면 세상을 모르니 네 지갑이 그대로 소매치기 것이 된다는 거야."

"웅 그래… 그건 그래… 너희들 손잡고 걷는 모습 참 아름답다. 그림감이야."

"위대한 환쟁이 같은 소리만 골라서 하누만. 뭐든지 그림이야. 하하하"

태현의 유쾌한 웃음소리가 멀리 메아리를 불러왔다.

혜란이가 내 곁으로 와 나의 팔에 자신의 팔을 걸었다.

"혜란이가 웬 일이야? 여자는 분명 분위기에 약해! 칠갑산 정기에 녹은 거야! 도도한 미인도 자연의 힘 앞에서는 쉽게 무너져."

내가 혜란을 놀려 주었다.

"내가 미인이라고? 미라가 미인이지."

"태현이가 막상막하라고 했어. 나도 동의하고 있어. 누가 덜 미인이고 더 미인이고가 아니라 제각각 특징이 있어. 비교가 되지 않아."

"그걸 말로 표현해봐."

"못해, 내가 무슨 시인이야, 소설가야."

"그럼 내가 표현해볼게."

태현이가 나섰다. 궁지에 빠진 나를 구해주기 위해서였다.

"그래, 둘 다 글래머이고 미인인 것은 확실한데… 미라는 눈길 끄는 서양 글래머… 혜란은 마음 끄는 동양 글래머… 말해놓고 보니 그럴 듯한데."

"햐, 과연 태현이구나. 역시 달라! 역시 태현이야!'

서쪽 아득히 멀리 수평선 위로 기울어지는 해가 황금의 햇살을 길고 긴 보료처럼 바다 위에 일직선으로 뿌리고 있었다. 그것은 어쩌면 물의 바다가 아니라, 황금의 바다처럼 보이기도 했다.

　해가 수평선 저 너머로 사라지니 황금보료의 잔광을 타고 땅거미가 온 바다 위에 내렸다.

　"햐, 미치겠구나. 이걸 그림으로 그리지 않으면 무얼 그리나… 시시각각 바다의 모습이 바뀌니 무얼 그려야 할지 분간이 가지 않아."

　태현이 탄성를 발했다.

　"그래서 그림은 시간의 철저한 지배하에 있다는 거 아니야. 인상주의자들이 틀리지 않았어."

　휴양림 전역에 땅거미가 내리자 우리들의 시야는 어둠으로 막혀 버렸다.

　우리들은 방갈로 안으로 들어가 불을 켜고 물을 데워 커피를 끓였다. 그리고 소주 한 잔씩을 마셔 몸을 뎁혔다.

　동생들이 갖다놓고 간 찬합에서 밥과 반찬 그리고 국을 꺼내 밥상을 차렸다. 우리들은 오순도순 얘기하면서 저녁식사를 했다. 음식을 씹고 국을 마시는 소리가 왠지 크게 울려 새삼스레 주변을 돌아보곤 하였다. 그래도 몇 군데 방갈로에서도 전깃불이 들어와 있었다. 이 겨울에 우리 이외의 사람들이 방갈로에 들어와 있다는 사실이 너무나 신기했다. 사랑의 불을 지피기 위해 겨울밤에 안긴 이 고장 젊은이들 같았다.

　"혜란아 좋으니? 그렇게 오고 싶어하더니."

　"으웅 아주 좋아. 이런 시절에 이런 데 이렇게 온다는 것이 내 인생에 다시 있을까."

　"그럼 현우아버님 말씀대로 좀 오래 머물면서 그림 한 장 완성하고 올라와도 되잖아."

방갈로에서의 하룻밤이 미적대면서 흐르고 있었다.

"시골이 이렇게 신비스러운지 처음 알았어. 단조로운 시골생활이 개미 쳇바퀴 돌 듯 이어지는 줄 알았어. 그렇지만 시골에는 무엇보다도 거대한 자연이 우뚝우뚝 버티고 있다는 사실을 이제야 알았어. 우뚝우뚝 버티고만 있는 것이 아니라, 상상도 하지 못하는 신비스런 안개를 계속 뿜어내고 있는 것 같아."

"그래 혜란아, 시골에는 도시 사람들이 미처 생각하지 못하는 것이 한둘이 아니야. 우리 졸업하면 먹고 살기 위해 뛰어야 하는 사회인이 되는데, 그때는 지금처럼 한가하게 시골에 와서 산 정적이나 감상하고 할 기회는 영원히 없어. 나는 아무래도… 먼저 좀 가야 할 것 같다."

"어마나 너 혼자서? 어쩌면! 그럼 나 혼자서 여기 방갈로에서 현우와 있으란 말이야?"

"그럼, 그래도 현우는 무슨 험한 짓을 할 사람이 못돼! 내가 보증하지! 날 믿어!"

"…"

나와 혜란은 말을 잃어버렸다.

나는 그 순간 태현이가 너무나 신기하게 보였다. 친구라고 하지만 그는 분명 인가 마사에 나보다가는 몇 배 뛰어난 혜안을 가지고 있는 것처럼 보였다.

나는 과연 내가 혜란과 단둘이서 이 방갈로에서 밤을 새운다 해도 유리문으로 내려온 칠갑산 상공의 수많은 별들을 헤다가 스르르 잠드는 것 이외에는 무슨 짓도 못할 것만 같은 스스로의 암시를 받고 있었다.

나의 이런 스스로의 암시를 태현이 어떻게 아는 것일까.

"혜란아 네가 현우네로 떠나자고 말할 때, 내가 내 사정을 말했잖아?"

"그렇기는 했어."

"현우야, 나를 의식하지 말어, 이제는! 우리는 이제 네 사람이 뭉쳐서 만나는 것도 중요하지만, 두 사람씩 만나는 새로운 습관을 좀 붙여야 해! 아직은 늦지 않았어! 우리에게는 아직 모교 학생으로서의 신분이 일 년 더 남아있어."

귓구멍이 멍멍해지도록 산 정적이 우리들의 몸뚱어리를 옥죄어왔다.

"그럼 내일 아침에 혜란이 차루 날 청양 시외버스터미널에 좀 데려다줘."

우리는 밤을 한번 새워보자는 태현의 의견을 받아들여 온밤을 이야기하며 시간을 보냈다. 이야기하다 지루하면 TV도 보고, 음악을 틀어놓고 춤도 추고, 애창곡을 부르기도 하였다. 그래도 우리는 이 가슴 떨리는 밤을 잠으로 채울 수 없다는 생각을 줄곧 하고 있었다. 낮에는 들리지 않던 장곡사의 예불 목탁소리가 아득히 들려왔다.

우리는 이제 막 끝나가는 대학생활을 무의미하게 놓칠 수 없다는 강박관념에 시달리고 있었고, 물과 바람처럼 흩어질 우리들의 젊음에 어떤 추억의 팻말을 확실히 박아야 한다는 어렴풋한 의식을 공유하고 있었다.

온밤을 뜬눈으로 새우겠다던 우리들도 새벽녘이 되자 여기저기 쓰러져 잠으로 떨어졌다.

내가 잠에서 깨어났을 때, 방에는 다사로운 겨울 햇살이 방안 가득히 들어와 있었고, 방 한쪽 구석에 혜란은 청바지를 입은 채 여전히 잠들어 있었다. 태현의 모습은 보이지 않았다. 혜란은 벽을 향해 모로 누워서 자고 있었기에 잠든 얼굴 모습을 볼 수는 없었다.

거실로 나왔더니 동생들이 갖다놓고 간 찬합이 놓여있었다.

그리고 그 옆에는 종이 한 장이 놓여있었다.

현우야, 혜란이를 깨우기가 뭣해서 택시를 불렀어. 멀지 않잖아.
5시에 태현

태현이 우리가 잠든 사이 혼자서 떠나버린 것이었다.

나는 깨끗이 태현을 단념하였다.

그리곤 이젤 앞에 섰다. 붓을 잡으니 형언할 수 없는 행복감이 전신에서 피어올랐다. 나는 비키니 수영복을 입은 채 바다의 수면 위에 떠 있는 혜란의 모습에 색채의 덧칠을 했다. 그림이 거의 완성단계에 와 있었다. 이제는 다만 색감의 명암만이 문제였다. 색의 명암도를 어느 정도 해야 대상체가 더 조화롭게 드러나나 하는 것만이 남아있었다.

나는 다리가 아파 식탁걸상을 끌어당겨 이젤 앞에 놓고 몸을 내렸다.

잠에서 막 깨어났기에 나 특유의 환상적인 감각의 세계에 빠져 있는 탓이었을까, 나는 붓을 놀리는 순간 순간 잠든 혜란의 모습을 향해 눈길을 주었다. 잠자는 혜란의 모습이 그렇게 아름다울 수가 없었다. 그녀의 숱 많은 머리털이 베개 주변에 흥건히 흩어져 있었다. 그 풍요로운 머리털 위에 아침 햇살이 쏟아져 더욱 윤기가 흘렀다.

가녀린 듯하면서도 풍요로운 그녀의 몸매의 이미지처럼 그녀는 쉽게 흔들릴 것 같은데, 사실은 인간관계에 있어서 요지부동의 믿음을 보여준다.

정신없이 붓의 터치를 하는 나의 어깨로 부드러운 감촉이 느껴지더니 두 개의 손이 내려오고 이어서 팔이 내려왔다. 혜란이었다.

"오늘은 내가 널 먼저 건드렸어."

"누가 먼저 건드리면 어때서… 마찬가지지."

"날 그리는 그림을 보고 있으니 내가 이상해져."

"어떻게?"

"하늘로 붕 뜨는 기분이야. 붕 떠서는 하늘을 마구 나는 기분이야."

"잘 그리지는 못하지만 잘 그리려고 최선을 다하니까 별별 기법이 다 시도되는 것 같아."

"그것이 그림이 발전하는 원동력인가 봐."

아침을 먹은 우리는 한참 동안 정신없이 그림에 몰두하였다.

우리는 솟아오른 늦겨울 햇살을 즐기려 집 밖으로 나왔다. 점심 먹기 전에 몸을 좀 풀어야 했다. 찬합에는 점심밥까지 챙겨져 있어서 그냥 데워서 먹기만 하면 됐다.

녹은 눈이 물이 되어서 방갈로 주변이 질척거렸다. 그래서 혜란이가 비틀거렸다.

"너 그러지 말고 내한테 업혀라! 덩치 큰 어린애 업은 셈 치지 뭐!"

"업히고는 싶지만 남들이 보잖아."

"누가 봐… 아무도 없어. 몇 채 어젯밤에 전깃불이 들어왔었는데 다들 낮에는 돌아가. 눈길이 미끄러워 업어주는구나 하고 생각하겠지 뭐."

"치― 부끄러워."

“자 어서 업혀!”

나는 어깨를 내려 그녀 앞에 디밀었다.

혜란은 업혔다가 두발로 걷다가 다시 업히면서 나와 함께 방갈로 주변을 돌았다.

이 짓이 별 것 아닌 것 같지만 그녀와 나 사이에 서려 있던 뭔가 경직되었던 분위기를 한껏 부드럽게 풀어주었다.

우리는 지난여름에 별별 짓을 다하면서 한통속으로 돌았지만, 거기에는 분명 공동체적인 어떤 보이지 않는 선이 있었다. 그것은 개인적인 만남이 아니었다.

혜란은 뜻밖으로 가벼웠다.

“덩치 큰 여자아이가 왜 이래 가벼워?”

“가볍긴! 몸무게가 얼만데.”

“얼마야?”

“50도 안돼!”

“야 널 업고 백 리도 걷겠다야.”

“근데, 현우야.”

“말해.”

“태현이가 새벽에 왜 도망을 쳤을까?”

“글쎄, 그 늙의 속을 누가 알리… 언제나 예측불가고 괴팍 그 자체야.”

“그런 성격이 바로 천재들의 공통된 성격이라고 하던데.”

“천재라… 그러면 진짜 천재가 나는 천재다 하고 무슨 선언이라도 하는 줄 알아… 하는 짓이 그렇다는 것이지… 맞아 그는 그런 사람인지도 몰라.”

“그런 성격을 가진 천재들은 남과 잘 어울리지 못하고 친구도 없다고 하던데.”

“봐! 태현이도 우리 세 사람 말고는 학과에서 친구가 없잖아.”

“하지만 내가 보기에 너들 둘 말이야, 여자가 봐도 질투가 날 정도야. 뭐야 남자가! 너무 위해 주는 것 같고 너무 서로들 배려하는 것 같아. 서로들 눈치만 보구서.”

“그렇게 보이던?”

“나는 사실 태현이가 도망친 이유도, 너와 내가 좀 더 대화의 시간을 가지고 더 가까워지라고 그런 것 같아… 지금 우리 둘이 이렇게 업고 업혀서 걷고 있는 것을 그는 벌써 예측한 것이 아니었을까.”

“그럴지도 모르지… 하지만 천재가 그 정도 생각한다면 천재가 아니야. 내가 생각하기로는 태현은 자신을 시험해보고 있는지도 몰라… 나보다도 태현 자신이 너에게 더 끌리는데 그걸 어디까지 참을 수 있나 하고 시험하는 것 말이야. 분명한 것은 그가 널 무척 좋아한다는 사실이야.”

“어머 너들 두 사람 정말 우리하고는 차원이 다르구나. 어쩌면 그런 생각을!”

“내가 분명히 말하고 싶은 것은… 나나 태현이가 무슨 의도를 가지고 그러는 것은 절대 아니라는 사실이야. 우리의 내면 속에는 더 좋은 그림을 그리고 싶은 절대절명의 욕망이 있어. 그런 욕망이 그런 형태로 나타났다고 보아야 한다 이거야.”

“무슨 말이야? 뜻을 잘 모르겠어.”

혜란이가 무슨 말을 할 때마다 그녀의 입이 내뿜는 입김이 나의 목을 간질였다. 그 간지러움이 나에게 달콤한 자극으로 느껴졌다.

"혜란아, 나도 실은 잘 모르겠어. 다만 그러려니 추측할 뿐이야. 들어봐, 나의 경우는 이래. 그림을 지향하는 내부의 너무나 강렬한 욕망은 결국 주변에 그런 소질을 가지고 있을지도 모른다는 사람을 만나게 되는 거야. 그러면 그 사람이 존경스럽기도 하고 동시에 두렵기도 할 거 아냐… 아마 내 경우는 두려움보다가는 존경심이 더 많은 것 같아… 그에게 정을 주고 싶고 그에게 존경을 표하고 싶은 거야. 그런데 우리는 아직 본격적인 연애를 하지 않는 순수 청년들이야. 그런데 우리에게는 연애 대상이 둘이 있어. 그 대상들은 모든 면에서의 매력이 정말 막상막하야. 그것이 문제야… 둘 중 상대방이 더 끌리는 여성에게 내가 사랑을 고백해서는 안 된다는 뭐 그런 알쏭달쏭한 감정이 나와 태현 사이에는 있는 것 같아… 그것은 상대방에게 결정적인 심적 타격을 주고 결국 그의 창작욕을 위축시킬지도 모른다는 두려움 때문이지… 본질은 그림에 대한 외경심과 더 아름다운 색채에의 욕망이야."

"참 어렵기도 하네. 알 수 있을 것 같기도 하고 영 무슨 소린지 알 수 없을 것 같기도 해. 하지만 이야기를 듣고보니 이해가 갈만도 해. 내가 느끼기로… 미라는 잘 모르겠어… 너와 태현이가 나를 좋아하는 정도가 비슷한 것 같아."

"역시…"

나는 가볍게 대꾸하였으나 속으로 적이 놀라지 않을 수 없었다.

내가 나의 내면 속에서 혜란과 주고받았던 그 수많은 대화가 그녀와 태현 사이에서도 같은 정도로 있었던 것이다. 나의 예감은 적중한 것이다.

"그래서 태현이가 그런 평형관계를 깨자는 것 아냐? 미라가 없는 틈을 타서…"

"그래, 혜란아, 너 말이야, 말할 때 입김이 나와 목을 간질여… 너무 기분이 좋아. 기왕에 그랬으니 내 목에 입술 좀 대주라야!'

"목에 키스하라는 거지… 첫 키스가 고작 목하고 하는 거야."

"널 반시간이나 업어준 대가로 생각할게."

그녀는 달콤하고 다사로운 목 키스를 선사했다.

"혜란아, 정말로 나와 태현이의 사랑이 같은 비중으로 느껴지대?'

"아니야, 경우에 따라서 달라. 어떤 때는 네가 훨씬 강하게 느껴져. 나도 너에게 더 끌리고… 그런데 그런 감정이 어떤 경우에는 태현과의 사이에서도 일어나는 거야. 사실이야."

"야 혜란아, 조금이라도 내한테 더 끌렸다는 말을 왜 못하니."

"그래, 네 말을 듣고보니 사실 너에게 조금은 더 끌린 것 같기도 한데, 역시 비슷해…"

마침 주변에 눈이 쌓여있는 벤치가 있었다. 나는 눈을 치우고 혜란을 안아서 눕혔다. 그리곤 그녀가 불만이던 목 키스 대신에 입술에다 정성을 다해 키스를 했다. 그녀의 입술은 무한히 부드럽고 달콤하였다. 그리고 탄력이 있었고 따뜻했다. 날이면 날마다 보는 여자의 입술에 이런 오묘한 비밀이 숨어있는지 처음 알았다.

점심을 간단히 때우고 나는 혜란을 예당저수지로 안내했다.

겨울 비철이라 손님이 없을 듯도 하지만 지금은 꼭 그렇지도 않았다. 요즈음 관광객들은 때가 없었다. 횟집에 들렀더니 손님들이 드물지 않았다. 우리는 모둠회 한 접시를 시켰다.

"혜란아, 오늘은 너와 나, 우리들의 기념비적인 날이라고 생각해. 술을 한 잔 부어 축배를 들면 어떨까?'

"그래, 축배의 한 잔이 필요해. 하지만 소주나 막걸리는 싫어!"

"하지만, 이런 궁벽한 시골에 그리고 겨울 호숫가에 양주가 있을라구."

"포도주가 있잖아… 요사인 어디 가도 포도주는 다 있어… 한번 찾아봐."

호숫가 매운탕집에는 양주도 포도주도 없었다. 그래서 나는 식당을 나와 식당 옆에 있는 수퍼로 들어갔더니 고급 양주와 포도주가 수십 병 진열되어 있었다.

나는 양주는 그만두고, 포도주병들을 잘 살펴, 셍테밀리옹 한 병을 샀다. 지롱드 강변에 살던 수도승 에밀리옹이 굴을 파고 수도하면서 혼자서 포도를 심어 길렀다는 것이다.

우리는 천천히 음미하며 셍테밀리옹 한 병을 다 비웠다.

빈속에 마신 탓이었을까, 주기가 올랐다. 짧은 겨울 해는 벌써 기울어져 호수의 수면에는 황금의 보료가 길게 펼쳐졌다.

"프랑스 포도주를 마시니 프랑스가 생각나네. 미라는 2학기부터 아주 프랑스로 유학을 가려나봐. 파리고등미술학교라고 하던데… 들어가기가 그렇게 어려운가봐. 미라도 여러 차례 실패한 끝에 간신히 입학허가를 받았대."

"너희들 둘은 그래도 서로 연락이 있었구나. 아무 소식이 없어서 미라가 우릴 완전히 잊고 있는 줄 알았어. 미라가 그 학교에 들어가고 싶어하는 것은 서울에 있을 때부터 여러 번 이야기 하지 않았니. ENSBA라고 약자로 쓴다고 하던데."

거울 호수의 수면은 황금색으로 불타올랐다.

“저기 건너편에 날아갈 듯이 지은 집 뭐야? 시골에 지은 건물치고는 너무 운치가 있어…”

기울이고 있던 포도주잔에 고운 얼굴의 음영을 떨어뜨린 채 멀리 시선을 던지고 있던 혜란이 말했다.

“여기 청양 출신 대사업가의 별장이라는 소리를 들은 적이 있어.”

“어마 별장… 너무 멋있다.”

“그런데 그 사업가가 사업이 잘 안돼 저 건물을 팔았는데, 그걸 산 사람이 호텔로 수리해서 재개장했다나봐…”

그 순간 나는 확실히 잡히는 것은 없지만 뭔가 내 앞에 어떤 암시의 길이 열리고 있다는 느낌을 받았다.

혜란은 저 호텔 커피숍에 가서 커피를 한 잔 하자는 나의 제의를 가볍게 받아 주었다.

그녀는 주기가 있는지 핸들 잡은 손이 조금 흔들리는 듯했다.

나는 이날 밤, 세상에 태어나 처음으로 이성과의 하룻밤을 이 호텔의 전망 좋은 방에서 보냈다. 집에는 핸드폰으로 통보를 했다. 불 꺼진 방에는 정원에서 전해져오는 희미한 불빛만이 비쳐졌고, 나는 어쩔 줄 모른 채 나의 어렴풋한 의식이 시키는 대로 그녀를 온밤 애무했다. 그것은 어렴풋한 의식이 아니라 거의 무의식이었는지도 모른다. 그녀의 전신이 내 침으로 범벅이 되어 미끈거렸던 기억은 있다. 내가 정상적인 신체기능을 가지지 못한 청년이란 비난을 받아도 어쩔 수 없는 일이었다. 피로에 지친 우리는 새벽녘에 호텔 바닥에 나동그라져서는 잠으로 떨어졌다.

아침에 눈을 뜨니 호수의 수면에 반사된 햇살이 방안에 가득히 들어와 있었다.

나는 아무 말 없이 그녀 옆에 섰다.

한참 동안 두 사람 사이에는 말이 없었다. 너무나 벅찬 하룻밤을 겪은 우리들은 말을 할 기력을 잃어버렸는지도 몰랐다. 그러나 무작정 침묵을 지킬 수만은 없었다. 나는 떨리는 목소리로 한마디를 뱉었다.

"혜란아, 미안했어."

"미안하긴… 나를 사랑한 것은 너의 영혼이었어. 더 짙은 사랑이라고 생각해."

"부끄럽구나. 하지만 그렇게 생각해주다니 정말 감사하다."

젊디젊은 내가 그런 밤을 보내다니 부끄럽기 짝이 없었으나 혜란이 해석을 잘해주었다.

아무리 두 사람만이 밤을 보내도 험한 짓을 못할 거라던 태현의 말이 자꾸만 뇌리에 떠올랐다.

우리는 식당으로 올라가 늦은 아침을 들었다.

식사를 끝내고 혜란이 그리던 그림을 그리겠다며 다시금 정원으로 내려갔을 때, 나는 혼자 남아 커피를 들었다.

코로 커피의 향기를 맡으며, 입으로 쌉싸름한 커피맛을 즐기면서 나는 나의 내면으로 말려드는 의식을 느꼈다. 나의 내면 속에는 그 민감하고 정다운 태현의 모습이 자리잡고 있었다. 그런 그가 이렇게 아름다운 혜란을 나보다 더 강렬하게 더 의식하지 않았을 턱이 없다는 생각이 나의 내면의 공간에 가득히 서려 있었다.

우리는 올 때와는 다르게 안개 서린 서해안 고속도로를 질주하여 서울로 올라왔다.

제3장

숲 속의 통나무집

길고 긴 겨울방학도 끝나고 대학에서의 마지막 학년이 시작되었다.

학우들의 분위기가 어쩌면 이렇게 달라질 수 있는가. 우리들을 학우로서 묶어주던 어떤 보이지 않는 끈은 느슨하게 풀어지고 그래서 혼자 몸이 된 채 제각기 행동하는 듯했다.

여기에는 우리가 다니는 대학의 특성 같은 것도 이유가 되었다.

우리 대학은 법대니 상대, 공대, 사범대처럼 무슨 직업인 양성의 교육 목적이 있는 것이 아니었다. 그림 그리는 화가를 양성하는 대학이다. 그림 그리는 것이 직업이 될 수는 없는 일이다. 그러자니 졸업을 일 년 여 정도 앞둔 마지막 학년이 되니 학과는 파장분위기였다.

4월, 5월이 되자 벌써 회사에 취직을 하는 학생들이 나타났다.

그들은 주로 섬유회사의 제작부나 도안실 등에 취직이 되어 간접적으로나마 자신의 전공과 관련된 일을 할 수 있었다.

중, 고등학교 미술교사로의 길은 막혀있었다. 사범대학에 미술교육과가 있어서 전문 미술교사 양성교육을 받은 학생들이 있었기 때문이었다.

미대에서도 미술교사 양성코스가 없는 것은 아니지만, 소정의 학점을 이수하고도 임용고시에 합격해야 하기 때문에, 미술교사 전문 양성교육을 받은 사범대 미술교육과 학생들과 경쟁이 되지 않았다.

이 물질주의 사회에서 집안의 기반도 없이 예술을 하겠다고 나선 젊은이들이 겪어야 하는 가혹한 시련의 세월이 이들을 기다리고 있었다.

2년간 군대 물을 먹고 온 복학생들은 돌덩이처럼 말이 없었고 도무지 웃지를 않았다.

인생은 자신도 모르는 사이에 여러 차례 격변을 거듭한다.

그 결정적 계기가 대학졸업이다. 특히 여학생들은 졸업과 동시에 촉박한 혼기에 든다. 여성의 혼기란 그녀들이 생물학적으로 회임을 할 수 있는 연령과 맞물려 있는 듯하다.

자신이 태어나 자란 가정에서 벗어나, 자신의 가정을 꾸리게 된다.

학교라는 울타리에서 벗어나 아무런 울타리도 없는 사회 속으로 흘러들게 되는 것이다.

우리들 남학생들이 군에 있는 사이에 여학생들은 대부분 결혼상대를 찾아내게 되고, 우리들이 제대를 할 때쯤 되면 그녀들은 대부분 결혼을 하게 된다.

그러나 문제는 캠퍼스의 연애커플이다.

대학 재학 중 격렬한 연애를 한 학생들은, 졸업과 동시에 양 갈래 길

에서 자신의 길을 선택해야 한다. 즉 연애한 사람과 결혼으로 나가든
가, 아니면 헤어지는 길이다.

3월 말이 되어서 미라가 프랑스에서 돌아왔다.
태현이가 학교에 얼굴을 보이지 않은지 여러 주일이 되었다.
어차피 개인의 소질과 솜씨로 꽃피는 분야가 회화의 세계이다. 서
양의 새로운 경향을 공부한다 하지만 그것도 개인의 취향 나름이었
다. 예술이란 어차피 기존의 것을 배우는 것보다, 스스로 창조하는 것
이 훨씬 더한 비중을 가진다.
미라가 외국에서 돌아왔으나 따뜻하게 환영의 자리를 만들어줄 사
람도 없었다.
혜란은 그녀대로 바빴다. 무슨 미술 관련 잡지사에 취직이 되어서
동분서주하고 있었다.
그나마 책가방을 들고 학교에 매일 나가는 사람은 나뿐이었다.
내가 무슨 공부벌레라도 되어서 그런 것은 아니다. 미대생 누구도
싫어하는 교직과목을 나는 이수했고, 곧 임용고시가 있기 때문이다.
사범대학 미술교육과 학생들과 경쟁해야 하는데 이들을 제치고 합격
할 확률은 거의 없었다. 요행으로 합격하면 서울 시내 중, 고교에 미
술교사로 발령을 받게 된다.
요사이는 임용고시에 합격하면 대학 강의동의 가장 잘 눈에 띄는
벽면에 축하 벽보가 붙는다. 사법시험합격자 비슷한 축하를 받는다.
그만큼 중고교 교사되기가 어렵다.
교육자라는 직업이 인기가 있어서가 아니라, 내일을 모르게 격동하
는 사회 속에서 교육계가 그나마 안정성이 있기 때문이다.

나는 나의 내면에서 나도 모르게 꿈틀거리는 외곬로 빠지는 환쟁이다운 기질을 통제하고, 내 인생의 먼 여정에서 결국 붓을 꺾게 되고야 마는 위기를 피하면서 억제할 수 없는 그림에의 욕망을 지속적으로 불태워야 한다는 생각을 하고 있었다. 내가 환쟁이다운 기질이 부족해서 그런지는 모르겠다. 그러나 나는 나 자신이 나의 그림을 사랑하지 않으면 누가 사랑할 것인가 하는 생각을 늘 하고 있었다. 지난 세월 속에서 전설처럼 환쟁이다운 짧은 생을 비극적으로 살다간 화가가 되어서는 안 된다는 생각을 하고 있었다.

내가 교직과목을 이수하는데 대해서 이죽거리는 학생들도 있었으나 태현만은 그렇지 않았다. 가장 그런 걸 우습게 보는 듯한 그가 뜻밖이었다.

"현우는 대성할 거야. 나도 널 따라 해야 하는데, 지금 당장 그런 것이 조금도 머리에 들어오지를 않아. 너는 어느 면 무서운 아이이기도 해."

"좋게 봐주어서 고맙구나. 창피한 일이지 뭐. 그림에 자신이 없으니까 하는 거야."

"그림이 자신만으로 되니… 어디까지나 사회 속에서의 그림이야."

"…"

나는 태현이가 평소 내가 생각하고 있는 그가 아니라서 적이 놀랐다. 그는 모든 면에서 나보다 한걸음 앞서 있었고, 그림에 한결 깊게 뿌리박고 있는 듯했다.

나는 그동안 완성해서 간직하고 있던 미라의 그림을 그녀에게 보여주었다.

미라는 그것을 보겠다고 관악산 연봉의 작은 흐름이라고 할 수 있는 조그만 언덕 위에 자리잡은 나의 원룸을 방문하였다.

"내가 좋은 화실을 가졌으면 그 한가운데 걸어놓았을 걸, 이 작은 방 바람벽에 걸어놔서 미안하구나."

"그림 한 장에 일억 원, 이억 원… 어떤 외국 유명작가의 그림은 십억 원에도 팔렸대. 피카소가 앤디워홀에게 추격되기 전만 해도 그림 한 점에 백억 원이 넘었어…"

"나같은 놈에게는 까마득한 이야기지."

"마네가 살아있어서 관악산 이현우 화실에 왔으면 아마 놀라고 갔을 거야. 이 그림 때문에… 날 그려서 그런지 그림이 너무 충격적이고 아름다워… 내가 이렇게 아름다운가!"

"너는 아름다워… 놀라울 정도로."

"정말이니… 현우야, 네 입에서 그런 소리가 나오다니… 정말 놀랐구나… 너의 입에서 그런 소리가 나오기를 기대하면서 내가 바닷가에 선 것이 아니었을까."

"…"

"내 모습 그린 그림을 내가 가지는 것도 뭣하고… 당분간은 네가 간직하고 있어라. 하지만 그 그림을 보여주고 싶은 사람이 또 있어."

"그래? 잘 그리지도 못한 그림인데… 그 사람이 태현이라면 벌써 태현은 봤어."

"태현이가 벌써 봤어? 완성된 것을 봤어?"

"그럼!"

"태현이만이 아니야. 한국의 젊은 화가들의 작품을 꼭 보고 싶다는 사람이 있어."

"한국의 젊은 화가들? 그럼 그 사람이 외국인이야? 그럼, 그 사람 프랑스 사람이겠구나?"

"파리고등미술학교에서 사귄 친구야. 그림도 같이 공부했지만 나에게 불어를 가르쳐주었어. 멋진 아이야. 그렇게 젠틀할 수 없어!"

"좋은 친구를 사귀었구나."

나는 활달하고 적극적인 성격의 미라가 좋은 외국인 젊은이를 사귀었다고 생각했다.

졸업학년에 올라오면서 사실 우리 네 사람의 유대관계는 어느 면 조금은 느슨해진 것같이 느껴졌다.

그러나 나는 그것을 크게 우려하지 않았다. 우려한다고 될 일도 아니고, 우려할 아무런 이유도 없었다.

다만 나는 인간의 심성에 잘 변하지 않는 어떤 요소가 있다면 그것은 어쩌면 대학시절에 맺어지는 우정과 연애감정이 아닐까 하는 생각을 하는 수가 있었다. 졸업학년이 아닌 저학년 때의 우리들은 정말 희망과 꿈 그리고 인생에의 열망으로 몸부림쳤기 때문이었다. 우리는 진리의 탐구에 몰입하였고, 영원한 미의 세계에 침잠하였다. 그리고 이 세상에서 가장 의젓한 신사가 되고 싶었고, 세기의 사랑을 하고 싶어 가슴을 태웠다.

프로이드 같은 사람은 유년시절의 성적체험이 한 개인의 일생의 의식을 지배하는 무의식으로 변한다고 하지만, 그의 수제자인 칼 융 같은 사람은 집단 무의식이라는 개념을 도입하여 스승의 이런 학설에 반기를 들었다.

이런 위대한 천재들과 비견할 수 없는 나 같은 애송이도 생각하는 기능이 있고 나름대로의 체험도 있어서 이들과는 다른 견해를 제시하는 것이다.

사회와 관련을 갖기 시작하는 졸업학년에 올라오거나, 막상 사회에 진출하면 태현의 말대로 우리는 이런 꿈과 열망을 잃어버리고 하루하루 지금 당장 닥친 현실적인 삶과 싸워야 하는 것이다. 개미 쳇바퀴 돌 듯하는 이런 삶을 한 4, 50년 살다가 우리는 전신을 움직일 수 없을 만큼 늙어 버린다. 그리곤 핏줄이 막혀 생을 마감한다.

나의 생각은 이런 개미 쳇바퀴 돌 듯하는 사람의 일생 동안 우리의 의식을 근원적으로 지배하는 것은 역시 대학 저학년 시절의 희망과 꿈 그리고 우정과 연애감정으로 몸부림치던 그 뜨거웠던 추억이 아닐까 하는 것이다. 인간의 의식을 일생 지배하는 것은 결코 유년시절의 성 체험도 아니고 인간의 집단 무의식도 아닌 것 같다.

나는 적어도 대학에 들어오기 전까지는 태현 같은 특출난 그림의 소질을 가진 친구를 만난 적이 없었고, 혜란이나 미라 같은 뛰어난 아름다움과 개성을 갖춘 여자들을 만난 적이 없다. 대학은 젊은이의 새로운 만남의 장이 아니고 무엇인가.

"이번 여름방학 때 알렝이 한국에 올 거야."

"…"

"한국의 젊은 화가들을 만나고 싶고, 한국의 시골이 보고 싶대."

"너 그 사람하고 불어로 대화가 되니?"

"조금, 참 신기해. 남의 나라 말을 조금씩 조금씩 통해 가는 게 여간 신기하지 않아."

"너 벌써 세 번이나 파리에 갔었잖니?"

"그런데도 남의 나라 말에 좀 통하게 되는 게 보통 어려운 게 아니더라구. 나는 내가 그림 배우러 프랑스에 가나 아니면 말 배우러 가나

헷갈릴 때가 있어. 불어의 매력은 대단해."

"매력? 말에 매력이 있다고? 말은 그냥 인간의 감정과 삶을 언어와 음성으로 표현하는 수단 아니야?"

"그야 그렇지? 하지만 언어에는 그 민족 고유의 특성과 문화가 녹아 들어 있는 것 같아."

"각 나라 말마다 무슨 특성이 있을까?"

"글쎄, 영어는 해적들 언어고, 독어는 과학자들의 언어고, 일어는 사무라이 언어고, 프랑스어는 연애의 언어고, 한자는 붓글씨 쓰기 좋은 글자고…"

"한국어는?"

"글쎄, 우리나라 말은 뭐하기 적당한 말일까, 양반 쌍놈 구별하여 쓰기에 좋은 말이 아닐까? 존댓말과 비하의 말이 우리나라 말처럼 발달되어 있는 말이 없대."

"우리나라 말을 비하하는 것같이 들리네."

"아니야, 그것은 우리나라 말이 그만큼 풍부한 표현력이 있다는 말인데, 그러기에 우리나라 사람들은 그만큼 감정이 풍부하다는 뜻이 될 거야."

"그런데 불어의 매력 때문에 단단히 걸려들었군!"

"뭐가?"

"뭐긴 뭐야! 그 알렝인가 뭔가 하는 녀석한테! 좋은 일이지 뭐. 축하할 일이야."

솔직히 말해 나는 언제나 미라가 조금은 황송하였다.

시골 가난한 교사의 아들인 나를 그녀는 조금도 어설프게 대하지 않았다. 그야말로 완벽한 한 사람의 인격자로 대해주었다.

나는 대학의 고학년으로 올라오면서 이런 현실감에 사로잡히고 있는 자신을 발견하곤 한다.

어수선한 분위기 속에서 졸업학년의 전반기는 흐르고 있었다.

학교에서 그림을 그리는 실기실 대신에 도서관 구석에 처박혀 교육학 책을 읽고 있는 가난한 시골 교사의 아들이 가야할 길은 조금은 남다를 수 있다. 그러나 어쩌겠는가, 누구든 자신만의 길이 있는 것이다. 이 길이 나의 길이다. 나는 부모님과 동생들을 고려하지 않는 내 삶을 생각하기 힘들었다.

밤늦게까지 책을 읽고 있다가 잠시 교정의 플라타너스 나무 그늘에 나가 벤치에 앉아있으면 다가오는 인생이 실로 두렵게 느껴졌다. 저 캄캄한 밤하늘 속에 웅크리고 있는 나의 인생은 어떤 모습으로 나에게 나타날 것인가 하는 생각에 사로잡혀 자신도 모르게 몸을 떨게 된다.

그럴 경우 나는 이 캠퍼스에서 보낸 지난 3년의 세월이 파노라마처럼 반추되곤 했다. 미련 없이 그림을 그렸고, 미련 없이 학우들과 어울린 것 같았다.

그러나 나는 인생의 황금기인 대학생활에서 누구와 연애라는 것을 한 것 같기도 했고, 그렇지 않은 것 같기도 했다. 두 여학생과 연애를 동시에 할 수는 없는 일이다. 나는 아무래도 혜란과 미라와 연애를 한 것 같기도 하고 그렇지 않은 것 같기도 했다. 참으로 묘한 기분이었다. 그녀들을 몸이 부서져라 껴안기도 했고 경우에 따라서는 키스도 했지만 어쩐지 지금 남은 것은 아무것도 없었다. 그녀들 중 누구와도 사랑의 고백이나 약속이나 확인 같은 것을 한 적이 없었다.

그녀들 둘 다 나의 연인인 것 같기도 하고 그렇지 않은 것 같기도 했다. 결과적으로 나에게는 빈손만 남아있다.

미라가 알렝과 함께 태현이 살고 있는 연천에 한번 같이 가보자고 했다.

한여름 밤의 무더운 공기도 교정에 들어선 수많은 나무들 탓인지 자정을 넘기면서 조금은 견딜 만큼 시원해져 갔다. 나는 졸음을 느끼고 벤치에 누웠다가 스르르 잠이 들었고, 한 시간 가량을 잤을까 잠에서 깨어났다.

이 잠은 그러니까 나를 흔히 환상과 희망의 나라로 인도하는 나 특유의 그런 낮잠은 아니었다. 그러나 지금 이 잠에서 깨어나보니, 나 자신 희망이 샘솟는 환상의 나라에 내가 와 있는 것 같은 감각에 빠져 있었다.

그 환상의 나라에서 나는 분명히 혜란의 연인이었다. 다시 말해서 혜란이가 나의 연인이었다. 나는 그녀를 업고 여름 바닷가를 끝도 없이 걷고 있었다.

나는 교정에 설치되어 있는 음수용 수도로 가서 머리를 수돗물 속으로 집어넣었다. 이런 환상에서 깨어나고 싶었다.

나의 대뇌에서 솟구쳐 오르는 함성은 혜란이건 미라건 잊어야 한다는 것이었다. 군 입대와 취직전선이 나를 기다리고 있었다. 여기서 내가 성공을 거두리라는 보장은 없었다. 설령 내가 군 복무를 끝내고 취직이 된다고 하더라도 그렇게도 갈구하는 그림 그리기는 어떻게 될 것인가. 나는 자신도 모르게 암담해지는 자신을 느끼지 않을 수 없었다.

"미라야, 연천에 가려는 이유가 뭐니?"

"그야, 태현을 만나러 가는 거야. 웬지 태현을 더 못 만나고 헤어질 것만 같아. 걔가 졸업 때까지 학교에 나오겠니… 나도 이 학기부터는 다시 파리로 가야 해… 졸업식이 있지만 태현이도 나도 졸업식에 참석한다는 보장이 없어. 문자가 왔는데, 무슨 산중화실을 지어서 혼자 그림을 그리나봐."

"나한테는 그런 문자조차도 오지 않았어."

"그래? 너들 여자가 봐도 질투 날 정도로 찰떡이더니."

"짜아식, 섭섭하게 나한테 그럴 수가 있나."

"하지만 너희들 두 사람, 서로들 배려하고 존중하느라 우리 둘에게 어떤 행동도 취하지 못했어. 이제는 이미 늦었어. 프랑스 속담에 '라 므르 에 뿔리 포르 끄 라 모르(사랑은 죽음보다 강하다)' 라는 말이 있어. 수업시간에 배운 거야. 그런데 나는 진심이지만 '라미띠에 에 뿔리 포르 끄 라므르(우정은 사랑보다 강하다)' 라고 말하고 싶어. 단 남자에게… 난 너희 두 사람에게서 그것을 배웠어."

"무슨 그런 말을!'

"대신에 너희들, 사람 살아가는 거… 좀 멀리는 보는 것 같더라. 답답할 정도로… 네가 이 더운 여름에 교육학 책 펴놓고 끙끙대는 모습 보면 그런 걸 느껴… 아내에게 생활비 주는 남편이 되고 싶고, 시골 아버지 어머니 생활비 부치는 아들이 되고 싶은 한국의 아들이야. 탓할 건 없어. 너무나 한국적인 한국의 아들이지. 하지만 중, 고등 교사 하면서 화가로 대성한 사람은 아무도 없어… 사람은 동시에 두 가지 일은 못하는 법이야!'

"하지만 어쩔 수 없어. 달리 도리가 없다구. 직장이 있어야 장가를 가지! 직업 없는 놈에게 누가 시집을 오겠어? 그 다음이 그림이야. 먼저 입에 풀칠을 해야 할 것 아냐.”

“이게 바로 너희들 두 사람의 차이점이야. 태현은 전혀 그런 생각을 하지 않아. 걘 장가를 가지 않아도 괜찮구, 설령 어느 얼빠진년하고 결혼을 했더라도 생활비 같은 것은 한 푼도 만들어줄 위인이 아니야. 그래서 내가 걜 보러 가는 거야…”

“그럼, 태현은 충분히 그런 아이야. 개는 그림밖에 그릴 줄 몰라. 다른 것은 전혀 할 줄 아는 게 없어… 그래서 내가 개 앞에서 주눅이 드는 거야.”

“현우야, 겸손해하지마. 우리가 보기엔 너도 화가로서 천부적인 소질이 있는 것 같아. 혜란이도 동감이야. 그 점을 태현이도 두려워한다구. 너희들 두 사람이 서로들 연인을 양보하는 것은 서로 간에 타고난 화가로서의 천부적인 소질을 감지하기 때문이야… 그렇지 않니?”

“모르겠어. 그런 것 같기도 하고… 아닌 것 같기도 하고.”

“혜란이와 나, 너희들 두 사람, 천재적인 화가가 될지도 안 될지도 모르지만 좌우간에 대단한 소질을 타고난 두 청년과 대학생활의 대부분을 보낸 것을 영광으로 생각해. 그런데 너희들 하고만 놀아서 우리 두 여자아이들 애인이 없어. 너희들 우리를 가지지도 놓아주지도 않았어. 바보들이… 서로들 남 애인을 뺏을까봐 겁이 나서…”

“…”

나는 다문 입을 열 수가 없었다.

미라의 얘기를 듣고보니 그녀의 말이 다 맞는 것 같았다. 그러나 그녀의 말이 다 맞다고 하더라도 나는 전혀 어떤 뚜렷한 의식을 가지고 행동한 적은 없는 듯이 느껴졌다. 나는 다만 태현을 강하게 의식한 것 뿐이었다.

그럭저럭 한 학기가 흘러가고 학기말 시험도 치렀다. 필기시험은 거의 없었고, 대부분의 과목들이 작품 심사로 메꾸어졌다.

대지가 여름 해에 달아오르기 시작하는 어느 날 우리는 미라의 차를 타고 태현이 살고 있는 연천을 향해 출발했다. 미라가 핸들을 잡고, 앞자리 조수석에는 알렝이 타고 나는 뒷자리에 앉았다.

그에 대한 인상을 어떻게 적어야 할지 모르겠다. 그의 인상을 한마디로 말하라면 아마도 '잘 정돈된 화단' 같다고나 할 수 있을 것이다. 그의 얼굴에는 언제나 친근한 미소가 서렸다.

그가 나에게 끼친 이런 인상은 지금의 모습을 만들어준 그의 조국 프랑스라는 나라의 오랜 역사와 찬란한 문화가 배어있는 데서 저절로 우러나온 듯했다.

그래서일까, 알렝을 한국으로 유인할 수 있는 미라의 매력이 돋보였다. 그녀는 무언가 나보다 한걸음 앞서 있는 것 같은 생각이 들었다. 그래서 그녀는 세계화단의 동향을 잘 이해하고, 우리가 그리고자 하는 그림을 세계적인 경향에 맞추어 그릴 수 있는 여건이 갖추어져 있는 듯했다.

우리는 사실 내가 생각하여도 백여 년 전 프랑스를 휩쓴 인상주의도 잘 이해하지 못하고 있다. 우리의 대학에서의 그림은 신고전주의나 낭만주의 혹은 사실주의적인 차원에서 이루어지고 있다. 우리에게 그림을 지도하는 교수님들 자신도 세계 그림시장과는 거리가 먼 사람들이다. 세계 그림시장에서 고정적인 컬렉터가 있어야만 세계적인 화가라고 할 수 있을 것이다. 내가 왜 그걸 모르겠는가. 일본만 하더라도 한다 하는 화가들의 전시회는 파리가 아니면 뉴욕에서 열린다. 그럴 경우 고정 콜렉터들이 있어서 그림은 엄청난 값으로 팔려 나간다. 일본 그림은 그야말로 세계화되어 있다고 보아야 한다.

소비재를 비롯한 모든 상품들 그리고 문화상품들까지도 어느 한 나라에서 생산되어 그 나라에서 소비되는 양태는 지금의 세상에는 없는 것으로 보아야 한다. 이런 점에서 세계는 한통속으로 돌아간다.

그림도 마찬가지다. 세계 그림시장을 염두에 두고 화가는 그림을 그려야 하는 것이다. 촌스런 구닥다리 경향의 그림을 그려서는 그림은 세계를 향해 날개를 달 수는 없다.

수유리에서 연천 행 도로를 승용차로 달려보는 것도 처음이었다. 4차선 도로가 잘 닦여있었고, 평일이어서 차는 잘 빠졌다. 강과 산 그리고 골짜기의 고장, 연천으로 가고 있는 것이다. 이런 지형 탓으로 연천은 겨울에 폭설이 자주 내리는 것으로 유명하다.

"현우야, 여기 조금 올라가다가 의정부를 지나 곧바로 회암사라는 절의 유지가 남아있지? 이 친구 어디서 읽었는지 그걸 보러 한번 가보자는거야. 나도 가보지 않았어. 참 놀라운 일이야, 외국 사람이… 창피하기도 하구."

차는 순식간에 대로에서 벗어나 회암사의 유지 앞에 멎었다.

천보산이라는 이름의 녹음 짙은 산 아래 펼쳐진 꽤 높고 평평한 구릉에 엄청나게 큰 절의 유지가 잡초 속에 파묻혀 있었다. 절의 좌측 상단에는 전망대까지 마련되어 있었다.

우리는 말을 잃고 넋 나간 사람처럼 한참 동안 전망대에 서서 폐허를 내려다보았다. 알렝은 불어로 된 한국사를 꺼내어 책 속의 사진과 실제의 폐허를 대비하기도 했다.

"현우야, 이 절에 왜 불이 났는지 아니? 그런 기록 같은 거 없어?"

"이 절에 왜 불이 났는지는 어떤 기록도 없대. 다만 추측하기로는 유생들이 불을 질렀을 것이라는 주장이 가장 설득력을 얻고 있어. 다른 주장은 이 절에 빈대와 벼룩이 너무 많아 그것을 잡으려고 모깃불을 피우다가 불씨가 옮겨져 불이 났을 것이라는 주장도 상당한 근거가 있나봐."

"아무리 유생들이라고 해서 절에 불까지 지르진 않았을 텐데…"

"아니야, 거기에는 그만한 이유가 있었어. 이 절에 천오백 년대 중반기에 재위했던 명종 시절에 수렴청정하던 중종의 계비 문정왕후 시절에 보우라는 중이 있었어. 그 자가 이 절에서 요양한 적이 있었고, 당시 이 절의 본사이던 포천 봉선사의 주지를 맡기도 했었어. 그는 대단한 학문을 이루고 있었고 성격이 활달하고 인격이 걸출하였으며 스님이지만 미남으로 생겨 문정왕후의 절대적인 신임을 얻었나봐. 그녀는 왕대비라는 막강한 위치에서 아들인 명종의 수렴청정을 하고 있었어. 왕대비의 신임을 받는 것을 기회로 보우는 쇠락의 길을 걷던 불교를 부흥시켜보고자 적극 노력하였어. 그는 바로 여기 회암사를 대대적으로 중창하였으며, 결국 문정왕후로 하여금 연산군 이래로 폐지되었던 선종과 교종을 회복시켰고, 과거에 승과를 개설하여 도첩제를 시행하였어."

"문정왕후가 보우를 사랑했나봐."

"타이틀이 왕대비지, 지아비 여윈 외로운 여인이지 뭐. 여자가 얼마나 사랑을 탐하나. 그 외로움을 불교신앙으로 다스리다가 보우를 만난거야. 그러니 내놓고는 못하더라도 마음속으로 그리고 비밀스럽게 보우를 사랑했겠지."

"그런데 그런 보우를 왜 요승이라 할까?"

"어디까지나 유생들의 시각에서 하는 소리야. 아, 스님이 불교진흥을 위해 적극 노력하는 것은 너무나 정도야. 그게 왜 요승이야. 명종 다음의 선조 때 임진왜란이 일어났을 때 크게 활동한 휴정과 유정도 따지고 보면 보우의 이런 적극적인 불교진흥책으로 길러진 인물들이야."

"그런 훌륭한 인물을 유생들이 왜 그렇게 못살게 했을까?"

"조선이란 나라가 원래 억불숭유의 나라잖아! 불교가 흥하니 그 말 많은 유생들이 가만히 있을 턱이 있나. 요승 보우를 죽이라는 상소문이 반년 만에 500여 통이나 올라왔다는 거야. 명종이 이걸 읽느라고 안질이 다 생겼다잖아. 결정적으로 명종의 마음을 움직인 것은 당시 이조판서이던 율곡의 상소문이었어. 「논요승보우소」라는 상소문이었는데, 보우를 멀리 귀양 보내야 한다고 호소하였어. 율곡을 아끼던 명종은, 보우를 제주도로 귀양을 보냈고, 제주목사 변협이란 자가 자객을 보내 보우의 목을 베었어. 그리고 회암사는 서서히 폐사가 되어가다가 결국 불이 나서 완전 폐허가 되어버렸지. 저 모습 좀 봐 얼마나 처참하냐."

우리는 보잘 것 없이 세워진 신 회암사를 둘러보고, 뒷산 언덕바지에 있는 지공, 나옹, 무학 세 선사의 부도를 둘러보았다. 무학의 부도는 보물로 지정되어 있었다.

"그런데 현우야, 이건 뭐야? 왜 이렇게 울고 있어? 이런 부처상도 있는 거야? 절에!"

미라가 저쪽 응달진 산비탈에 버려진 듯 서 있는 작은 석상 하나를 가리켰다. 아, 나는 가벼운 탄성을 발했다. 저것이 바로 그 석상이구나 하는 탄성이 튀어 나왔다. 그 부조상은 오만상을 찡그리고 있어서 보는 이의 마음을 섬뜩하게 했다. 그것에 대해서 어떤 야사에서 읽은 적이 있었다.

"응 저것… 바로 그거야. 어디선가 읽은 적이 있는데… 보우를 지성으로 따르던 비구니 하나가 보우가 제주도에서 제주목사의 손에 목이 떨어졌다는 비보가 여기 회암사에 전해졌을 때, 슬픔과 충격을 이기지 못하고 전신공양을 했다는 거야."

"전신공양이라니?"

"불자들은 불사승(佛寺僧) 즉 부처와 절과 스님을 위해 뭔가 자신이 아끼는 귀한 것을 바치는 것을 의무로 여기고 있어. 그 처녀승은 보우에게 자신의 몸을 불태워 바친 거야. 그걸 전신공양이라고 해. 그래서 그후 이 절의 신도들이 그 비구니의 모습을 돌로 조각하였다고 하더니 저것이 바로…"

우리는 괴롭고도 처참한 표정을 하고 있는 작은 석상으로 가서 둘러섰다.

오랜 풍상에 씻겨 많이도 흐려져 있었으나 보는 이들의 가슴을 쓰리게 쥐어짜는 표정은 읽기에 충분하였다.

슬픔과 고통이 절묘하게 잘 어우러져 있었다. 나는 석조상을 끌어안고 오열했다.

미라가 내 등판에 그녀의 얼굴을 묻어왔다.

"현우야 그러지 마— 언젯적 이야기라구 그래… 야사라면서 진짜인지도 모르잖아!"

회암사지를 떠나 약 3, 4십 분을 북상하니, 연천군 경계 표지판이 나타났다.

　나에게 연천군은 가보고 싶었던 미지의 땅이었다. 그것은 오로지 나의 친구 태현의 고향이기 때문이다. 도대체 어떤 곳이기에 태현과 같은 기이하고 신비스럽고 특출한 재능을 가진 아이가 태어났을까 나는 늘상 생각하고 있었다.

　나는 머릿속으로 그럴만한 특별한 이유가 있을 턱이 없다고 생각하면서도, 마음속으로는 무슨 이유가 있으리라 나도 모르게 믿고 있었다. 나의 이러한 선입관 탓이었을까, 군 경계의 초입부터 심상치 않았다.

　동쪽 철원지역에서 흘러온 한탄강이 서북쪽에서 흘러온 임진강과 합수하고 있었다. 거기에 질펀한 백사장이 펼쳐져 있었다. 그리고 수많은 방갈로들이 들어서 있었고, 가끔 가다가는 좋은 시설의 관광호텔과 식당이 즐비하고 있었다. 국립공원으로 지정되어 있는 한탄강 유원지인 것 같았다.

　이 깊은 내륙지방에 25만 년 전에서 10만 년 전으로 추정되는 구석기 시대의 유적이 발견된 것은 이 지방의 지형과 지질을 잘 관찰하면 이해할만한 일이다.

　38선이 지척인 곳에 국립관광단지가 있다는 사실이 믿어지지 않았다. 하기야 연천군 전체가 남쪽 몇몇 지역을 제외하고는 6·25 전에는 전부 북한 땅이었었다. 지금도 완전히 수복된 것이 아니고, 북서쪽 3분의 1 정도는 북한에게 먹혀 있다.

　임진강의 발원지가 북한 땅이라 자주 말썽이 되고 있는 것도 이런 이유 때문이다.

　연천군에는 두 개의 읍이 있는데, 남쪽 군 경계선 초입에 자리 잡고 있는 것이 전곡읍이고, 한 30리 정도 북상하면 연천읍이 있다.

연천읍에는 군의 북동쪽에 자리 잡고 있는 철원용암대지에서 발원한 차탄천과 아미천이 흘러내려온다. 이 두 강들은 연천에서 한탄강에 유입되어 임진강으로 흘러든다. 이 용암대지 북쪽에는 광주산맥과 마식령산맥의 지류가 흐르고 있어서, 산세가 험하고, 고대산 지장봉 보개산 향로봉 등 해발 800미터 이상의 험준한 산들이 버티고 있다.

남한과 북한을 지형적으로 이분하는 지질상의 특징이 이 지역을 남류하는 추가령지구대인데, 길고 낮은 골짜기가 달리고 있어 옛날에는 경원가도로 불리던 곳이다.

산이 높은가 하면 지구대가 달리고 있고, 강들이 높은 산악에서 발원하여 여러 갈래로 흐르고 있고, 강변에는 그런대로 평야가 발달되어 있다. 그래서일까, 겨울에는 눈이 많이 내리는 곳으로 유명하다.

고려 시대에는 임진강과 한탄강을 통해 수로가 발달하여 수도 개경에서 궁예의 왕국이 있는 철원까지 배가 떠다녔다고 한다. 개경이 본거지였던 왕건은 이 수로를 이용해서 철원으로 내왕했다. 이것이 궁예의 부하였던 왕건의 원찰이 임진강 연천 북안에 자리 잡은 이유이다. 그것을 계기로 고려의 신하였던 조선 태조가 여기에 고려 왕실의 7왕을 모신 제전인 숭의전을 지었다. 지금도 숭의전은 많은 세월의 풍상을 이기고 서 있고, 왕씨 종친회에서 일 년에 두 차례 제의가 치러지고 있다.

나는 떠듬거리는 영어로, 미라 역시 떠듬거리는 불어로 이 지역의 역사적 지질적인 특징을 손으로 가르쳐가며 알렝에게 설명하였다. 말이 잘 되지 않을 때에는 명사만 늘어놓아도 알렝은 금방 알아차렸다.

숭의전 가까이 위치한 목은 이색의 영정을 모신 목은영당에 잠시 들렀다.

연천을 향해 다시 북상하면서 앞으로 시선을 던지니 저 멀리 높은 험산들이 시야를 막았다. 거기에서부터 추가령지구대가 남으로 이어지고, 임진강과 한탄강 그리고 차탄천과 아미천이 흘러내리고 있다. 이들은 군의 남역에서 합수하여 서남쪽으로 방향을 튼다.

저 산들의 연봉과 강들이 뿜어내는 정기가 나의 머리와 가슴속으로 밀물처럼 흘러들었다.

"현우야, 보통지역이 아니야. 어느 지역이나 특징이 있고 나름대로의 장점이 있지만 여기 연천 전곡은 좀 대단한 것 같아. 오죽하면 이 지역에서 구석기시대 유물인 주먹도끼가 나왔을라구. 아시아 처음이래."

"그래서 태현 같은 아이가 태어난 게 아닐까… 하바드대 교수가 아시아에는 주먹도끼가 없다고 단언했다잖아. 20만 년 전 연천 사람들, 공룡들과 싸워서 살아남은 거야. 대단해."

"넌 참 태현을 대단한 아이로 보는구나. 나도 그런 줄은 알지만 지나친 것 아냐."

"아니야, 그 아인 우리하고는 달라. 이중섭하고 박수근을 합쳐놓은 것 같기도 해."

"이중섭은 굶어 죽었고, 박수근도 쉰을 넘기자마자 죽었어. 그런 사람들이 뭐가 그리 대단해."

"그 사람들의 인생이야 초라하지. 하지만 그들이 남긴 작품들이야 한국 화단의 보물이지. 나는 사실 태현이가 요절하거나 그림을 도중에 포기할까봐 걱정스러워."

우리는 태현이가 핸드폰으로 일러주는 대로 차를 몰아 그의 집 앞에 닿았다.

태현은 텁수룩하게 수염을 길러서 처음 보았을 때 잘 알아보지 못할 정도였다.

그의 집 앞이라 하지만 버스 몇 대가 정차해 있는 꽤 넓은 마당이었다. 태현네가 시골에서 버스터미널을 한다는 말을 언젠가 한 적이 있었다. 그는 우리를 보더니 너무나 반가워했다. 그리곤 우리를 그 넓은 마당을 지나 안집으로 인도했다. 거기가 살림집이었다.

어수선한 마당과 매표소 풍경과는 다르게 살림집은 붉은 벽돌로 잘 지었다. 양옥과 한옥을 절충하여 지은 집이었다. 벽돌집 뒤로는 녹음 짙은 산자락이 내려와 있었고, 집 주변에는 소나무들이 몇 그루 심어져 있어서 운치를 더했다.

소나무 그늘에는 야외용 널찍한 차양테이블 한 개와 의자 몇 개가 놓여져 있었다. 그 의자 하나에 콧수염을 멋있게 기른 신사가 한 사람 앉아있었다.

"아버님, 서울에서 대학 친구들이 왔습니다."

"으음, 그래, 멋있게 생겼구나."

"얘가 현우고 이 여학생이 미라구요, 이 학생이 알렝이라구 프랑스 사람입니다."

"프랑스 사람이라… 6·25 때 프랑스대대가 횡성 전투에서 적 최강 사단을 깼지… 몽끌라르 중령이 지휘했는데, 참전 전 프랑스에서는 쓰리 스타였어, 한국전 참전을 위해 스스로 강등까지 했지."

"아버님, 우리는 그림 그리는 미대생들입니다."

"그렇지 참… 화가들에게 군 얘기는 어울리지 않아. 으음… 멋지게 생긴 화가들이구먼. 여기 의자에 앉아요."

“아버님은 예비역 대령이서. 이해하라구. 모든 것을 군과 결부시켜 사고하시는 분이야. 그리구 저기 계시는 분이 우리 어머니야. 예순을 넘기셨는데, 아직도 자수를 하셔. 자수를 하시지 않으시면 잠들지 못하시는 분이야. 저기 벽에 걸려있는 우단 위에 수 놓여진 금강산 보이지. 저거 어머니가 수를 놓으신 거야. 겸제 정선의 금강산도를 자수로 놓으신 거야. 어머니 제 친구들이예요. 인사 받으세요.”

우리는 고개를 숙여 인사들 드렸다.

맑고 깨끗한 두 눈을 가진 조용한 분위기의 부인이었다. 그녀는 조용한 미소를 띠고 우리를 가만히 건너다보았다. 왠지 군 장교의 부인 같지 않은 분위기가 그녀에게서 흘러나왔다.

우리는 소나무 밑의 의자에 앉아 태현의 어머니가 내오시는 녹차를 마셨다.

녹차잔이 옻칠을 곱게 입힌 자개 잔인데 황홀할 정도로 아름다웠다. 찻잔을 올려놓은 찻상도 역시 자개 상이었다. 옻칠을 두텁게 올려 자줏빛이 영롱한 찻상이었다.

“그것도 어머니 작품이야. 솜씨가 좋으셔서 동네 자개 상한테 어깨 너머로 배웠어. 솜씨가 너무 좋아.”

우리는 차를 마시다가 우리가 왔다는 말을 듣고 집으로 들른 태현의 형님에게 인사를 드렸다. 아버지를 닮은 탓인지 침착해보였고 결기 같은 것이 있어 보였다. 그리고 역시 유전인지 좋은 풍채를 가지고 있었다. 그는 우리에게 인사말을 했다.

“많이 먹고 놀다 가거라… 다들 인물이 훤칠하구나.”

우리는 슈퍼에 들러 먹을 것을 잔뜩 사서 차에 싣고, 태현의 작업실이 있는 데를 향해 출발했다. 고산준령이 첩첩이 들어선 철원용암지역에는 여름이 잔뜩 고여 있었다.

근 한 시간을 달려 차는 거대한 단애 아래 공터에 멈췄다. 그 단애에서는 폭포가 쏟아지고 있었다. 폭포에서 내려온 물은 서쪽으로 방향을 잡고 흘렀다.

짙은 소나무숲 속에는 통나무로 꽤나 아름답게 지은 방갈로가 한 채 있었다.

"저게 내 집이야. 내 작업실이구. 저기 단애 위에 철조망이 보이지. 저게 민통선이야."

우리는 각자 자기의 짐을 방갈로 안으로 옮겼다.

그리곤 누구의 말도 없었는데, 제각각 캔버스를 들고 주변을 살피기 위해 돌아다녔다.

보이는 것이라고는 깎아지른 듯한 단애와 겹겹이 쌓인 녹음의 대향연, 그리고 들리는 것이라고는 계곡을 흐르는 물소리와 끊임없이 귀를 간질이는 산새들의 지저귐, 그리고 가장 특징적인 것이 역시 정신을 얼떨떨하게 하는 정적이었다.

"야 이런 데 살면 화가가 되는 것이 아니라, 산신령이 되겠어."

"그래, 바로 맞았어. 그리고 여기는 땅 거래가 잘 안돼. 군사작전지역이라든가, 무슨 경계지역이라든가, 땅을 팔고 사려면 군당국의 허락이 필요해. 그리고 여기는 문중 땅이 많아. 개인 소유보다도 문중 땅으로 묶여있는 경우가 그렇게 많더라구. 개발이 되지 않은 지역이라 땅이 분할되어 사고파는 형식으로 되기보다는 조선 시대의 땅의 소유형태이던 문중 땅으로 그대로 지속되어 내려온 거지 뭐. 내가 방갈로를 지은 땅도 전부 우리 문중 땅이라고 하던데…"

"그것도 잘 모르고 방갈로를 지었어?"

“형님이 문중에 얘기를 해서 허락을 받았대. 그래서 그냥 지으라구 구두 허락한 거야. 여기는 그래.”

“나도 청양 촌놈이지만, 시골에는 그런 땅이 많아. 핏줄로 조금 걸리면 그냥 집을 짓고 사는 거야.”

“여기서 골짜기를 따라 북쪽으로 한 오 리쯤 더 가면 내 방갈로가 한 개 더 있어. 한 곳에만 붙박여 있으니 답답해서 내가 직접 지었어. 땅은 역시 우리 문중 땅이야. 그 땅의 관리권을 가진 문중 사람이 수유리에 나가 사는데, 무슨 대서방을 한다던가… 그림 그리다가 일곱 시에 오라구. 사 온 오리 구워놓을게. 소주도 있어—”

나는 계곡 더 깊고 높은 곳에 있는 태현의 방갈로를 찾아 걸음을 옮겼다.

그가 어떻게 사는가 직접 보고 싶었다. 그는 나에게는 모르는 것이 너무 많은 녀석이었다. 자주 만나서 많은 이야기를 나눌수록 녀석은 나에게서 더 멀어지고 아는 것이 더 적어지는 것이었다.

한참을 걷다가 뒤를 돌아보니, 알렝과 미라도 나를 따라오고 있었다. 우리 모두 새로운 방갈로가 궁금했던 모양이었다.

알렝과 마리는 손을 잡고 걸어 오르고 있었다.

나는 나도 모르게 그들을 외면했다.

그 순간 나는 미라가 태현의 손을 잡고 오르막길을 걸어 올라왔다면 결코 외면하는 일은 없었을 것이라고 생각했다.

계곡의 상류에 있는 태현의 작업실은 통나무로 지었는데 아래의 것보다 더 아늑하고 더 규모가 컸다.

작업실의 여기저기에는 태현이 그리다만 캔버스와 이젤이 널려있었다. 완성된 작품들인지 한켠에는 작품들이 잘 정리되어 있기도 했다. 알렝은 태현의 그림을 유심히 살폈다. 그리고 즉석에서 태현의 그림을 날카롭게 비평했다. 결론적으로 말해서 놀라운 독창성이 있으나, 아직 무르익지 않았다는 것이다.

길거리에 차량의 홍수가 흐르고, 거대한 마천루가 치솟고, 국민 소득이 해마다 크게 오르는 것은 이들 오랜 전통과 인권존중의 나라나 신흥개발국가나 큰 차이가 없을지도 모르겠다.

그러나 그들의 일상생활 속에 스며들어있는 문화의 심화와 인권존중의 양태는 사뭇 다른 것 같다.

추가령지구대의 골짜기를 좀 더 높은 곳에서 지형을 조망하겠다며 알렝은 계속 산비탈을 올라갔다. 미라도 따라갔다.

"미라야, 너무 늦지 말어. 태현이가 오리 삶아놓고 기다린다고 했어."

"그럼, 알았어. 늦지 않을게."

새 작업실에 혼자 남게 된 나는 다시 한번 태현의 삶의 편린들을 유심히 살폈다.

나에게는 너무나 가깝지만 또한 너무나 먼 것이 태현이다. 아울러 아주 이무러우면서도 아주 조심스럽고 두려운 존재가 태현이다. 나는 도대체 그가 무슨 생각을 하고 있는지 잘 모르는 것 같다. 왜냐하면 그는 언제나 나보다 몇 걸음 앞서 있다고 느껴지기 때문이다.

다만 그가 어떤 대상물을 재현하는 과정을 중요시하는 구상화를 추구하지는 않는다는 사실이다. 그는 흔히들 말하는 추상화계열의 그림을 그린다.

추상화라 하지만 거기에도 여러 가지 유파가 있다. 인간의 감정을 중요시하는 추상계열이 있는가 하면, 그런 것을 전혀 무시하고 기하학적인 요소를 중시하는 유파도 있다. 추상의 단순성을 추구하는 유파가 있는가 하면 반복과 복잡성을 추구하는 유파도 있다. 강렬한 색채를 추구하는 유파가 있는가 하면, 아주 흐릿하고 어두운 색채를 추구하는 유파도 있다. 대상물의 구도의 해체를 추구하는가 하면, 사진처럼 있는 그대로의 복사를 통한 어떤 형식미를 추구하는 추상도 있다.

미술사적으로 볼 때 구상화는 유럽 특히 프랑스를 중심으로 만개하였고, 추상화는 미국 특히 뉴욕을 중심으로 크게 발달하고 있다. 하기야 추상화가 미국에서 시작한 것은 아니다. 그 뿌리는 프랑스화단이다. 피카소의 입체파가 그것인데, 그것도 사실은 프로방스를 일생 그린 세잔느의 연작에서 시작되었다.

후기인상주의로 구분되는 고흐에서조차도 추상적인 요소가 발견된다. 19세기 후반기에 그려진 고흐의 걸작 「별이 빛나는 밤」을 보면, 하늘에 별은 보이지 않고 온통 하늘을 휘감는 회오리바람 같은 것이 화면을 가득 채우고 있다.

세잔느가 자신의 고향인 프로방스의 산을 그린 「큰 소나무가 있는 셍트 빅트와르 산」을 가까이서 보면 마치 원통과 원추 원뿔들의 불규칙한 나열로 보이지만 멀리서 보면 하나의 인상 깊은 풍경화로 보인다.

세잔느의 이 작품은 강열한 색채의 조화를 꿈꾸던 야수파로의 추종을 갈망하는 젊은 화가들을 추상의 세계로 인도하였다. 20세기 초기에 그려진 부라크의 「레스타크의 집들」에서도 집은 보이지 않고, 여러 가지 형태의 입방체들만이 어떤 구성을 가지고 모여있을 뿐이다.

　브라크 이후의 추상화는 뉴욕으로 그 활동무대를 옮겨갔고, 거기서 만개하고 있다고 보아야 한다. 그렇다고 파리화단이 죽은 것은 아니다. 어떤 나라 어떤 도시보다도 실험적인 그림이 시도되고 있는 곳이 역시 파리이다.

　나는 태현의 완성작과 습작들을 찬찬히 훑어보고, 그가 아직은 나름대로의 독창의 세계를 구축한 것은 아닐는지도 모른다는 생각을 했다.

　그의 그림들에는 초현실주의에서 유래한 인체의 해부학적인 요소를 암시하는 부분이 눈에 띄는데 이런 기법은 사실 추상화에서는 고전에 속한다. 예를 들어서 20세기 말에 죽은 미국 표현추상주의의 대표적인 화가인 윌렘 드 쿠닝의 그림에서 자주 볼 수 있는 요소이다. 그리고 대상물의 그로테스크한 형태의 왜곡도 그의 수법이다.

　그런가 하면 태현의 작품에서 볼 수 있는 어떤 상업적이고 선정적인 요소와 암묵적으로 죽음을 암시하는 요소의 대비 같은 구상은, 역시 20세기 후반기에 죽은 앤디워홀의 기법과 많이 닮아있는 듯했다.

　그러나 나의 눈길을 끄는 요소는, 쿠닝의 그림이 여성으로 보이는 대상물을 거칠고 거의 폭력적이라고 할 수 있는 필치로 그리고 있는데 반해, 태현의 경우 서구적인 도시여성의 암시적인 이마쥬를 매우 부드럽게 다소곳한 동양적인 이미지로 처리하고 있다는 점이었다.

　나의 이런 느낌에도 불구하고 나는 태현의 작품들을 둘러보고 적이 놀라지 않을 수 없었다. 그는 역시 비범한 화가였다. 그의 그림이 아직은 완전한 독창성으로 아우러진 것이 아니라 하더라도 감히 흉내낼 수 없는 그의 화력이 내 가슴에 와 박혔다.

정신없이 태현의 그림들을 둘러보고 있는데 미라가 나타났다.

"아니 벌써 내려왔어? 몇 시간은 걸릴 것같이 얘기하더니…"

"도저히 알렝을 따라갈 수 없어. 알렝은 산을 좀 더 오르겠다는 거야. 꼭대기까지는 못가더라도 골짜기의 전모가 다 보이는 데까지는 올라가겠다는 거야."

"알렝이 널 놔 주대? 프랑스 남자들 여자 없으면 잠시도 못산다고 하던데…"

"무슨 소리 하는 거야? 알렝은 그냥 날 따라온 거야."

"내 말이 좀 먼저 나갔나 봐. 별 뜻이 없이 한 말이야."

"먼저 나간 것은 없어. 그런 말은 누구나 쉽게 할 수 있는 거야."

오히려 미라가 자책의 말을 했다. 나는 속으로 적이 다행이라는 생각을 했다.

"너들 남자애들 졸업반이 되어도 태평이더라. 군에 가야 하고. 직장도 잡아야 하니까 그렇겠지. 하지만 우리 여자애들은 심경의 변화 같은 것을 느껴. 자신이 속했던 집단이 해체되면 나는 어디로 가야 하나 하는 막막함 같은 것을 느껴. 솔직히 나를 꽉 잡아주는 남자아이가 하나 있어 줬으면 하는 마음이 들더라구…"

"나와 태현이가 네 곁에 있다고 생각한 적은 없었니?"

"우린 4년간 한통속이 되어서 살았어. 같이 공부하고 같이 그림 그리구…"

"근데 왜 그런 마음이 안 들었을까?"

"글쎄, 난 그런 마음이 확실하게는 안 들었어… 너들 말이야, 너 현우하고 태현은 너무 그림만 알아. 그리고 너들 호모도 아니면서 왜들 그렇게 서로들 위해주고 그래? 너들 서로들 위해주고 보살펴주느라구

우리들, 나와 혜란이 말이야, 우리들이 여자라는 사실을 모르는 것같
아… 내가 느끼기로는…"

　나는 미라에게 커피를 끓여주었다. 오늘은 미라가 세게 나오는구나
하는 생각을 했다. 졸업이 가까워지면서 왠지 미라와 혜란의 말투가
조금씩 거칠어지고 직선적으로 변하고 있었다.

　서쪽 하늘로 기운 해에서는 황금의 햇살이 쏟아져 내리고 있었다.

　나는 미라의 양 어깨에 두 손을 얹었다. 그녀의 몸에 부드러운 경련
이 왔다.

　"미라야, 네 말이 맞는지도 모르겠다. 일리가 있는 것 같아."

　"너와 태현은 우리를 그냥 마음에 맞는 여학생친구로 생각해. 연애
를 하고 결혼까지 해서 일생을 책임질 여자로 생각하지 않아."

　"왜 꼭 그렇게 생각하니… 태현은 몰라도 나는 그렇지 않아. 다만
나 자신이 처한 현실과 네 말대로 태현의 의중을 몰라서 주저하는 것
일 뿐이야."

　"네가 처한 현실은 빼줘! 누가 어려운 현실이 아닌 사람이 있어? 어
려운 현실은 연애감정에 방해가 되지는 않는다고 생각해. 연애는 두
사람 마음만 맞으면 되는 거야. 결혼은 여러 가지 여건이 맞아야 한다
지만. 결혼도 두 사람이 마음먹기 나름이라고 생각해."

　"여자애들은 확실히 우리보다 사랑이라든가 결혼에 대해서 더 깊이
생각하는구나. 우리 이런 이야기는 처음이구나, 참!"

　"문제는 너희들이, 그렇지 너와 태현이가 우리를, 그러니까 혜란이
와 나를 좋아하고 더 나아가 사랑까지 하지 않는가 하면 그것도 아니
야. 되게 좋아하고 깊은 연애감정을 가지고 있어. 확실해! 그런데 선
택을 하지 않는 거야. 안았다가 키스하고 그냥 놔줘 버려. 우리가 초

등학생이니… 요사인 초등학생도 그렇지 않다고 하더라.”

“응 그래 그래…”

나는 별로 할 말이 없어서 헛소리만을 내뱉었다.

“그리구 나는 이 세상에 너희들 두 아이들처럼 대화가 없는 친구 사이는 처음 봤어. 모든 것을 미리 짐작하고 서로 살피고 알아서 생각하고 그리고 나름대로 상대를 배려하고 그리고 행동하고 항상 그래… 두 아이 다 상대에 의해서 서로 숨통이 끊어진 것 같아.”

“그렇게까지는 아닐 거야.”

“내가 해변에서 누드모델로까지 자청했잖니! 그래도 너희들 그 엉뚱한 껍질은 깨어지지 않더라구. 이제 한번 당해봐! 날 졸졸 따라다니는 알렝하고 연애할 거야. 혜란이도 아마 연인이 생겼을지도 몰라. 그림밖에 모르는 너희 천재화가들아, 여자 없이 호모처럼 살아봐!”

“아니 아니 그런 건 절대 아니야. 너희들을 너무 사랑해, 왜냐구? 내가 그리구 태현이가 감당할 수 없을 정도로 아름다워… 그래서야 정말이야.”

“듣기 싫어! 이제 2학기가 되면 우리들 학교에 나오지도 않구 서로들 살 길을 찾아 뿔뿔이 흩어져… 쉽게 만나기 어려워질 거야… 사랑하는 여자를 앞에 두고도 칼을 빼들지 못하는 졸장부들 한번 당해봐야 해.”

“우리가 너무 방심했구나… 네 말이 다 맞는 것 같기도 해! 우리에게는 무엇보다도 약속되어진 장래가 없어. 졸업과 동시에 징집이 되어 군에 가야지. 제대 후 우리가 할 일이 금방 나타나겠어. 나 같은 녀석은 그래서 죽어라 임용고시를 준비하는 거야. 합격은 아득하기만 해. 이런 점도 고려하라구!”

"그래 이 천재화가들아, 그런 소리 듣고 있으면 화가 나서 미치겠어! 대한민국 남자가 대학 나오고 군에 갔다 왔으면 그 다음부터는 지가 알아서 살아가는 것이지 이병철이 아들도 아닌데 정해놓은 의자가 어디 있어! 낫 놓고 기역자도 모르는 일자무식군한테 시집갈래! 이 바보들아! 너들 인생이 있구 다음에 그림이 있는 거야! 그걸 왜 몰라!"

"…"

나는 할 말을 잃어버렸다. 지금 이 순간은 조금 전과 달리 미라가 하는 말이 다 맞는 것 같이 느껴졌기 때문이었다. 그리고 나는 나도 모르는 사이에 미라의 대리석 같은 뒷목에 키스하고 있는 나 자신을 발견했다.

"날 자기 것으로 만들기 위해 오만 아양을 다 떠는 알렝을 보고서도 너희들은 아무런 감정이 없니? 파리에서 알렝이 자기 기숙사 방을 비워 공동 공부방으로 쓰고 내 방을 같이 침실로 쓰자고 은근히 요구해 왔었어. 그래도 나는 너희들이 눈에 밟혀 거절했어. 내가 무슨 요조숙녀라서 그런 게 아니야. 너희들과의 우정 그리고 사랑의 감정이 깊고 절실했던 때문이었어. 그대로 파리에 눌러앉으려다가 돌아온 거야. 알렝은 지가 오고 싶어서 따라온 거구. 오는 것은 지 자유니까. 그런데 한 사람은 첩첩 산속에 파묻혀 버렸고, 한 사람은 접장 시험 준비하느라 정신이 없어. 그래 천재니 뭐니 하는 친구들이 고작 그거야? 굶어 죽을까 봐 걱정하는 사람이 천재야? 죽으라고 그래! 그러면 굶어 죽지 않아!"

나는 미라를 두 손으로 들어 올려 그녀의 뜨겁게 달아오른 가슴에 내 얼굴을 묻고 방안을 걸었다. 이런 행동이야말로 지금 그녀가 속사포처럼 쏟아내는 말의 적절한 대응이라고 생각되었다.

"대학생이 기숙사에서 동거하는 것 정말 아무것도 아니야. 이 세상 누구도 그것에 대해 무슨 말도 할 수 없어! 두 사람만의 결정일 뿐이고 그것이 향후의 인생 설계에 무슨 영향을 끼치는 것도 전혀 없어. 사랑이 계속되어 결혼까지 가는 사람들도 있고, 대부분 그냥 헤어지는 거야. 그래야 그림이 있고, 문학이 있는 거 아냐! 조선 500년간 우리를 지배해온 성리학, 인간이 지켜야 할 예의와 왕권만 강조했지 개인으로서의 인간의 진리에는 벽창호였어! 퇴계와 율곡 같은 사람들이 한 짓이 바로 그거야. 사람이 옷 벗고 잠자리에 들면 짐승인데 무슨 예를 지켜!"

나는 나의 입술로 미라의 입술을 덮쳐 그녀의 말을 막았다. 그녀의 말이 무슨 화살처럼 나의 폐부를 찔렀기 때문이었다. 그리고 그녀의 말은 한마디도 틀리지 않는다는 생각이 들었다. 그녀의 입술은 촉촉하고 달콤했다. 그리고 그렇게 부드러울 수가 없으면서도 고무보다 더 탄력이 있었다.

나는 미라를 방의 한쪽 구석에 있는 침대로 옮기고 정말 어쩔 수 없는 힘에 이끌려 입으로 그녀를 애무했다. 남들이 믿으려 들지 않을는지도 모르지만 나는 이런 경우 여성을 어떻게 해야 하는지에 대한 경험이 없다.

실내를 가득 채우고 있던 황금의 햇살은 어느 틈엔가 땅거미로 변하고 있었다.

미라의 몸은 내가 흘린 땀과 침으로 너무나 미끈거렸다.

알 수 없는 환희와 영혼의 충족감이 골짜기를 채워오는 안개처럼 내 몸과 영혼의 심부로 퍼져갔다.

우리 두 사람은 알 수 없는 깊은 심연 속으로 끝도 없이 빠져들어가고 있었다.

그때였다. 어디선가 아득한 목소리 같은 것이 들려왔다.

"현우야——"

그것은 태현의 목소리였다. 그가 저 아래서 우리를 부르고 있는 것이다.

나는 문득 행위를 멈추었다.

그리곤 소파로 나가떨어져 한참을 지냈다. 다시금 태현의 목소리가 들려왔다. 그것은 메아리가 되어 골짜기를 메웠다.

언젠가 혜란을 애무했던 때가 생각되었다. 비슷한 일이 벌어졌던 것이다. 아니 거의 같은 일이 벌어진 것이다.

"그래— 내려갈게—"

나는 땀과 침 투성이의 미라를 안고 샤워장으로 갔다. 그리고 그녀를 흐르는 계곡물에 씻어 주었다. 태현은 손재주가 좋아 계곡물을 플라스틱 튜브를 이용하여 샤워장에서 쓸 수 있도록 해놓았다. 그리곤 그녀를 다시금 소파로 옮겼다. 시종 미라는 눈을 감고 자신의 몸을 나에게 맡겼다.

우리들은 땅거미가 내리고 있는 집 바깥 골짜기로 나왔다. 좁은 마당은 잘 가꾸어져 있었고, 이름 모를 여름꽃들이 지천으로 피어 있었다.

태현이 우리를 맞아 주었다. 뜻밖에도 혜란이가 뒤따라 나왔다. 주변이 어두워 그들의 표정이나 매무새를 살필 처지는 되지 못했다.

"어머, 너가 왔구나—"

"그래, 갑자기 태현이가 전화줬어. 내가 직장 나간다고 너들 못됐어. 벌써 나를 따돌리구—"

혜란이 항의를 했다. 그녀의 숱 많은 머리털이 마지막 남은 황혼의 잔광 속에서 사그러져 가는 불꽃처럼 타오르고 있었다. 우리들은 아래채 정원의 의자에 앉아 삶은 오리고기를 안주 삼아 온밤 막걸리와 소주를 마셨다.

"너무나 아름다운 밤이야, 술로도 취하지만 혜란과 미라가 너무 아름다워 더 취해…"

어쩌면 나와 혜란 그리고 미라와의 사이에 있었던 사랑의 행위가 그녀들과 태현 사이에서도 있었을지 모른다는 생각이 자꾸만 뇌리에 떠올랐다. 혹시 그들 사이에서는 더욱 절실한 사랑의 행위가 있었을지도 모른다는 생각이 자꾸만 내 의식의 바닥에서 피어올랐다.

나는 아무래도 임용고시 준비를 위해 더 이상 친구들 곁에 지체할 수 없었다.

제4장

분열

전철1호선 동북방면 종점이 소요산역이다.

집의 방향이 같은 혜란과 단둘이 전철 칸 안에 앉았다. 혜란에게 미안한 마음이 가득했다. 그녀를 속인 것 같은 감정이 솟구쳤다. 생각을 돌이켜보면 나는 혜란이나 미라에게 단둘이 있었을 경우, 그때 그 순간의 어쩔 수 없는 감정에 충실했고 그리고 견디지 못하고 행동으로 옮겼을 뿐이다.

그러나 사랑의 감정이란 이성으로는 어떻게 제어할 수 없을지도 모른다.

사랑하지만 한 사람을 최후로 선택하지 않았다면 그것은 결국 사랑하지 않는다는 말이 아니고 무엇인가.

그 순간 나는 나의 이런 묘한 감정의 상태를 태현이도 느끼고 있으리라 생각했다.

나는 혜란을 향해 솟구치는 친근감과 사랑의 감정을 억제하지 못하고 그녀의 어깨에 한쪽 손을 얹었다. 혜란은 아무런 반응도 보이지 않았다. 그녀는 오히려 내 팔 안으로 몸을 더 디밀어왔다.

우리는 아름다운 추억과 열정을 간직하고 있지만 그것이 우리들의 장래와는 아무런 관계도 가지고 있지 않다는 사실을 서로 느끼고 있었다.

우리의 젊음은, 아니 젊음을 오직 사랑과 우정의 열기 속에 담고 있던 우리의 대학생활은 끝나가고 있었다.

"그림은 안 그리니?"

"장담할 수 없지만 지금 생각으로는 현우나 태현이처럼 그림에 미치지는 못하지만 일생 그림을 그릴 것 같아."

"그렇게 그림이 내면적으로 당기니?"

"그럼, 그리고 무엇보다도…"

"무엇보다도?"

"그림 그려야 너희들하고 연결될 것만 같아…"

"…"

나는 적이 놀랐다. 혜란이가 그렇게까지 우리들과 깊은 유대감을 가지고 있는 줄은 미처 몰랐다. 그런 혜란의 마음속을 깊이 파악하고 있는 태현의 존재가 오히려 새삼스럽게 나에게 부각되었다.

우리는 창동역에서 충무로역 행 4호선으로 갈아탔다. 우리는 오늘은 그만 헤어지기로 했다. 나는 임용고시 준비 때문에 시간이 없었고, 혜란은 내일 출근 때문에 일찍 귀가하여야 했다.

그러나 우리는 그런 핑계를 자신에게, 그리고 상대방에게 댔지만,

사실은 조금 겁이 났던 것이다. 우리가 다시 한번 사랑에 몸을 불태우면 다시는 헤어지지 못할 것이라는 암시가 우리를 가로막고 있었다. 나나 혜란은 우리 둘이 각각 미라와 태현이가 어떤 관계를 가지고 있는지 알 수 없다는 생각을 하고 있는 것 같았다. 그러나 내가 아무리 혜란과 가깝게 느끼더라도 이 말만은 물어볼 수 없었다.

이렇게 느끼는 가장 큰 이유는 우리는 우리의 만남을 가장 아름답게 키워야 하고 그리고 영원히 유지해야 한다는 생각을 하고 있는 탓인지도 몰랐다. 막말을 해서는 안 되며 서로의 감정을 상하는 말을 해서는 안 된다는 불문율이 우리들 사이에 뿌리 깊이 박혀있는 듯이 느껴졌다.

"네 임용고시 꼭…"

헤어지면서 혜란은 나의 손을 꼭 잡았다. 겉치레 인사말을 하지 못하는 혜란의 성격을 알고 있는 나는 나의 가슴으로 전해져 오는 그녀의 진심의 파동 같은 것을 느꼈다.

나는 전철 칸에서 깜빡 잠에 떨어졌다가 깨었다. 나는 그 순간 몽롱한 세계를 느낀다. 나에게 잔잔하고 따뜻하며 너무나 부드러운 파도가 끝없이 밀려오는 환상이었다. 그것은 내 젊은 영혼 속에서 새싹처럼 돋아나고 있는 사랑의 갈구를 향해, 미라와 혜란이가 밀어 보내는 끝없는 사랑의 파도였다. 그런데 나는 그 파도 중 하나를 왜 확실히 끌어안지 못하는가.

교대역에서 갈아타고 내가 살고 있는 관악산 기슭으로 왔다.

무더위에 녹아나고 있는 서울에는 어느덧 땅거미가 내리고 있었다.

어제 연천 지구대계곡에서 미라와 치른 열정의 행위가 새삼스럽게 머릿속에 떠올랐다.

그리고 이어 혜란을 만나 이야기를 나누고 밤새 술 마시고, 그리고 오늘 근 한 시간 같이 전철을 타고 서울까지 온 일 등이 파노라마처럼 머리를 스쳐갔다.

나는 퍽 죄스러웠다. 내가 혜란과 미라에게 어떤 결정적인 행위를 한 것은 아니었지만, 그녀들의 몸을 나의 것처럼 만지고 빨고 하지를 않았던가.

나는 어서 군대라도 가고 싶었다. 근 3년 가까운 세월이 흐르고 나면 태현과 나 그리고 혜란과 미라 사이의 인간관계는 많이도 변할 것이다. 군 복무는 2년이지만 입대일과 제대일이란 것이 학교의 학기와 정확하게 맞아 떨어지지 않기 때문에 입대를 위해 한 학기, 제대를 위해 한 학기를 희생하는 것이 보통이다. 그래서 흔히들 군 복무를 3년이라고들 말한다.

벌써 우리들의 인간관계에는 해체의 기운이 돌고 있는 듯했다.

알렝의 출현이 그것이었다. 다행히 알렝이 지한파이고 눈치가 빨라 아무런 균열 같은 것은 없었다.

그러나 개방적이고 활달하며 적극적인 미라의 성격을 알고 있는 나는 알렝의 존재를 가볍게 볼 수만은 없었다. 하지만 그렇다면 어쩌겠는가. 우리가 당당한 사회인이 되어서 결혼생활을 꾸릴 수 있는 수입이 있지 않는 한 그녀들에게 정식으로 구혼할 수도 없지 않는가.

우리들의 가슴 벅차게 아름다웠던 대학생활은 이렇게 무너져 가는가.

관악산 줄기라고 생각되는 언덕길로 나는 걸음을 옮겼다. 산등성이에는 인가가 드문드문 서 있었다. 서울에도 이렇게 인적이 드문 곳이 있다는 것이 신기할 지경이었다. 드문 인가들 사이로 잡초가 우거져 있었다. 잡초들 사이로는 누가 갖다놨는지 나무 벤치가 몇 개 보였다. 여기가 아마도 개발제한지역이라 가옥의 신축이 불허되기 때문일 것이다.

그 벤치에 앉아 있던 어떤 사람이 일어나더니 나에게로 다가왔다. 어디선가 많이 보던 얼굴이었는데 금방 기억이 나지 않았다.

"이현우 씨, 기다리고 있었습니다."

"…"

땅거미가 내리고 있는 중이라 사내의 얼굴이며 모습이 확실하게 드러나지는 않았다. 하지만 분명히 보던 사람이었다.

"이길수라고 미대 97학번입니다. 졸업은 작년에 했지만…"

"아, 이 선배님, 같이 공부했지요. 미안합니다. 얼른 알아보지 못해서…"

"알아줘서 고맙군요. 사전 연락도 없이 이렇게 불쑥 찾아와서 죄송합니다. 양해 바랍니다."

"내 주소를 어떻게 알게 되었지요?"

나는 조금 의아한 생각이 들어 물었다.

"글쎄요, 아마도 학과에서 알게 되었을 겁니다. 나도 거기 졸업생이니까 별 생각 없이 알으켜 주었을 겁니다. 기분 나쁘게 생각하지 마세요. 과에는 그대로 공개되어 있으니까요."

"그럼 학교일로 오셨나요?"

"아, 아닙니다. 바쁘시더라도 잠시 얘기를 나눌 수 있을까요?"

"그러시죠."

나는 알만한 사람이고 학교의 선배라 안심을 했다. 세상에는 별별 사람이 다 있어서 이런 경우 조심스러워진다.

우리는 작은 공원 규모의 공간 여기저기에 놓여있는 벤치 하나를 골라 나란히 앉았다. 저 멀리 관악산 스카이라인에는 이제 막 진 해의 잔광이 아름다운 무지개의 띠를 만들고 있었다.

"제가 올해 서른다섯입니다. 그림을 그린다고 허우적거리다 그림을 포기하니까, 직장이 잡히더군요… 선배로서 부끄럽습니다."

"…"

"군대 때문에 사람이 바보가 됩디다. 머리는 돌이 되고, 손은 부지깽이가 됩디다. 제대 후에는 고향으로 내려갈 수도 없고 거리를 헤매다가 외판사원도 하고 결국 광고회사에 들어가서 도안을 하고 있습니다. 평생직장이 될지는 알 수 없지만 조금 안정이 되었습니다."

"…"

나는 침묵하면서 그의 이야기를 듣고 있는 수밖에 없었다. 도대체 이 사람이 무슨 소리를 하려고 이런 서두를 꺼내는 것일까. 그는 담배를 꺼내어 한 개비를 물고, 나에게도 권했다. 나는 정중히 사양하였다.

"저기, 송혜란씨 아시지요?"

"…"

나는 깜짝 놀랐으나 무슨 반응을 보여서는 안 된다는 생각이 들어 침묵을 계속했다.

"서양화 실습시간에 현우 씨가 혜란 씨와 유난스레 가깝게 지내는 것을 봐 왔습니다. 그리고 태현 씨와 미라 씨와도 유난스레 가까웠지요? 대학의 분위기가 많이도 달라졌다고들 합디다. 요즈음은 제대병들이 학과의 주도권을 잡지만, 내가 제대할 때만 해도 제대병들은 물에 기름이었지요. 그래서 우리 군바리 출신들은 학과의 수업시간에

뒤켠에서 미입대생들과 같이 입학한 여학생들의 자유로운 대화를 구
경만 했지요."

"…"

나는 나도 모르게 꿀깍 침을 삼켰다. 뭔지는 모르지만 나의 내면에
서 뭔가가 무너지는 것만 같았다. 이런 이유 없는 느낌은 내가 알렝을
처음 보았을 때의 그것과 마찬가지다. 어차피 우리는 헤어질 수밖에
없지 않는가.

혜란과 미라가 학생시절의 짝꿍이었다면 우리들의 인생의 반려자
는 따로 있는 것이다, 이런 소리가 나의 내면에서 소리 없이 부르짖었
다.

"내가 입사 시험장에서 먼눈으로 혜란 씨를 보았을 때, 나 자신의
합격보다도 그분의 합격을 빌었습니다. 다섯 사람 뽑는데, 이백 명이
넘게 왔습니다. 이백 명을 한 줄로 세우고 앞에서부터 다섯 명을 뽑는
다고 생각하니 정말 등에서 식은땀이 나더군요."

"…"

"다행히 우리 둘 다 붙었습니다. 혜란 씨도 나를 처음 봤을 때 알아
보았다고 하더군요. 같은 도안실에 있습니다. 우리 둘은 같은 학교 출
신이라는 동창의식과 입사 전부터 아는 사이라는 이유 등으로 자연적
으로 자주 어울렸고, 업무가 같은 분야라 호흡을 맞출 수밖에 없었습
니다. 다행히 우리가 합동으로 제작한 디자인들이 히트를 해서 도안
을 의뢰한 회사들의 매상고가 치솟는다는 말이 퍼져 회사 내에서는
대우를 받고 있는 셈입니다."

"…"

그 순간 내 가슴은 독을 품은 파도에 속절없이 휩쓸리는 기분이었

다. 나는 도망치고 싶었고, 울고 싶었고, 몸부림치고 싶었다. 나는 그 순간 아무런 이유도 없이 태현이가 원망스러웠다. 그에게 무슨 잘못이라도 있다는 듯이. 왜 먼저 선택하지 않는 것이냐… 사랑하는 여자를 과감히 선택하고 그것을 결혼으로 몰고 가는 용기라고는 조금도 없는 나 자신을 나는 모르고 있었다.

"우리는 공적으로 사적으로 자주 만났고, 만나면서 인간적인 이해의 폭이 넓어져갔고, 결국 미혼 남녀의 사랑 비슷한 것으로 발전하고 말았습니다."

황금의 안개 띠가 뒤덮여진 검은 관악산의 모습이 웅크린 거대한 야수처럼 비쳐왔다.

"남자 나이 서른다섯 살이라면 미혼의 처녀, 아무리 노처녀라도 해도 초혼의 처녀와 혼담을 나눌 수 있는 최후의 보루 같은 나이더군요. 나는 군 복무 시 강원도 양구 가칠봉 최전방에서 보초를 섰을 때 동료 병사의 오발 사고로 갈빗대 다섯 대가 나간 적이 있었습니다. 오랜 노총각 생활과 완전치 못한 건강으로 늦게나마 결혼의 기회가 온 것 같습니다. 그래서 서로들 부모님까지 만나는 단계로 발전했습니다."

"그런 얘기를 왜 나한테…"

나는 충격적인 이야기라 나 자신의 이런 모습을 그에게 숨길 필요가 있다는 생각이 들어 무슨 이야기든지 해야만 할 것 같았다. 방금 전에 헤어진 혜란이가 이런 상황에 있을 줄이야 꿈에도 생각하지 못했다. 학교를 떠나 사회로 나간 혜란이가 대학생 시절의 남자 친구인 나와 태현 이외의 남성을 사귈 수 있는 것이야 얼마든지 예상할 수 있다. 그러나 그런 상황이 이렇게 빨리 도래할지는 정말 몰랐다.

"그런데 문제는 혜란 씨의 마음이 수시로 변한다는 겁니다. 결혼하자는 내 말에 동의해놓고 그 다음날에는 아니다 하면서 거절합니다. 그러면 약혼이라도 해놓자 해도 마찬가지입니다. 동의해놓았다가 며칠 가지 않아서 파기해버리는 겁니다. 그래서 나는 혜란 씨가 대학생 시절의 여러 캠퍼스 학우들과의 인간관계를 정리하지 못한 것이 아닐까 하는 생각을 하게 되었습니다."

"…"

"네 분들이 유난스레 친하게 지내는 것을 보았고, 학내에서도 소문이 자자했습니다."

"하지만 대학 졸업반이 된 여학생이 대학생 시절의 학우관계와 자신의 결혼문제를 혼동하리라고 생각하는 것은 좀 어떨까 합니다…"

"하지만 아 다르고 어 다르다고, 혜란 씨의 마음의 번복과 방황이 어디서 오는가를 가려보려는 내 느낌은 아무래도 캠퍼스 친구들과의 인간관계인 것 같습니다."

"혜란 씨의 결혼 문제와 관련이 있는 캠퍼스 학우라면 결국 나와 태현인데 꼭 나에게만 찾아오실 이유가 없지 않을까요…"

"글쎄요, 혜란 씨와 그 문제를 이야기한 적이 없기 때문에 누구와 더 가까운지는 알 수 없습니다. 하지만 한 사람이 친하게 사귀는 두 사람의 상대가 있을 경우, 그들이 동성이든 이성이든 간에, 똑같이 친하다고 말할 수는 없지 않을까요. 거기에는 아주 미세한 차이로 친밀성의 차이가 있다는 생각입니다. 그래서 나는 아무런 이유도 없이 그저 현우 씨를 찾아온 것입니다."

"나의 느낌으로는 혜란 씨는 나보다 태현과 더 친한 것 같습니다. 그냥 느낌이지요. 어떤 한 사람이 사귀는 두 사람의 이성과의 사이에서 친밀성의 차이는 물론 있습니다. 그러나 그 친밀성이 거의 차이가 나지 않을 정도로 극도로 친하다면, 거기에는 친밀성의 정도의 차이보다도 친밀성이 형성된 어떤 인간적인 속성의 차이가 더 중요한 기능을 했으리라 생각합니다. 아주 발랄하고 적극적이고 정 넘치는 사람이 있는가 하면, 인간미 넘치는 성격에 바위처럼 견고한 믿음을 주는 사람도 있습니다.”

“직접 사귀어 보지 않아 잘은 모르지만 서양화 작업실에서 먼눈으로 보아 짐작은 하는데, 미라 씨가 전자이고 혜란 씨가 후자인 것 같습니다. 내가 현우 씨를 찾아온 이유는…”

“…”

이길수 씨는 담배를 크게 빨았다. 타들어가는 담배의 끝이 빠지직 소리를 내며 붉게 빛났다.

“혜란 씨가 나와 결혼할 의사가 전혀 없는 것은 아니라는 사실입니다. 여성은 현실감이 남자보다 뛰어난 것 같아요. 혜란 씨가 대학생 시절의 학우관계가 가족의 지원이 없는 한 좀처럼 결혼으로 이어지지 않는다는 사실을 깨닫고 있는 것 같습니다. 그들이 깊이 연애를 하여 도저히 떨어질 수 없는 데까지 갔으면, 두 사람이 졸업 후 아무런 여건이 갖추어지지 않았다 하더라도 양가의 도움으로 가정을 꾸리기도 합디다만 그것은 아주 드문 경우고, 대부분은 새로운 삶을 살게 되고 그 새롭게 형성되어진 세계에서 제짝을 찾거나, 아니면 선을 보아 결혼을 하는 현금의 풍습을 잘 이해하고 있습니다. 군대라는 거, 밖에서 보면 아무것도 아닌 것 같지만, 거길 한번 다녀나오면 사람이 달라집니다. 군대, 그것은 결국 죽이지 않으면 죽어야 한다는 살인의 철학을 뼛속이 시리도록 체험하는 곳입니다. 전쟁을 치르지 않는 군대라 하더라도 이 철학은 변하지 않습니다. 그러므로 제대한 사람들은 웃지를 않습니다. 이 군대를 현우 씨와 태현 씨가 다녀오지 않았다는 사실을 혜란 씨는 잘 알고 있더군요… 그리고 결정적인 사랑의 약속 같은 것을 한 것 같지도 않고…"

"무슨 말인지 잘 알겠습니다. 선배님 말씀 다 옳습니다. 정확하게 느끼신 것 같고 제대로 보신 것 같습니다. 나는 다만 무슨 말도 할 수가 없습니다."

"거의 접근해 가고 있는 우리의 혼담이 이루어지도록 도와주십사하고… 누구나 결혼 전에 여러 가지 인간관계, 우정과 중첩되는 연애관계가 있을 수 있는 것이 사람 아니겠습니까. 혜란 씨가 결혼으로 갈 수 있도록 주변을 정리하는데 도움을 좀 주십사하고…"

"나는 무슨 소리도 할 수가 없습니다. 다만 나는 그냥 침묵할 뿐입니다. 혜란 씨가 직장관계로 학교에 나오지 않기 때문에 만날 기회도 없고…"

나는 손을 털고 벤치에서 일어섰다.

나는 무엇보다도 슬픈 마음을 금할 수 없었다. 학우로서 그리고 사랑을 고백하지는 못했지만 누구보다 진실하게 사랑했던 혜란이가 이 남자와 혼담을 주고받고 있다니 가슴이 꺼지는 듯 슬펐다.

그러나 다음 순간 나는 혜란과 이길수의 결혼이 성사되면 그 영향이 태현에게 어떤 결과를 미칠까가 걱정이 되었다. 조용한 마음으로 깊이 생각해 보아야겠다는 마음이 들었다.

그리고 나는 미라를 혜란보다 덜 사랑했단 말인가. 그것도 아닌 것 같았다. 두 아가씨들과 그야말로 연인으로서 젊음을 불태우지는 못했지만 친구로서 그리고 반쪽 연인으로서 부끄러움 없는 자세를 취한 것도 사실이다. 그것은 지금 생각하니 너무나 아름다운 추억이었다.

나는 다만 절대적으로 신사적이어야 하며, 혹시나 태현이가 사랑하는 아가씨를 내가 가로채서는 안 된다는 생각을 하고 있었다. 그것은 그에게 심각한 정신적인 타격을 가할 것이기 때문이다.

그러나 문제는 갑자기 터져버린 것이다. 이제는 우리 네 사람 사이의 문제가 아니다. 그것은 순식간에 억제할 수 없는 힘을 가지고 다른 영역으로 튕겨져나가 버린 것이다.

캔버스에 그림을 그릴 때, 태현이가 구사하는 구도감이나 색채감을 나는 도저히 따를 수 없다는 생각이 나를 이런 어정쩡하고 나약한 녀석으로 만든 듯하다.

대학생활을 거의 붙어서 지낸 학우 사이에 못할 말이 무엇이 있겠느냐고 말할 수 있을지 모르겠다. 그러나 나와 태현은 그런 사이가 아니다. 무슨 말이든 못할 말이 없지만 웬지 나는 그가 벅차다. 그리고 그가 친구 같기도 하지만, 아주 멀리 있는 듯이 느껴지기도 한다.

그에게는 흔히 말하는 친구라는 개념의 친우가 없는 듯이 느껴지기도 한다. 그는 한없이 정답고 곱지만, 어떤 경우 너무나 못되게 굴고 인정머리라고는 손톱만큼도 없는 인간으로 비쳐지기도 한다.

학우들과 함께 며칠씩 한방에서 뒹굴면서 소주를 마시기도 하지만, 한번 헤어지면 종적을 감추어 버리고 몇 달씩 소식을 전하지도 안하는 것이 태현이다. 나 자신 태현이가 나의 친구인지 아닌지 자문해 볼 때가 있다.

그가 나의 가장 친한 친구인 것은 틀림없다. 그는 나 이외에는 캠퍼스 안에 만나는 남자 친구가 없고, 더군다나 미라나 혜란을 제외하고는 차 한 잔 나누는 여학생이 없다. 이 사실은 확실하다. 어떤 경우 그는 자신의 고독한 심경을 나에게 밤새 토로할 경우도 있다. 그러나 다음날 그는 영 딴 사람이 되어 독한 표정을 짓고 앉아 있는 것을 보게 된다.

이런 그에게 무슨 연애니 뭐니 하는 소리를 하는 것이 도무지 불가능하다. 그가 하는 대로 두고 볼 수 있을 뿐이다.

"이런 문제는 누구의 양해를 구한다거나, 무슨 상의를 한다거나 하는 것이 절대 아니라고 생각합니다. 저는 선배님의 이야기를 듣고 있으니 송구스럽기 짝이 없네요. 왜냐하면 나는 그런 말을 들을 이유가 없기 때문입니다. 그것은 어디까지나 두 분의 일일 뿐이 아닐까요. 그러니 저를 놔 주십시오. 나는 할 말이 없습니다…"

"…"

이길수는 어둠 속에 몸을 세운 채 아무런 말도 않고 무언으로 나를 배웅했다.

나는 그날 밤 시험준비고 뭐가 다 때려치우고 혼자서 속으로 많이도 울었다. 전기불도 켜지 않은 채 먼 데서 전해오는 간접 조명 속에 어렴풋이 빛나는 혜란과 미라의 나신을 그린 그림들을 바라보고 있으려니 눈물이 자꾸만 흘렀다. 작년 동해안에서 그리기 시작한 그림들이었다.

이 답답하고 슬프기도 하고 괴롭기도 한 마음을 누구에게 토로할 수 있단 말인가. 아니면 누구와 상의할 수 있단 말인가.

아무리 생각해도 누구에게도 토로할 수 없으며, 누구와도 상의할 수 없을 것 같았다.

그러나 나는 묘한 발상으로 자신을 위로하기도 했다.

내가 혼자서 혜란과 미라를 사모했지만, 그 감정은 애오라지 연애 감정은 아니었다. 그것 속에는 학우로서의 우정의 감정도 다분히 있었다. 우리는 거의 연애의 단계에까지 갔으나 나는 내 영혼 속에 깃들어 있는 태현에의 뿌리 깊은 존경과 배려 탓으로 심각한 상태로까지는 발전하지 않았다. 내 연인도 아닌 여자아이들이 나이가 차서 다른 남자를 찾아가는 것을 뭘 그리 원통해하나 하는 나름대로의 위로도 있었다.

이런 자위에도 불구하고 나는 침대 머리맡에 머리를 박고 흐르는 눈물을 소리 없이 두 손으로 닦아냈다.

과연 나는 이런 나의 감정을 토로할 사람이 아무도 없고, 상의할 사람이 아무도 없는가. 나는 너무나 외로웠다. 친구라고는 이들 세 사람뿐이다. 특히 대학생활 4년간 마음을 주고 사귄 남자친구라고는 태현 한 사람뿐이다. 그런데 이 녀석이 이런 성격을 가지고 있으니 나는 더욱 고독할 수밖에 없었다.

그날 이후로 남들에게 말하기는 좀 창피한 이야기지만, 나는 거의 밥을 먹지 못했다. 전혀 밥이 당기지 않는 것이었다. 라면을 끓여도 냄새가 심하게 나서 그냥 건덕지는 버리고 국물만 마셨다.

그랬더니 두 눈이 움푹 꺼져들었고, 입술이 부풀고 물집이 여기저기 잡혀 남 보기에도 창피했다.

견디다 못한 나는 결국 태현을 만나 솔직히 내 심정을 토로하여야겠다는 생각을 하게 되었다. 그가 아무리 남다른 감성과 성격을 가지고 있다하더라도 그래도 4년간을 같이 호흡하면서 그림을 그린 학우가 아닌가.

그러나 금방 그를 찾아갈 수도 없었다. 연천에 다녀온 지 며칠 되지 않았을 뿐만 아니라 미술교사 임용고시가 얼마 남아있지 않아서 마음의 여유가 없었다. 그것은 내 인생을 벼랑에서 끌어올릴 첫 번째 로프라는 생각이 들었다. 교직과목을 선택해서 들은 학생들이 서른 명 정도 되는데, 합격자 티오는 두 명밖에 안 된다는 소문이 퍼져 있었다.

몸이 엄청 허약해지는 것을 스스로 느끼면서도 나는 시험준비에 몰두하지 않을 수 없었다. 캔버스와 붓을 밀쳐놓고 나는 도서관을 오가는 생활을 했다. 무리를 했는지 몇 번이나 현기증이 와서 도서관 독서대에서 두 팔 위에 머리를 박은 채 한참을 멍한 상태에서 지내기도 했다.

몇 달 동안 생몸살을 치른 후 겨우 시험을 치렀다. 며칠을 쉬다가 나는 정신을 가다듬어 연천 골짜기로 태현을 찾아갔다.

나의 방문을 알리기 위해 그에게 핸드폰을 하고 문자를 보냈으나 도무지 아무런 대꾸도 없었다.

그의 연천 집으로 들러볼까 하다가 그만두고 직접 골짜기로 갔다.

산의 들머리까지 택시를 대절하고, 야산의 능선과 골짜기 길을 걸어 올랐다.

여름이 가고 가을이 온 산천에 가득히 스며들어 있었다.

좀 헤맨 끝에 그 집을 찾고 보니 그것은 그리 깊숙한 곳에 있지도 않았다. 교통이 나쁜 편도 아니었다. 2차선 도로에서 멀지도 않았다. 다만 단풍 짙은 나무와 풀들에 가려 있어서 금방 찾아내지 못했을 뿐이었다.

그의 아래채 작업실은 정적 속에 잠겨 있었다. 몇 번이나 집안을 기웃거렸으나 인기척이라곤 없었다.

"태현아—"

나는 나지막하게 그의 이름을 불렀다. 그러나 아무런 대꾸도 없었다.

그래서 나는 위채로 갔다. 위채가 그의 본격적인 작업실이고, 아래채가 일테면 일종의 살림집 같은 구실을 했던 기억이 났다.

"태현아—"

집이 정적에 빠져 있기는 아래채와 마찬가지였다. 나는 그의 이름을 불렀다.

역시 아무런 대답도 없었다. 그의 이름을 몇 번이나 불렀다. 좀 큰 소리로 불렀더니 메아리가 되어 들렸다.

"태 현 아— —"

아무런 대꾸가 없기에 나는 집을 한 바퀴 둘러보았다.

나는 목이 말라 뒤안에 있는 우물로 갔다. 전번에 왔을 때, 거기에서 물을 길어 마신 기억이 났기 때문이었다. 나는 귀퉁이가 떨어져나간 플라스틱제 바가지로 우물물을 떠서 마셨다. 두 차례나 바가지로 물을 떠서 마셨다. 다시 물을 긷기 위해 우물 안으로 바가지를 내리던 나는 어디선가 들려오는 희미한 사람의 기침소리 같은 것을 들었다.

세 번째 바가지 물을 마시고 상체를 든 나는 우물에서 북쪽 산골짜기 쪽으로 나 있는 벼랑의 발치에 무슨 동굴 같은 것이 뚫려있는 것을 보았다.

나는 이것을 처음 본 것은 아니었다. 전번에 왔을 때, 이것이 무엇이냐고 태현에게 물었더니 6·25 전에 이곳이 인민군의 진지였는데, 그때 놈들이 대포들을 숨겨놓았던 동굴이라고 대답한 적이 있었다.

나는 그리로 가 보았다. 이상하게도 거기에는 인기척이 있었다. 그럼 태현이가 여기에서 살고 있단 말인가.

동굴의 입구는 가마니떼기와 마대 같은 것으로 어설프게 가려져 있었다. 그러나 거기에는 어쩐지 사람이 드나든 흔적 같은 것이 느껴졌다.

"여기 굴 안에 누구 계세요?"

"…"

역시 대꾸는 없었다.

나는 한참을 망설이다가 가마니떼기를 들췄다. 등판에 쏟아지는 햇살이 강하게 느껴졌다.

진한 흙냄새를 풍기는 서늘한 공기가 훅 내 얼굴과 몸에 끼쳤다.

맨 먼저 나의 시선을 끈 것은 동굴의 천장에 매달려있는 전등이었다. 캄캄할 줄 알았던 동굴은 이 전등 탓으로 어렴풋이 전모를 드러냈다.

웬만한 시골 농가 몇 채를 합쳐 놓은 것 같은 크기의 공간이 거기에 뚫려있었다. 바닥에는 깨끗한 자갈이 깔려있었고, 왼편 벽면 밑으로는 배수로가 패어있어서 물이 흐르고 있었다. 졸졸 흐르는 수면 위로는 천장의 전등 불빛이 내려와 반짝이기도 했다.

오른편 벽면 옆에는 나무 평상 같은 것이 놓여 있었다.

눈이 전등불빛에 익어가자 나는 평상 위에 사람이 길게 누워있는 것을 알아차릴 수 있었다. 나는 즉각적으로 그가 태현이라고 느꼈다. 그가 아니면 그 자리에 그렇게 누워있을 사람이 없기 때문이었다. 알 수 없는 공포심과 숨 막히는 초조감이 나를 휩쌌다. 혹시 무슨 일이 벌어진 것이 아닐까. 만사를 순수하고 극적으로 사고하는 태현이를 알고 있는 나는 먼저 걱정부터 앞섰다.

나는 혹시 이길수가 태현에게도 찾아온 것은 아니었을까 하는 생각마저 들었다.

"태현아—"

나는 나직한 목소리로 그를 불렀다. 내 가슴은 쿵쾅거리면서 뛰었다. 그 소리가 들렸다.

"…"

아무런 대꾸가 없기는 마찬가지였다.

나는 평상을 향해 걸음을 옮겼다. 다리가 마구 떨려왔다. 아니 이 광명한 세상에 무슨 도를 닦는 도사도 아니면서 땅굴 생활을 하다니. 나는 정말 놀라울 뿐이었다. 순수하고 섬세하고 치밀하기 짝이 없는 태현이기에 무슨 짓을 할지 모른다는 생각을 하지 않은 것은 아니었다.

"태현아— 나야! 현우야!"

나는 나지막한 목소리로 나의 이름을 댔다.

아무런 대꾸가 없더니, 그의 눈이 한 차례 떠졌다. 잠시 초점이 허공을 향했다. 그러다가 다시금 감겼다. 그리곤 긴 침묵이 이어졌다.

그의 얼굴은 몰라보게 놀랄 정도로 여위어 있었고, 그의 입술은 언젠가 내가 그랬던 것처럼 물집이 잡히고 부풀어 있었다. 그리고 그것은 무슨 겨울철 나무껍질처럼 메말라 있었다.

"태현아— 나야! 현우야!"

나는 그의 몸을 흔들면서 똑같은 소리를 다시 외쳤다.

이번에는 그의 몸을 마구 흔들었다. 다시금 그의 눈이 떠지고 한참을 허공에 머물다가 감겼다. 그 시간이 좀 더 길어졌을 뿐 똑같은 상황의 반복이었다. 그리곤 무슨 소리를 하는 것 같았다. 나는 귀를 세우고 그의 말소리를 알아들으려 했다.

"미라… 혜란아…"

나는 너무나 놀랐다. 그의 입에서 미라와 혜란의 이름이 터져 나왔던 것이다.

나는 언제부터인가 태현이가 나보다 더 민감하고 더 깊게 더 섬세하게 미라와 혜란을 의식하고 있으며 그녀들에게 나보다 더한 사랑의 감정을 가지고 있으리라 믿고 있었다. 그 믿음이 너무나 정확하게 들어맞았기에 나는 그렇게 놀란 것이었다.

오래 사귀어보지는 않았지만 이길수 씨와 알렝은 상당한 인생체험과 한국에 대한 해박한 지식과 애착을 가지고 있었던 것 같았다. 그들은 그들 나름대로의 무기를 가지고 혜란과 미라에게 접근하고 있으며, 그녀들의 처녀다운 감성으로 대학의 캠퍼스에서 나와 태현이와 쌓아온 청년다운 연애감성의 성을 부숴버리려 하고 있는 것이다.

나는 어떤 위기감을 느끼고 그를 일단 들쳐업었다.

어쩌다가 이 모양이 되었나… 나는 혼자말로 중얼거렸다.

나는 나 자신 이길수 씨의 방문을 받아 당했던 충격과 좌절을 깡그리 잊어버린 것 같았다. 사실 나는 그 일 때문에 태현을 찾아온 것이다. 그와 무슨 상의라도 해보려는 의도였다.

태현의 몸은 정말 아무런 힘도 없었다. 그냥 그대로 내 등판 위에서 축 늘어졌다. 우선 그를 등에 업는 일부터가 아주 힘이 들었다.

나는 간신히 걸음을 떼어놓았다. 천신만고 끝에 동굴을 벗어났다.

나는 태현이가 왜 이 지경이 되었는지 잘 모른다. 다만 그의 입에서 혜란과 미라를 부르는 소리를 들었을 뿐이다. 그것을 가지고 마음대로 추측을 해서는 안 된다.

우선 나는 그를 바람이 잘 통하는 나무 그늘 밑에 눕혔다. 그리고 동굴에서 흘러내려오는 차가운 물을 떠서 그의 입안으로 부었다.

　처음에는 자신의 입안으로 흘러들어온 물에 대해 전혀 감각이 없는 것 같았다. 그러나 계속 물을 부으니 조금씩 받아 마셨다. 목젖이 조금씩 움직이는 것이 보였다.

　그의 상태가 아주 심각한 것은 아니었다. 내가 보기로는 오랫동안 식사를 제대로 하지 않아 탈진한 것 같았다.

　"태현아, 정신이 드니? 나야, 현우야…"

　"…"

　아직까지도 그에게서는 아무런 반응도 없었다. 그러나 뭔지 그의 얼굴에서는 생기 같은 것이 스쳤다. 그는 분명히 내가 자기 곁에 있는 것을 인지한 것 같았다.

　그가 나의 존재를 인지하고 물을 받아 마신 순간 삶에의 욕망 같은 것을 느꼈을지 모른다.

　아니면 혜란과 미라 중 하나와 둘만의 관계가 있는 것은 아닐까. 그것은 충분히 가능성이 있었다. 나같이 우유부단하고 마음만을 졸일 뿐 행동하지 못하는 녀석이 그렇게 미진한 행동을 하지 않을 수 없을 정도로 사랑의 고뇌에 몸을 떨었다면, 그래도 행동력이 있는 태현이가 무슨 짓을 했으리라는 추측은 얼마든지 가능했다.

　그는 내가 끓여준 라면 국물을 몇 모금 마시더니, 드디어 두 눈을 크게 떴다. 그리곤 시선을 고정했다. 그리곤 다시금 눈을 감았다. 그리곤 국물뿐만 아니라 면발도 힘없이 그리고 아주 천천히 씹어 먹었다.

　"도대체 그 동굴에는 왜 들어갔니?"

　"…"

　"미라와 알렝은?"

　"갔어."

“언제?”

“일, 일, 일주일 전에… 시험은?”

“떨어질 거야. 두 명 뽑는데 서른 명이 왔어.”

“그래서 전화하지 않았어?”

“그동안 이 골짜기에서 무슨 일이 있었어?”

“아무 일두… 그림 그리구, 멱감구, 등산하구, 대화하구…”

“그런데 왜 곡기를 끊구 그랬어?”

“떠나면서 알렝이 프랑스로 귀국하면 자신들은 동거하기로 합의했다는 말을 했어.”

“…”

나도 역시 말을 잃어버렸다. 남녀 대학생 간의 동거가 일반화되어 있는 그 나라이고 보니 그리 큰일도 아니라는 생각이 들었다.

나는 이길수에게서, 그리고 태현은 알렝에게서 강편치를 하나씩 맞은 것이다. 그리고는 그로키 상태로 떨어진 것이다. 나도 밥을 머칠간이나 먹지 못하지 않았나.

태현은 이제 원기를 되찾아 자리에서 몸을 일으켜 세웠다. 그리곤 라면을 자신이 직접 젓가락으로 먹었다.

“꼴같잖은 모습을 보여줘서 미안하구나.”

“꼴같잖기는! 가장 너다운 모습인지도 모른다! 그런데 태현아…”

“…?”

“나는 잘은 모르지만… 잘 모를 수밖에! 아무런 경험이 없으니까… 여자를 소유물로 보지 말았으면 좋겠어… 혜란이와 미라가 우리 곁을 떠나가도 영영 떠나가는 것이 아닐지도 몰라.”

“그럴지도 모르지… 하지만 그 아름다운 아이들이… 몸과 마음을 아낌없이 주려고 했던 그 아이들이 다른 녀석들의 손아귀에 들어간다고 생각하니 미치겠어."

"나에게도 너와 비슷한 일이 있었어."

"무슨?"

"이길수 씨라고 기억나니?"

"복학생 아니야… 나 그 형하고 막걸리 세게 한 적이 있어. 그 형이 왜?"

"혜란이하고 결혼을 하겠다구 나섰어. 같은 직장에서 만났다나… 서로가 마음이 맞나 봐… 그 소릴 처음 듣고 얼마나 내가 비참해지고 슬프던지!"

"혜, 혜, 혜란이가…!"

태현은 라면을 건져먹던 나무젓가락을 땅바닥에 떨어뜨렸다.

나는 태현과 대화를 조심스럽게 해야 한다고 언제나 생각해왔다. 지금은 더욱 그러한 것 같았다. 녀석이 워낙 섬세하고 감정을 다치기 쉬운 성격이라 무슨 말이든 쉽게 할 수가 없다. 그에게 상처를 주기 때문이다.

반대로 태현이도 내가 그런 성격의 소유자라고 생각하는 듯했다.

아무리 말조심 한다고 하더라도 할 말은 해야 하는 것이 아닌가. 터뜨릴 것은 터뜨려야 한다. 내가 어찌 말조심한다고 해서 이길수 씨와 있었던 이야기를 그에게 하지 않을 수 있는가.

나는 참으로 신기한 생각마저 들었다. 내가 평소에 생각했던대로 나의 이야기에 대해 태현은 반응하고 있는 것이다.

그리고 더욱 놀라운 일은, 그녀들에 대한 그의 반응은 그녀들에 대한 나의 반응과 너무나 흡사하다는 사실이었다. 다만 그 강도가 나의 경우보다 훨씬 더 강렬했다.

"하지만 물이 흐르는 대로 놔둬야지 억지로 물꼬를 틀려고 하면 안
돼… 그렇지 현우야!"

"그렇게 생각하는 것이 좋을 거야. 인생은 그리 짧지도 않지만 그리
길지도 않은 것 같아. 그냥 둬 보자구. 뚜렷한 증거는 없지만 미라와
혜란이가 왠지 우리들로부터 그리 멀리 가지는 않을 것 같아… 이유
없이 그런 생각이 들어…"

"나두 그런 생각이 들어… 현우 네가 오기 전에는 세상이 시커멓게
만 보였어…"

"무슨 그런 소리를 다 하니! 엔간한 젊은이라면 누구나 겪어야 하는
젊은 시절의 홍역이라고 생각하면 되지 않을까."

나는 작업실 건물의 처마 밑에 뚤뚤 말려진 채 치워져 있는 명석을
가지고 와서 나무 밑에 펼쳤다. 그리고 태현을 그리로 옮겼다.

"젊은 시절의 홍역이라… 현우야, 우리의 젊은 피는 사랑을 부른다.
사랑만이 젊은 피의 희망이고 용기다. 사랑이 있으면 젊은 피는 어떤
고난도 무섭지 않아. 그런데 우리는 그 사랑을 빼앗겼어. 희망을 잃은
거야."

"태현아, 피카소의 일곱 명의 연인 중 첫 번째 연인이었던 페르낭트
올리비에는 화가에게 여자는 너무나 본질적인 것이어서 마치 그가 그
림을 그릴 때의 붓과 같다라고 했어. 우리는 붓을 앗겨 버린 환쟁이가
된 거야."

"갑자기 피카소니? 그는 그고 우리는 우리야. 그는 유럽의 풍토 속
에서 호흡하고 자란 화가라고 생각해. 우리는 우리들의 그림이 있어.
우리에게는 반만년의 문화가 있잖니… 어찌 우리에게 우리 나름의 그

림이 없다고 할 수 있겠어? 하기야 우리가 소위 동양화라고 하는 그림을 그리지 않는 한 우리는 사실 서양화의 영향에서 벗어나기는 어려워. 나도 그것을 인정해. 우리가 바로 서양화과 출신이 아니니… 하지만 박수근을 봐. 서양화하고는 담 쌓은 그림들이야. 그런 그림이 서양화단에도 통하는 거야. 우리 아무리 해도 피카소를 능가할 수 없어. 이 사람 일생 그림을 그린 것이 아니라, 어쩌면 지난번에 그린 그림하고 다른 기법의 그림을 그릴 수 있나 시험한 사람이야. 일생 자신의 그림을 가지고 실험을 한 사람이라고 생각해. 이 말은 그는 일생 여자를 가지고 실험을 한 사람이라는 뜻이야. 자신의 그림의 새로운 전기를 찾아보려구… 허지만 박수근과 이중섭은 여자를 가지고 그림을 실험한 것이 아니라, 자기 자신을 실험한 사람들이야. 나는 그렇게 생각해. 얼마나 견디나 보자 하면서… 그러니 피카소의 그림은 자꾸만 바뀌지, 박수근과 이중섭의 그림은 바뀌지 않아. 언제나 그 그림이야. 한 여자만을 사랑하는 자신을 실험하고 있으니 바뀔 턱이 있겠어? 피카소의 연인 중에서 마지막 연인이 있지 왜, 쟈크린 로크인가 뭔가 그 여자 피카소가 죽고 난 후 마드리드에서 피카소 회고전을 준비하다가 권총자살했던가 아마. 그 여자 왜 권총자살했다고 생각해? 내 질문이 갑작스런 것 같은데 실은 오래전부터 생각해오던 거야. 너에게 물어보고 싶었어. 나는 이현우라면 장작을 지고도 불 속으로 들어가는 사람이야."

"글쎄… 나도 그런 글은 어디선가 읽은 기억이 나는데…"

"내 생각인데, 죽은 남편의 92년 인생을 정리하기 위해 조국의 수도에서 회고전을 준비하다가 보니, 남편이 너무나 많은 여인을 사랑하였고, 남편의 그림이란 결국 여인편력의 역사라는 사실을 발견했던 거야. 그의 화려한 여성편력은 곧바로 그의 화업의 발전과정이었어. 자기는 뭐냐 하는 자조에 빠진 거지… 더군다나 프랑스와즈 질로 같은 연인은 그러니까 자기 직전 연인은 화가로서 대성했고, 바람이 너무 심한 피카소를 먼저 차버린 여자였었지. 자기와 살면서 아울러 자기 친구와 사랑에 빠지는 천재 피카소가 너무나 미웠던 질로였어. 그러나 피카소의 끝없는 개척정신과 실험정신은 어느 누구도 감당할 수 없었어. 그게 로크의 자살의 이유가 아니었을까.”

“…”

나는 태현의 말에 무슨 대꾸도 할 수가 없었다. 그가 나에 대해서 내가 어떻다고 말한 적이 처음이었기 때문이었다. 나라고 하면 장작을 지고도 불 속으로 들어간다, 무슨 뜻일까. 그만큼 나를 믿는다는 뜻일 것임은 틀림이 없다. 그러나 그 믿음은 여러 가지로 해석할 수 있다. 인간성 자체가 믿음직하다는 뜻일 수도 있고, 미대생으로서의 자질에 있어서 믿음을 가지고 있다는 뜻도 될 수가 있을 것이다.

“우리의 인생이 어떻게 흘러갈지 알 수 없지만, 실제적으로 그리고 마음으로나마 언제나 네 곁에 있고 싶구나.”

나는 내 마음을 솔직히 말로 표현했으나, 막상 말로 뱉고 보니 퍽 쑥스러웠다.

“고맙구나. 하지만 신경 쓰지 마. 인간관계는 물 흐르듯이 흘러간다고 봐. 우정이든 사랑이든… 억지로 혹은 의식적으로는 안 되는 것 같아.”

“우리는 혜란과 미라를 원망할 필요는 없을 것 같아. 그 진통을 잘 견뎌내야지. 걔들은 갈 때가 되었고, 갈만한 이유가 있을 거야.”

“걔네들이 가 버리니 우리 둘의 사이가 좀 더 견고해진 것 같기도 하구나. 현우야, 웬지는 모르지만 걔네들 다시금 돌아올 것 같아. 사실 가버린 것도 아니잖니… 미라는 동거를 선언했을 뿐이고, 혜란이가 무슨 청첩장을 띄운 것도 아니고."

"그게 그 말이지 뭐."

나는 태현의 아래, 위 작업실에서 근 일주일을 머물렀다.

우리 둘이 이런 오붓한 시간을 가져본 것도 처음이었다. 기력이 쉽게 되살아나지 않는 태현을 떼어놓고 떠나버리기가 안되었다. 취사시설이 되어있는 아래채와 작업을 위한 시설이 갖추어져 있는 위채를 오르내리면서 우리는 끝없는 대화를 이어갔다.

"지금이라도 걔네들 우리 둘이 무소의 뿔처럼 돌진하여 낚아채면 우리들의 손아귀로 떨어질지도 몰라… 걔네들 우리에게 몇 차례나 그런 기회를 줬어… 지금 생각하니… 현우야 너와 나의 영혼은 걔네들이 뿌린 분홍빛 물감으로 영원히 채색되어 버렸어… 너무 아름다운 아이들이야… 우리가 바보지."

"…"

우리들은 의식적으로 혜란과 미라에게서 멀어지려 했지만 좀처럼 잘 되지가 않았다. 만취한 상태에서 걸어서 계곡을 걸어올라 오다가 우리는 목구멍에 치솟는 울음을 결국은 참지 못하고 소리 내어 울기까지 했다.

임용고시 합격소식은 그나마 나를 조금은 위로했다. 운이 좋아 붙은 것 같았다.

제5장

졸업 후 – 절망을 넘어

가끔 학교에 나가 보았으나 강의실은 거의 파장 분위기였다.

분명 설강되어있는 강의실은 비어있었고, 실습실도 학생이 거의 보이지 않았다.

다만 이제까지 눈에 잘 띄지도 않던 복학생들이 주인공처럼 강의실과 실습실에 나타나기 시작했다.

그들은 자신들이 아직도 2, 3년은 더 다녀야 하는 이 학교의 새로운 주인공임을 스스로 깨닫는 눈치였다. 얼굴에 웃음이라고는 없는 이들 제대병들은 여학생들을 보고 인사조차도 하지 않았다. 그러니까 그들에게는 젊은이다운 낭만이란 이제 사라져 버리고 없는 것이다.

재학생 졸업반 학생들은 학교 휴게실이나 식당 같은 데 모여앉아 졸업전을 위한 상의들을 했다. 이 행사는 해마다 하는 것이라 이번 학년도 예외가 아니었다.

졸업전은 10월 30일부터 하기로 날짜를 정했고, 장소는 예년대로 학교 교정에서 하기로 했다.

이번 전시회가 우리들로서는 올챙이 화가로서 마지막이었다.

다들 졸업전 출품작 준비 탓으로 부산하게 움직였다.

출품하고 싶은 작품이 준비되지 않은 학생들은 새삼스레 실습실에서 밤을 새우며 그림을 그렸다.

그러나 학생들 중 가장 열심히 몰려다니면서 그림을 그리던 태현과 미라와 혜란의 모습은 어디에도 보이지 않았다. 분명 이들의 이름은 출품학생 리스트에는 올라 있었다.

총무를 맡은 송재갑은 이들을 전화로 다그쳤다.

"야, 현우야, 네가 태현과 미라와 혜란의 출품을 좀 책임져라."

"그건 장담 못해!"

"그렇게 찰떡처럼 붙어다니더니… 그것도 못하니?"

"이메일도 보내고, 문자도 보냈어?"

단풍나무들이 유난스레 많이 들어차 있던 교정이었다. 그래서 교정에서 열린 졸업전은 더욱 돋보였다. 휘황찬란한 단풍들의 동산에 걸린 작품들은 단풍들이 내뿜는 천연의 색채 조명을 받아 더욱 아름답게 보였다.

졸업전 개막 전날, 준비가 한창이던 시각에 나는 교정에서 혜란과 태현을 만났다. 자기 작품을 출품하고 전시하기 위해 학교에 지정한 시간에 나타난 것이었다. 혜란은 미라의 작품도 들고 나왔다.

기이하게도 네 학생 전부 3학년 여름방학 때 동해안에 피서 가서 그린 작품을 출품하였다. 나와 태현은 동해안을 배경으로 한 미라와 혜란의 누드화를 걸었다. 하지만 그녀들의 작품들 속에는 나와 태현의 모습은 없었다. 혜란은 설악산의 연봉들을 그린 것이었고, 미라는 숙소였던 호텔에서 내려다본 동해안 해수욕장 풍경이었다.

가장 적당한 위치에 가장 적당한 방법으로 작품을 전시하는 작업을 끝내고 세 사람은 학교앞 골목길에 있는 단골식당으로 갔다.

"이런 자리를 미라와 같이 했었으면 참 좋았을 것을… 소식 있니?"

"응. 아주 짧게. 몇 마디가 다야. 알렝과 잘 살고 있대. 공부도 열심히 하고."

혜란이 대답했다.

우리들은 열 시 가까이 술을 마시다가 가게 문을 닫는다는 가게주인의 통고로 자리에서 일어났다. 다들 다리가 휘청거렸다.

태현은 취해서 더 걸을 수 없다면서 어느 골목 높다란 곳에 있는 모텔방으로 들어가 버렸다. 나는 혜란의 차에 올랐다.

차가 어둠 속을 질주했다. 두 사람 사이에는 한참 동안 깊은 침묵이 흘렀다.

무슨 말인들 하지 못하랴마는 우리들은 하고 싶은 말이 별로 없었다. 특히 혜란과 이길수와의 현안을 알고 있는 나로서는 무슨 말이든 꺼내고 싶지가 않았다. 부드러운 엔진음만이 차안을 가득히 채울 뿐이었다.

"현우야…"

"응, 말해…"

"너 오늘 우리집에 가서 자지 않을래?"

"글쎄, 갑작스런 청이구나. 너네 집은 너무 환상적인 위치야… 흐르는 한강물이 보이잖니."

"네가 듣기로는 갑작스런 말 같을지 모르지만 결코 그런 건 아니야.

나 오래전부터 생각했던 말이었어."

"너같이 견고한 아이가 오래전부터 생각했다면 의미가 있는 말이겠군."

"…"

"너 운전 괜찮으니? 좀 취한 것 같아."

"괜찮아. 운전을 염두에 두고 마시는 척만 했어. 정신이 맑아. 술김에 하는 소리 아냐."

"숙녀께서 오랜 숙고 끝에 하는 청을 내가 어찌 거절할 수 있나… 그래 그러자."

나는 작년 여름이던가 혜란의 집 창가 방에서 그녀를 안고 열렬히 사랑을 퍼부었던 자신을 생각했다. 혜란과 나와의 사이에 어떤 일이 벌어지더라도 그것은 결코 우연한 열정일 수는 없다. 충분히 그럴만하게 두 사람의 감정이 성숙되어 있었던 것이다.

그러나 그런 청을 혜란이가 먼저 하다니 나는 조금 기분이 위축되었다. 사내자식이 언제나 여자에게 끌려 다니는 듯한 기분이 들었기 때문이었다. 혜란과 미라와 태현의 사이에서 이러지도 저러지도 못하다가 결국 아무것도 하지 못하고 만 자신이 조금은 병신스럽다는 생각이 들었다.

한강변에 우뚝 선 아파트의 창문에는 그 아래를 흐르는 강의 물살에 반사된 주변 외등들의 반사광이 강물 따라 흐르고 있었다.

혜란은 프랑스 산 와인을 내어 놓았다. 셍테밀리옹 2002년 산이었다.

"어머, 웬 이런 좋은 포도주야? 이거 대단한 거 아니야."

"너나 태현이가 내 집에 오면 마시려고 준비해둔 거야. 대단한 건 아니고. 이거 오늘 꼭 마셔야 돼… 가능하다면 다 마셔! 그런데 이 포도주 생각나니?"

"응 그럼 그럼… 언젠가… 아무리 포도주지만 이거 한 병 다 마시면 취한다구."

"오늘 졸업전 작품 건 날이잖아. 대학생활은 이것으로 끝이야. 여자 친구집에서!"

"포도주 한 병의 사랑이라… 그래 우리는 사랑을 고백하지도 않고 연인이 된 거야…"

"여자, 너들이 보면 바보처럼 보일지 모르지만 사랑과 현실감에는 귀신이야."

둘은 스스로 한 말에 감동되어 서로들 부드럽게 끌어안았다. 그리고 오랜 키스를 나누었다. 혜란은 작심한 듯 엄청 로맨틱했다.

나는 얼핏 혜란이가 이길수와의 결혼이 가능한 방향으로 결판이 났을지도 모른다는 생각이 들었다. 그래서 그녀는 떠나는 자의 마음의 자세를 가지고 있는지도 몰랐다.

둘은 포도주 한 병을 비웠다. 오늘 밤 줄곧 술만 마셨지 밥을 먹지 않았다. 그래서일까. 술은 금방 금방 당겨졌다. 한동안 계속되던 대화는 다시 끊어지고 깊은 침묵이 이어졌다. 긴 목을 가진 술잔에 술 따르는 소리와 그것을 손으로 잡아 목으로 넘기는 소리만이 들려왔다.

"현우야…"

"말해…"

"너 말이야, 너무 졸장부야… 너 말이야, 태현이가 무서워 날 건드리지 않았어. 죽어라 키스만 퍼붓고…"

"…"

"오늘 만일 참을 수 없을 정도로 날 가지고 싶으면 가져."

"…"

"이십삼 년 간 부모님에게도 보여주지 않았던 나의 모든 것 너에게
줄게. 그것으로 끝이야 . 아무런 부담도 없어… 전번처럼 실수하지 말
고…"

"…"

"왜 아무런 말도 없니?"

"네가 한 말은 다 맞아. 하지만 좀 고쳤으면 하는 데가 있어… 그건
내가 결코 태현이가 무서워서 너를 가지지 않은 것이 아니었어. 어떤
고의적인 의식도 없이 그냥 내 마음이 시킨대로 한 것뿐이야."

"무슨 말이 그래? 좀 더 구체적으로 설명해봐."

"나는 나 자신을 비하하지는 않지만 내가 존경할만한 탁월한 소질
과 능력을 가진 사람이라고 판단되면 그 사람을 존중해주려는 마음을
가졌다고 할까. 단 그림의 분야에서 하는 소리야. 내 눈앞에 나타난
너희들은 너무나 찬란하고 아름다웠으며 그림에 있어서 몇 발짝 앞서
있는 것 같았어. 그래서 나는 좀 물러서서 너희들을 한껏 존중해 준
것이었어. 특히 태현을! 태현을 존중해주는 게 뭐겠어? 그것은 뭐니뭐
니해도 그의 연인을 뺏지 않는 것이 아닐까. 화가의 영혼이 연인의 사
랑의 광채로 채워져 있지 않으면 그 그림은 죽은 그림이 되는 거야.
화가에게 있어서 연인이란 붓과 같다고 했어. 연인을 빼앗아 버리면
붓 없는 화가가 되어 그림을 그리지 못하게 돼!'

"너는 왜 태현의 영혼에 사랑의 빛이 켜져 있기만을 생각하고, 너
자신의 영혼에 사랑의 빛이 켜져 있어야 한다는 생각은 하지 않았
어?'

"모르겠어. 아마도 태현의 존재가 나에게 그 만큼 막중하게 생각되었기 때문이었을 거야. 그래서 내가 그림에만 몰두하지 못하고 그 결과 죽음을 두려워하지 않는 그림에의 열정 같은 것을 가지지 못하게 되었나봐."

"죽음을 두려워하지 않는 그림에의 열정?"

"고흐 같은 사람말이야. 전혀 호구지책이 없어서 동생한테 일생 얻어먹으면서 단 한 장도 팔리지 않는 그림을 500여 장이나 그렸다는 사람 말이야. 그림 그릴 캔버스가 없어서 담배갑의 은박지에다 그림을 그린 이중섭 같은 사람…"

나와 혜란은 오랜 연인처럼 자연스럽게 같이 샤워를 하고 가슴 저린 순간을 가졌다. 우리들은 터질 듯한 환희와 감격을 맛보았다. 그러나 우리들은 서로 이 순간이 이별의 전주곡임을 알고 있었다.

다음날 졸업전이 펼쳐지고 있는 교정에서 나는 혜란을 만났지만 별다른 흥분을 느끼지 못했다. 나는 오히려 담담한 마음으로 혜란을 데리고 식당으로 갔고 카페로 가서 차를 마시곤 했다. 내 마음은 나 자신이 놀랄 정도로 차분하였다.

졸업전이 거의 끝나갈 무렵 오후에 교정으로 나갔던 나는 내 그림 밑에 붙은 이상한 천 조각 같은 것을 보았다. 그것은 붉은 딱지였다. 똑같은 것이 태현의 작품에도 붙어있었다.

놀라고 있는 나를 향해 송재갑이 다가왔다.

"너무 놀라지 말어. 이거 받아. 태현이 것도 좀 전해줄래? 전시장을 둘러본 어느 분이 너희 둘의 그림을 사겠다고 해서 그러라고 했어. 즉석에서 그림 값을 주더군."

그는 두 장의 흰 봉투를 내밀었다.

“어? 어… 이거… 너무 뜻밖이야.”

“뭘 그렇게 생각하지 말어. 화가가 그린 그림은 언제나 사겠다는 사람이 있는 법이야. 그만큼 너희 둘의 그림이 그 사람의 마음에 들었다는 것밖에는 할 말이 없어.”

“그 그림 언제 가지러 온대?”

“가지러 오지는 않고 잘 포장해서 택배로 부쳐달라고 하더군.”

“주소가 어디던?”

“어디더라… 경기도 화성 어디던데…”

“화성이라… 전혀 짚이는 데가 없는데…”

“내가 보기로는 무슨 인연으로 너희들 작품을 사는 것이 아니고, 정말로 그냥 그림이 마음에 들어서 사는 것 같더라구… 내가 봐도 누드화로는 일품이야.”

“으음…”

나는 신음을 토하지 않을 수 없었다. 과연 내 그림이 어떤 관람객의 객관적인 심미안의 시선을 끌었을까. 도무지 자신이 없었다. 내 그림은 해안 바닷속에 전라의 몸으로 앉아 있는 미라를 그린 것이었고, 태현의 것은 방파제 끝에 역시 전라의 모습으로 서 있는 혜란을 그린 것이었다. 지난여름 동해안에서 그리기 시작한 그림이었다.

“그런데 재갑아, 그렇다면 그 관람객과 작품과의 객관성을 보여주기 위해서라도 이 수표는 내가 태현에게 전해주는 것보다 네가 직접 등기로 우송하든가 나오라고 해서 직접 주는 것이 좋겠어.”

“그렇게 친한 너희들에게도 그런 엄격함이 있었니.”

“아냐, 그냥 나의 생각이야.”

“그럼 그렇게 하지 뭐. 아무래도 태현을 학교로 나오라고 해서 전해줘야겠어.”

“한 가지 태현이 핸드폰 잘 받지 않는 걸 알고 있지? 서너 번 해야 한번 정도 받아.”

“알고 있어… 서너 번 걸어보지 뭐. 봉투 속에 얼마가 들어있는지 밝힐 용의는 있는 거야? 크면 밤새 소주나 마시자구. 같이들… 다들 배가 고파… 목도 마르구”

“어렵지 않아… 기다리라구.”

나는 봉투의 한쪽 귀퉁이를 찢었다. 자기앞수표가 보였다. 그것을 끄집어냈다.

“아니… 이게… 0이 몇 개야. 하나 둘 셋 넷 다섯 여섯 일곱, 일곱 개 잖아. 그러면 얼마야?’

“아니 일곱 개면 천만 원…”

재갑은 조용히 말했다. 다들 놀라고 있었다. 어느 틈엔가 학우들이 모여들었다.

“와 축하한다… 태현도 같아?’

“아무리 친구 간이지만 본인이 없는데 태현 것을 뜯어 볼 수는 없어.”

“와 4년간 고생한 보람이 있구나. 졸업선물치고는 최고다. 졸업식까지 두 달 남았으니까. 50일로 치구 천을 50으로 나누면 얼마야 이십만원이구나. 매일 밤 20만 원어치 소주나 마시다가 졸업하고 군에 가면 되겠다야.”

“하하하하하…”

“아냐, 태현 것 하고 합치면 40만 원이야. 배 터지게 마셔도 남아!’

“하하하하하…”

누가 기발한 아이디어를 제시해서 다들 티 없이 웃었다.

"유난스레 열심히 그리더니만… 오늘 첫 번 20만 원이다. 다들 쌍과 부집으로 가자―"

"우리 40명 중 화가 타이틀 처음 붙인 사람 현우하고 태현이야. 애들 일생 그림 팔아서 먹고 살 팔자야. 스타트가 너무 좋아… 축하해 줘야지. 오늘 밤새도록 마시는 것이 바로 축하해주는 거야. 다들 가자―"

나도 마음을 그렇게 정리했다. 구매자가 자신의 신분을 밝히기를 거부하는데 군이 알려고 하는 것도 결례가 된다.

나는 어렴풋이 빨간 딱지가 붙어있는 그림을 유심히 바라보았다. 그것은 분명히 내가 그린 그림이다. 그러나 지금 이 순간 어쩐지 내가 그린 그림 같지가 않았다. 누군가가 그린 이 그림이 알 수 없는 어떤 생명력을 띄고 나를 향해 다가오는 것 같았다.

그리고 태현의 그림을 보았다. 혜란이가 웃고 있었다. 티 없이 맑은 그녀의 얼굴이 짙게 드리워진 교정 단풍들의 색채를 받아 더욱 풍요롭고 아름답게 돋보였다.

술판이 무르익을 무렵 혜란이 술집에 나타났다.

다들 열렬히 박수를 쳐서 그녀를 환영하였다. 별다른 이유도 없이, 그냥 좌석에 늦게 왔다는 이유만으로 혜란은 여왕이 되어있었다. 그녀는 연신 고개를 숙이며 감사를 표했다.

나는 그녀와 나눈 하룻밤을 생각하고 뜨거워지는 얼굴과 방망이처럼 뛰는 가슴을 느꼈다. 그러나 나는 금방 진정할 수 있었다. 그녀는 나를 떠나는 자신의 심정을 그런 식으로 표현한 것이라는 암시가 그때나 지금이나 나의 가슴을 채우고 있었기 때문이었다. 그녀를 보았을 때의 환희는 금방 알 수 없이 가슴을 아리게 하는 비애로 변했다.

혜란은 학우들의 양보로 어찌어찌 내 곁에 자리를 잡게 되었다. 정말 나는 그녀가 와서 앉은 옆자리를 피하고 싶었다. 술까지 취한 지금 그만 울음보라도 터뜨리면 무슨 창피인가. 졸업전이 없었더라면 그날 밤 이후 그녀를 만날 기회도 없었을 것이다.

내 곁에 자리를 잡고 앉은 혜란과 나의 얼굴을 번갈아 보던 친구들이 다들 의아한 표정을 지었다.

"야, 현우야, 너들 단짝 친구들이잖아! 왜 얼굴색이 그 모양이야? 4년간 너들 붙어 다녔잖아! 깡충깡충 뛰면서 축하해줄만한데 그래!"

"뭐가? 내 얼굴이 어때서! 혜란아 자 한잔하자!"

"그래 정말 축하한다! 우리 동기생 중에서 처음이야! 그것도 그렇게 고가루…"

혜란이 대꾸했다.

"고가도 아니야! 피카소 작품 같았으면 아마 몇 백 억은 됐을 거야. 그만한 홋수의 박수근의 작품도 몇 십 억에 거래된다고 하던데…"

그날 밤 주점에서 수없이 술잔이 돌았다. 다들 거나하게 취했다. 꽤 넓은 주점이 입추의 여지없이 우리 학우들로 꽉 찼다. 술판이 익어갈 무렵 누군가 짓궂은 친구가 일어나서 이런 소리를 했다.

"현우와 태현의 그림 속에 나오는 두 명의 천사 같은 전라의 모델이 누군가가 궁금하다… 혹시 밝힐 용의가 없을까?"

"…"

그러나 그 질문에 다들 입을 다물었다. 그것은 그림 그리는 사람들끼리의 불문율이다. 화가의 모델이 누구냐는 누구에게도 물어서는 안 되고 대답할 의무도 없다.

나 자신 그런 질문을 받으니 기분이 싹 바뀌었다. 그 따위 질문을 하다니, 있을 수 없는 일이다. 내가 이 그림을 그리던 순간의 두 사람 간의 영혼의 교환을 어떻게 설명할 수 있단 말인가. 그것은 다만 그림으로만 설명할 수밖에 없는 것이다.

나의 옆 시야로 들어오는 혜란의 얼굴도 종잇장처럼 창백해졌다.

하기야 내가 우뚝 일어나 그 그림속의 모델은 누구다 말 못할 것도 없었다. 벌써 몇 커플들이 결혼을 할 것 같고, 몇 커플들은 알게 모르게 동거를 하고 있는 판이다.

그러나 우리들은 그냥 그런 연애관계가 아니고 순수 우정으로 뭉친 동아리로 알려져 있었다.

"야야야. 그런 것 묻고 하는 거 아냐… 그림으로 감상하면 그만이야… 당장 취소해!"

"그래 취소다! 취소! 화가로서의 최소한의 자존심을 위하여!"

"하하하하하"

다시 한번 크게 웃었다. 그러나 학우들 중에는 그녀들이 어쩌면 미라와 혜란일지도 모른다는 생각을 하는 사람도 있는 듯했다. 자기 동료들이기 때문에 입 밖에 내기가 정말 어려운 것이다.

그날 밤 나는 결국 귀가하지 못했다. 새벽 두 시가 넘어 학우들과 함께 학교 근처 모텔에 투숙했다. 나와 태현의 그림이 고가로 팔린 사실과 함께 우리들의 졸업전이라는 기분이 시너지 효과를 일으켜 우리는 한없이 마셨다. 우리는 이제 그림과 낭만에 취해 살던 우리들의 젊음은 입대와 더불어 가버리고 만기제대 후에 닥칠 가혹한 인생살이를 예감하고 있었다.

술기운에서 완전히 깬 나는 내 그림 값으로 받은 귀한 돈을 어떻게 유용하게 써야 하는지를 심사숙고하였다.

나는 돈을 분산하여 학과에도 인사를 하였고, 고향의 부모님에게도 인사를 드렸다. 교수님들에게는 작은 선물을 사서 인사를 드렸다.

혜란과 미라에게는 소위 말하는 명품 시계를 하나씩 사서 선물하였다. 미라는 국내에 없으니까 혜란에게 프랑스로 부쳐줄 것을 부탁하였다. 내가 태어나서 그런 큰 선물을 해보기는 처음이었다.

나는 왜 이렇게 나를 에워싸고 있는 사람들에게 무심할 수 없을까. 나는 그들을 깊은 마음으로 존경하고 사랑하고 있는 것같이 느껴졌다.

졸업전마저 철거된 늦은 오후의 교정 카페에서 나로부터 선물을 받은 혜란은 결국 울음을 참지 못했다. 그녀는 다탁에 얹은 팔뚝에 얼굴을 내리고 한참을 흐느꼈다.

"혜란아, 네가 나에게 준 사랑에 비하면 이건 지푸라기에도 못 미쳐… 자 어서 차 봐."

"너는 오직 화가로서 대성해야 한다."

"…"

나는 시큰해지는 콧잔등을 느꼈다. 이 순간 혜란이가 그런 소리를 할 줄은 꿈에도 생각하지 못했다. 고맙구나, 하지만 화가로서 타고난 아이는 내가 아니고 태현이다, 나는 이런 소리를 자신에게 하고 있었다.

절대적으로 매력을 느꼈고 어쩌면 마음 깊숙이 사랑했을지도 모르는 여자에게 미혼의 남아로서 사랑을 고백도 하지 않았고 청혼을 해보지도 않은 나는 도대체 뭔가 하는 자괴의 마음이 나를 괴롭혔다. 그림에의 소질을 탁월하게 타고났을지도 모른다는 느낌으로 깊은 존경과 우정을 느끼게 하는 친구가 그녀를 더 사랑할지도 모른다는 우려 때문에 어떤 행동도 하지 못한 내가 아닌가. 그나마 혜란의 경우. 그녀의 적극적인 자세로 겨우 아름다운 시간을 가질 수 있었던 나는 정말 자아가 있는 녀석인가.

대학생으로서의 마지막 겨울방학이 시작되었다.

고향의 아버님에게서 편지가 왔는데, 내년 4월 10일 자 입영명령서가 와 있다는 것이었다.

주머니 사정이 넉넉해진 나는 매일 밤 친구들과 어울려 술을 마셨다. 술에서 빠져 나오기 위해서라도 그렇게 그리고 싶었던 인수봉을 그리기 위해 도봉산을 찾았다.

물론 인수봉은 북한산에 있다. 그러나 그것을 멀리서 바라보기 위해서는 북한산 그 자체에서 보다가는 도봉산에서 건너다보는 것이 더 좋다.

그리고 도봉산역에서 한 시간 거리밖에 안 되는 태현의 작업실을 찾아갔다. 태현은 5월 20일 자로 입영명령문이 와 있었다.

나는 어느 날 태현을 끌고 이젤을 어깨에 멘 채 인수봉까지 오르기로 했다. 도선사까지는 차가 가니까 거기서부터는 두어 시간 가량 걸어 오르면 인수봉 맞은편 등산로까지 닿을 수 있다.

우리는 두터운 방한용 파커를 머리끝까지 둘러쓰고 그림을 그렸다. 그래도 추위를 견디기 어려우면 소주를 마셨다. 적당히 마신 겨울 소주는 청명한 도봉산의 차가운 정기 때문인지 우리들의 정신을 한없이 맑게 해주었다.

크리스마스를 전후하여 서울에는 많은 눈이 내렸다. 특히 서울 북부지방에는 엄청난 눈이 내렸다. 북한산 도봉산이 전부 눈 속에 파묻혔다. 우리들은 눈 속에 파묻힌 북한산을 여러 장 그렸다. 인수봉 하나만을 그리기도 하고, 소위 삼각산이라고 하는 백운대, 인수봉, 만경대를 한꺼번에 그리기도 했다. 눈 속에 파묻힌 연봉들을 그리기도 하고, 처음 우리가 이 겨울 산에 올랐을 때의 그 황량한 모습을 그리기도 하고, 백운대와 인수봉, 인수봉과 만경대를 짝지어 그리기도 하였다. 백운대와 만경대와는 달리 인수봉은 눈이 내려도 별로 쌓이는 눈이 없었다. 너무나 민둥바위이기 때문이다.

서울이라는 한국 최대의 도시 정수리에 이런 높이의 산이 있다는 것이 정말 믿어지지 않는다. 인수봉의 공식적인 높이는 803미터이다. 세계적으로 보아도 서울과 어깨를 나란히 할 수 있는 대도시로서 그 인근에 이 정도의 산이 있는 도시는 단 하나도 없다. 서울의 정수리 혹은 이마라고 할 수 있는 북한산 아니 삼각산, 그것은 서울의 어디에서도 그 모습을 바라볼 수 있다. 그래서일까, 그 신비스러움은 이루 형언할 수 없다.

북한산의 신비스러운 정기를 받으며 살아가는 서울 사람들, 그들은 얼마나 오묘한 삶의 철학을 가진 자들인가. 한 사람 한 사람이 그야말로 신비스러운 정기로 점철된 사람들이다.

산은 서울을 내려다보는 알 수 없이 기기묘묘한 모습이고, 파선되어 서울이라는 항구로 들어오고자 하는 사람들의 등대 같은 구실을 하였다.

어느 날 태현은 털 침낭 두 개와 소형 텐트를 가지고 와서 도봉산 서쪽 가파른 사면에 설치하였다.

"겨울 내내 여기서 자고 먹으면서 인수봉만 그릴래. 현우 너도 입대

하려면 최소한 4개월은 기다려야 하니 나와 함께 여기 침낭에서 자면
서 그림을 그리던가 아니면 저기 대피소가 있으니 거기서 장기전을
벌이던가…"

"그래, 입대하기 전 삼각산의 정기를 흠뻑 받아야겠어."

우리는 가파른 도봉산의 기슭에서 아슬아슬한 겨우살이를 했다. 나
와 태현은 그림값으로 받은 돈이 그런대로 남아있어서 전혀 궁핍하지
는 않았다. 살점이 떨어져 나갈 정도로 추워도 털 침낭 속으로 들어가
면 따뜻한 온돌방의 아랫목 같았다.

원래가 북한산 국립공원 안에서는 야영이 허락되지 않았다. 그러나
우리들의 텐트가 등산로 아래 아슬아슬한 경사면에 설치되어있기 때
문에 단속원들의 눈에 띄지 않았던 것이다.

어느 지독히도 눈이 많이 내리던 날이었다. 우리 두 사람은 바깥출
입을 하지 못하고 텐트 속에 갇혀있으면서 환기창을 통해 인수봉을
보면서 그림을 그리고 있었다.

"우리가 이러는 걸 알면 혜란이와 미라가 뭐라고 할까?"

"잊어버리자. 잊도록 노력하자꾸나… 그러려고 여기 온 것 아니
니…"

"우리가 바보였어."

"바보가 아니었으면? 걔네들 우리가 바보가 아니었을 경우보다 훨
씬 잘 되어 있어… 잊어버리자꾸나!'

"왜 그렇게 생각해?'

"미라는 파리에 가서 멋진 파리쟝과 살림 차려 살면서 세계 최고의
미술대학에서 공부하고 있고… 혜란은 이길수라는 인생의 산전수전
다 겪은 노련한 신사와 혼담이 무르익고 있고… 어느 것도 우리는 걔

네들에게 줄 수 없는 것이야."

"우리가 바보가 아니었을 경우를 가정해보면 지금 이 텐트 속에서 우리와 함께 뒹굴고 있겠지. 하지만 그녀들에게 이제는 그것이 어울리지 않아… 벌써 시간의 기차는 저 멀리 떠나갔어. 두 아이 다 너무나 아름다웠어… 우리에게는 과분하게… 우리에게 그래도 최후의 춤을 출 수 있는 멍석을 마당에 깔아주었던 아이들이었어… 그 춤이 우리들의 팔린 그림들이 아니었을까… 아아 나 잘은 모르지만 다시는 여자하고 더는 연애 같은 거 하지 못할 것 같아."

"현우야, 너 두 아이 다 사랑했구나…"

"태현아 너는?"

"나두 그랬어…"

"어느 정도루?"

"그런 건 묻지 말자. 나도 묻지 않을게… 다 지나간 이야기야!'

텐트의 지붕에는 마침 환기창이 두 개가 뚫려 있어서, 우리는 각자 한 사람이 하나의 환기창을 통해 인수봉을 바라보면서 그림을 그리고 있었다.

나는 내가 지금 이 순간 진실로 혜란이와 미라가 우리와 자리를 같이 하지 않아 슬펐지만, 동시에 이 지독히도 눈이 퍼붓듯이 온 산에 내리는 날 태현과 함께 한 텐트에서 뒹굴면서 그림을 그리는 것이 행복하기도 했다.

나는 태현의 배낭 안에서 보아 두었던 버너를 끄집어냈다. 내가 마시기 위해서가 아니라 정말 태현에게 커피를 한 잔 끓여주고 싶어서였다. 버너를 세팅하는 나를 보고 있다가 태현이 한마디 했다.

"위험하지 않을까…"

"조심하면 괜찮아. 사방천지가 전부 눈인데 무슨 위험이 있겠어. 등산로에서는 여기가 사각지대야. 산지기들한테 들킬 염려도 없구."

나는 커피를 뜨겁게 끓여 두 잔을 만들었다. 그리고는 붓을 잡고 있는 태현을 불러 앉혔다.

"부라보다, 어서 와―"

"커피 가지고 부라보냐…"

"그래…"

"우리는 언제나 넷이었는데…"

"잊어버리자고 한 사람이 누구였지? 우리 여기 뛰어내리기 위해 온 거 아니야!"

그 순간 나는 내 목구멍으로 커피가 흘러가는 것을 느끼는 것과 거의 동시에 목구멍을 밀고 올라오는 알 수 없는 울음소리를 참을 수가 없었다. 어어어흐흐흐…

뭔가 목구멍에 꽉 맺혀있던 것이 터져 나오는 소리였다. 커피잔을 내려놓고 마주 앉은 태현을 바라보았더니, 그도 커피잔을 내려놓고 머리통을 땅바닥에 박고서 어깨를 들먹이고 있었다. 그러나 그는 나 같은 괴성을 토하지는 않았다. 다만 어깨만이 물결처럼 흔들렸다. 그러다가 손을 뻗어 소주병을 찾아 들었다.

"안돼! 여기 너무 위험해! 산지기들의 눈을 피하느라 여기에 텐트를 쳤지만 안전지대가 아니야. 잘못하다가는 텐트째로 골짜기로 처박혀! 처박히면 내년 봄에나 시체가 발견될 거야.나도 마시고 싶지만 참자! 참자! 내가 끓인 커피로 대신해!"

"그래 네 말이 맞다. 맞고 말고… 현우야 네가 혜란과 미라를 그리워하는 것이 얼마나 되는지 모르지만 내가 훨씬 더 강렬한 것 같아.

그리고 내가 어쩐지 걔네들을 더 사랑해준 것같이 느껴져… 용서해라. 나의 잘못이 컸어. 내가 먼저 한 아이를 선택해야 하는 건데… 너의 태도가 불분명했어. 네가 누굴 더 사랑하는지 나는 도저히 분간할 수 없었어. 그리고 걔네들도 각각 우리들 중 하나를 선택해줘야 하는 건데…”

“태현아, 그만두자. 지나간 얘기 더 해서 뭣하니… 네가 언젠가 말하지 않았니… 인생에는 굽이가 있다구… 우리는 한 굽이를 지나온 거야. 우리는 다른 한 굽이를 향해 달려가면 되는 거야.”

우리는 한 손으로 커피잔을 부딪치며 다른 한 손으로는 서로를 끌어 쥐고 굳게 악수를 나누었다.

“현우야, 내 한 가지 제안이 있어…”

“뭣이든지 말해봐!”

“우리 입대하려면 아직 두 달 이상 남았어…”

“그래서?”

“그래서 내가 하는 말인데 모아놓은 그림은 별로 없지만, 우리 한번 더 여기 연천이나 아니면 의정부, 아니면 수유리에서 우리 작품 전시회를 하면 어떨까?”

“거참 좋은 발상이군…”

“혜란이와 미라가 가 버렸다고 우리들 주눅들 사람들 아니다 하는 거 뭐 그런 거 있잖아.”

“이왕 하는 거 덕수궁 돌담길이나 경복궁 아니면 창경궁 아니면 창덕궁 돌담길에서 하면 어떨까?”

“경복궁 돌담길은 아마 안 될 거야. 청와대 때문에…”

“덕수궁 돌담길이 제일 좋을 것 같아…거기서 그런 거리전시회를 여러번 본 것 같기도 해."

"고가의 화랑 임대료를 마련하지 못해 몇 년 동안 전시회를 가지지 못하는 화가들이 얼마나 많아… 싸구려 전시회를 자주 가질 필요는 없지만 그렇다고 너무 드물게 전시회를 가지면 잊혀지게 되고 결국 고사되고 마는 것이 아닐까."

우리는 한 달간 북한산과 도봉산을 여기저기 옮겨 다니며 이 산들의 겨울 풍경을 그렸다.우리 몸은 얼음처럼 얼어갔고, 두 손은 두더지 등판처럼 굳어졌다.

오랫동안 수염을 깎지 못해 덥수룩해져 갔고, 머리털도 노숙자들처럼 지저분하게 길어졌다.

바지와 저고리는 땟국물이 흘렀고, 바지의 두 무르팍께는 허옇게 닳았다. 험준한 산을 타느라 닳았기 때문이었다.

2월 말경에 산에서 내려와 새봄이 오는 3월 초순에 우리는 덕수궁 돌담길에서 거리전시회를 가졌다. 우리는 벌써 학생의 신분이 아니었다. 지난 2월 말에 졸업했기 때문이었다.

나와 태현은 인수봉에서 그림을 그리느라 졸업식장에 가지 못했다.

마음이 학교를 떠나버려 그곳이 무슨 텅 빈 공동처럼 느껴졌기 때문이기도 했다.

덕수궁 돌담길의 거리전시회라 해서 자유자재로 되는 것이 아니었다. 궁궐 경비원들과 타협이 있어야 했고, 역시 이 장소를 원하는 거리의 다른 무명화가들과의 일정조정이 있어야 했다. 웬 무명화가들이 그리도 많은지 놀라운 사실을 새로이 발견하였다. 그들 중에는 정식으로 미대를 나온 사람도 있었고, 미대는 근처에도 가본 적이 없는 사람들도 있었다.

그래도 그림은 아주 드물게나마 거래가 이루어졌다. 그림값을 매기기 위해 그림의 크기 같은 것은 없었고, 그냥 적당한 크기의 캔버스 한 장에 십만 원이 공정 가격이었다. 싼 맛으로 여러 장을 한꺼번에 사가는 사람들도 있었다.

나와 태현은 그림값을 얼마라고 정하지 않았다. 그림값은 없었다. 구매자가 주고 싶은 값이 그림값이었다. 그냥 가지겠다고 하면 그냥도 주었다. 그랬더니 캔버스 그림 한 장에 백만 원을 주는 사람도 있었고, 3만 원을 주는 사람도 있었다.

근 한 달 간 그림전시회를 했다. 하물며 우리는 전시회를 하면서 거리에서 그림을 그리기도 했다. 새순이 돋아나는 나무줄기들이 덕수궁 돌담 너머로 늘어져 내렸다. 우리는 그것을 그렸다. 나의 자취방을 우리의 공동 거처로 썼다.

나는 태현에게 목욕탕에도 가고 이발소에도 좀 가자고 했다. 그러나 태현은 그걸 원하지 않았다. 가 버린 두 여자아이들을 잊으려면 자신을 구석으로 처박아야 한다나. 참으로 기이하게도 우리들의 그림을 가져가는 사람들은 끊이지 않았다. 하루에 두서너 점은 없어졌다.

그림을 가져가는 사람이 나타날 때마다 태현은 나의 손을 잡았다.

"현우야, 우리 그림만 그려서 먹고 살 수 있을지 몰라. 저 사람 얼마나 좋아하니…"

"하지만 표구값이 많이 들 텐데…"

"그걸 다 감안하고 그림을 산 거야."

형언할 수 없이 가슴팍이 뻥 뚫린 듯한 상실감이 조금씩 채워지는 듯한 감각을 느꼈다. 나는 무엇보다도 내가 이렇게 태현과 함께 비록 거리의 무명전시회지만 같이 일할 수 있다는 것이 왠지 나에게 희미한 기쁨을 주었다. 아마 그가 없었더라면, 그의 제의가 아니었다라면 나는 감히 거리전시회를 할 용기를 가지지는 못했을 것이다.

놀랍게도 수중에 들어온 돈은 없어도 그림들은 거의 다 없어졌다. 다음 순번을 기다리는 거리의 무명화가들이 몰려와 소주를 사라 해서 아낌없이 술을 샀다.

"역시 젊어야 해… 그림 자체가 틀려… 그림 사가는 사람들 아무것도 모르는 것 같아도 우리보다 그림을 더 잘 알아… 대단한 일이야… 그 많은 그림들이 다 없어졌다니."

"그림도 그림이지만 그림 그리는 사람들 자신들이 멋이 있잖아! 키도 크고 수염도 기르고 젊구 정말 화가 같잖아… 화가는 그래야 해! 여자 손님들은 화가들의 모습을 보고 몇 점씩을 한꺼번에 사더라구… 그림 보구 사는 사람이 6, 화가 보구 그림 사는 사람들이 4라고 하잖아."

나는 오래간만에 태현의 손을 잡고 웃었다. 궁벽한 시골출신인 내가 서울로 유학하러 와서 이렇게 뛰어난 소질을 가진 친구 그림쟁이를 만났다는 사실이 나를 무한히 기쁘게 했다.

그러나 우리는 어쩐지 공허한 감각을 공유하고 있는 것 같았다. 거리전시회 도중 그렇게도 자주 만나고 헤어지곤 하던 학우들을 단 한 사람도 만나지 못했다. 그래서 우리는 우리가 이제는 학생이 아니라는 사실을 그야말로 실감할 수 있었다.

제6장

군 입대

논산훈련소에서 신병훈련을 끝마치고 나는 동부전선에 배치되었다.

편치 볼을 사이에 두고 도솔산 대우산과 태암산을 마주보는 최전선이다. 남북으로는 월비산과 향로봉 사이쯤에 위치한 부대이다. 원통으로 빠지는 북한강의 원류가 시작되는 곳이기도 했다. 특히 월비산 351고지 전투는 적점령 고성을 탈환하기 위한 아군 4개 사단 (5.11.15. 수도사단)과 적 주력 5군단이 맞붙은 격전지이다. 금강산을 누가 먹느냐는 최후의 결전이었다. 민통선 안에서 밭농사를 하는 사람들을 먼눈으로 바라볼 수 있을 뿐 군인 이외에는 눈을 씻고 찾아도 사람을 만날 수 없었다.

녹음이 무성한 계절이라 매미소리만 귀청을 찢듯 요란할 뿐 헤아릴 길 없이 깊은 정적만이 온 산천을 채우고 있었다.

여기저기 불에 타버린 민둥산이 많았는데, 적들이 북서풍을 이용해 불을 지른 것이라고 한다. 불씨를 남으로 날리면 어김없이 아군 진지 인근의 초목들이 불길에 휩싸인다. 남동풍이 불면 또 아군들이 불씨를 북으로 날린다. 이곳은 여전히 전쟁 중이었다.

이곳은 물론 6·25전쟁 전에는 철원, 김화, 화천, 인제지역과 함께 적점령지역이었다.

논산훈련소와 자대배치과정을 통해 나는 완전히 사람이 달라지는 것을 뼈저리게 느꼈다. 나의 존재 자체가 순식간에 무로 돌아갈 수 있다는 절실한 느낌이었다. 전쟁 중에 있는 군대는 아니지만, 군인은 원래가 적의 괴멸을 위해 존재하는 것이다.

그러므로 언제나 삶과 죽음의 기로에 서 있는 것이 군인이다. 여기에 감정이니 예술이니 하는 것은 존재하지 않았다. 순간 눈을 잘못 팔면 자신의 존재 자체가 없어져 버리는 것이 군의 본질이다.

나는 중대 인사계를 통해 태현의 자대배치 상황을 알아내려고 시도했으나 실패했다.

일병 주제에 주제넘게 별것을 다 알아보려 한다고 오히려 혼이 났다.

"대학 나온 놈들은 이렇다니까! 자기 주제를 몰라! 짜아식 빳다나 한번 맛보라구!"

나는 그런 소리를 했다가 오히려 엉덩짝이 불이 나게 빳다를 맞았다.

나의 경우, 발이 썩어들어 혼이 났다. 더운 여름철에 군화를 신고 열 시간 이상 근무를 하니 물집이 잡혔고, 그리로 포도상구균이 침입하여 급속도로 인근 세포로 확산하는 족부염증이었다. 그 오염이 퍼지는 모양이 마치 벌들이 집을 지으며 천을 짜는 것 같다하여 봉와직염이라고 한다.

여름철 장병들의 군화 속은 세균들의 별천지라는 말을 어디선가 들은 적이 있었다.

소속 중대가 행군이라도 나가는 날이면 그럴 때마다 나는 업혀서 돌아오곤 했다. 체력이 도저히 당할 수가 없었다. 30킬로그램이 넘는 군장을 메고 험한 산길을 노숙하며 끝도 없이 험산을 걸어야 하는 행군은 정말 나 같은 선병질 졸자는 감당해내기 어려웠다.

"야 너 같은 놈이 어찌 군에 왔냐! 이 몸을 하고서!"

"넷, 신검 군의관님이 합격시켜줘서 왔습니다!"

"장애제대라도 하고 싶냐?"

"아닙니다. 대한민국 군인으로서 당당히 국민된 의무들 다하고 만기제대하고 싶습니다!"

"너 이등병 주제에 벌써 의무실에 몇 번째냐!"

"다음부터는 죽어도 그대로 죽지 의무실은 찾지 않겠습니다."

"너 임마, 사회에서 뭣 하던 놈이냐?"

"네, 에 또…"

"먹고 놀다 왔니?"

"네, 먹고 놀다 오지는 않았습니다. 에 또 화, 화, 화가 노릇을 하다가 왔습니다."

"화가라… 그림 그리는 사람 말이야? 웬 별놈이 다 있네. 군에 와서 별놈을 다 만났지만 그림쟁이는 처음이야. 그래 국전에라도 입상을 했니?"

"미대를 막 졸업하자마자 왔습니다."

"제대 후에 국전에 특선이 되어 유명화가가 되면 그림이라도 한 점 가지고 와!"

"어디로 말입니까?"

"송양수 치과 말이야. 나도 제대하면 개업을 해서 먹고 살아야 할 것 아냐!"

"군의관님의 존함을 잊지 않겠습니다!"

"짜아식, 제대까지 잘 버티겠나… 짜아식, 정신 차리고 모가지나 잘 보존해."

송 대위의 말대로 나는 군의 체질을 조금은 이해하고 그것에 대응하기 시작했다. 어떻게 하면 내가 나 자신의 안전을 꾀할 수 있는가를 늘 생각해야 했다. 총알이 날아오고 대포알이 터지는 전장은 아니지만 언제나 살기와 위기감이 감도는 것이 군이다. 병신처럼 굴다가는 어느 손에 피를 묻히게 될는지 알 수 없다.

나는 나에게 명령권을 가지고 있는 분대장, 소대장, 중대장의 인간성을 잘 간파하고 그들의 눈에 벗어나지 않으려고 노력하였다. 그리고 군상급자들에게도 눈 딱 감고 고분고분하였다. 환쟁이라는 소문이 퍼져 별별 소리를 다 하는 녀석들이 있었다. 처음에는 화가 나서 치고 박고 싸웠다. 그러다가 영창까지 간 적도 있었다.

무엇이든 생각을 하지 못하게 하는 것이 군생활의 요체이다. 오직 꼭두각시처럼 군 문화에 젖어 그 젖은 대로 행동하고 말하여야 한다. 그것은 사람이 아니고 일종의 로봇놀음이다.

나는 드디어 백일휴가를 나왔다.

군 생활의 첫 번 성공이다. 자대 배치를 받고 나서 백일 만에 받는 휴가이다. 이리 터지고 저리 차이고 하면서 견디어 낸 자신이 대견스러웠다. 그래도 말끔히 군복을 차려입은 대한민국 군인이 아닌가.

백일 휴가를 나가던 날 상급병들이 나의 군복을 다려주고 내 군화를 닦아주었다. 하물며 내 비듬투성이 머리털을 수도에 처박아놓고 샴푸까지 쳐 주었다.

"야, 현우아, 고생 많았제. 아부지 엄마 만나고 젖 마이 묵고 오느래이— 애인도 만나고— 애인 젖통도 마이 만지고— 미대라카마 이쁜 여학생들 많다 아이가! 애인도 멋지제?"

"애인 없습니더. 정말입니다."

"야 임마 미대생들은 연애박사라카든데 니같이 키도 크고 희멀쩡한 놈이 애인이 없을 턱이 있나? 있다캐도 달라소리 안한다— 니 귀대하는 날 내가 마 수유리 시외버스터미널까지 나갈끼다!'

"그러지 마세요. 그럴 턱도 없지만! 나는 분명히 귀대합니다. 단 일초도 늦지 않게!'

요사이는 아들 하나뿐인 가정이 많아, 다들 응석받이로 키워, 고된 백일휴가 보내놓으면 귀대하지 않는 녀석들이 더러 있다. 군대의 큰 골치거리라고 하는 소리를 들은 적이 있다. 영창을 보낼라면 보내라든가, 아니면 기소해서 옥살이를 시키려면 시켜라 하고 나온다고 한다. 배째라 하는 식이다. 응석받이기 때문에 어쩔 도리가 없다는 것이다. 그런 녀석들이 한둘이면 그렇게 처리하면 효과가 있을지 모르지만 이집저집 다 그러니 함부로 처리할 수 없다는 것이다.

군용차로 나는 수유리에 떨어졌다.

별 세계에 온 것처럼 휘황찬란했고, 새로운 건물들이 많이 들어선 것 같았다.

특히 배꼽을 내놓은 팔등신 여자들이 거리를 활보하는 것을 보고 있노라니 나의 인생은 나도 모르는 사이에 너무나도 많이 변해버렸음을 깨달을 수 있었다.

　고향 청양으로 가는 수밖에 없었다. 서울에는 잘 데도 없고 만날 사람도 없었다. 지나간 세월 덕수궁 돌담길에서 거리전시회를 열 때, 직전 전시자였던 무명화가 조 선생이란 사람의 핸드폰 번호가 수첩에 적혀 있기는 했다.

　혜란에게 전화를 해볼까 하다가 그만 두었다. 지금 그녀를 만나서 뭘 어쩌겠다는 것인가. 나는 이제 그런 연애감정의 주인공이 될 수 있는 처지에 있지 않다. 지금은 오직 군생활을 무사히 마치는 것만이 내 발등에 떨어진 불이다.

　내가 이런 생각을 하는 것을 보면 나는 나 자신도 모르게 많이 변해 있음을 알 수 있었다. 인생이란 지나가버린 일을 잊지 못하는 회고적인 인간에게는 가혹한 형벌을 내리는 법이다. 지나간 일은 지나갔을 뿐이다. 어떤 그 일의 본질과 형편은 그때 당시의 것이다. 본질과 여건은 완전히 달라졌는데, 그것을 회고하면 무슨 소용이 있겠나.

　연애는 몰라도 결혼에 있어서만큼은 여성은 확고하고 강한 것 같다. 이것은 아니다 싶으면 가차 없이 돌변해 버리는 것이 여자의 일반적인 특성인 것 같다. 성대한 고별의 절차까지 밟고 울면서 돌아선 혜란에게 전화를 해서 무엇 하나 하는 생각이 나를 지배했다.

　수유리 일대를 배회하던 나는 강남고속버스터미널 행 전철을 탔다. 고향 청양으로 내려가는 도리밖에 없었다.

　나는 청양 행 고속버스 표를 끊고 플랫폼으로 나갔다. 시간이 한 20분 정도 여유가 있었다. 나는 의자에 앉아 해당 버스가 홈으로 들어오기를 기다렸다.

그 사이 나는 생각에 잠겼다.

지금의 서울은 나에게 이렇게 낯설지만, 그래도 내가 청운의 뜻을 품고 4년간 살았던 곳이다.

나는 목을 빼들고 빌딩숲 사이로 북한산의 위용을 살폈다. 아 과연 거기에는 아물거리는 인수봉의 위용이 보였다. 서울을 신비롭게 만드는 저 인수봉의 존재를 확인한 것이다.

서울이 변해 버렸다지만 저것은 옛날 그대로 서울의 신비스러움을 비추고 있었다.

선거철인지 여기저기 입후보자들의 선전 포스터와 현수막이 걸려 있었다.

거리에는 허리에 소속 정당과 자신의 이름을 쓴 긴 띠를 맨 사람들이 임시 개조한 차량에 올라 열띤 웅변을 토하고 있기도 했다.

그러나 나는 누구에게든지 전화할만한 사람이 없었다. 하다못해 나는 거리의 화가 조 선생에게 전화해보면 어떨까 하는 생각이 들었다. 지금도 거리에서 전시회를 가지는 것일까. 그는 그때 지나가는 말로 일본 무슨 미대에서 공부했다고 하지 않았나.

그래서 나는 핸드폰을 꺼내 들었다. 입대하면서 그래도 혹시나 하는 마음에 전화회사에 등록취소 신청을 하지 않고, 그냥 꺼놓은 상태로 가지고 있었다.

나는 조 선생에게 전화를 걸어보았다.

"아니 이게 누군가! 현우 씨가 아닌가! 군에 간다면서 지금 군대 안인가? 지금쯤 틀림없이 군에 갔을 텐데!"

"그럼요, 군인입니다. 첫 휴가를 나왔습니다. 잘 계시나 해서 인사나 드리려구…"

"그럼 서울에 있다 이 말이군? 지금 어디야? 지금 당장 만나야지!"

"고향에 내려가려구 지금 고속버스터미널에 있습니다. 표까지 끊었습니다."

"표야 물으면 되지! 지금 당장 우리집으로 오게! 누추한 곳이지만 나도 지금 작업 중이라 자리를 뜰 수가 없어. 내가 어떻게 사는가도 한번 보시구. 우리 시원한 막걸리나 한 잔 하세나!"

"그렇게까지…"

"아니 이 사람, 첫 휴가는 마누라 생일하고도 안 바꾼다고 하지 않나! 될 수 있으면 여러 사람을 만나고 귀대하라고! 나 같은 사람도 만날 필요가 있어! 굶으면서도 그림을 그리는 나 같은 녀석을… .아주 가까워! 전철 타면 십 분도 안 걸려! 3호선 타고 올라오다가 금호역에 내리면 돼! 아마 서울에서 달동네는 우리가 마지막일 거야. 금호역에서 내려 4번 출구로 나와 한 50미터만 걷다가 좌회전하면 금호동 산비탈이야. 거기 내가 사는 집이 있어. 비록 하꼬방이지만 한강이 그대로 내려다보여! 어서 오시게나! 내 마누라도 자네를 기다리네!"

"좋습니다. 지금 당장 가겠습니다!"

나의 안목으로 보아도 조 선생의 그림은 나름대로의 수준을 유지하고 있었다. 그가 일본 유학을 했다는 말은 온전히 허풍은 아닌 듯했다.

한 가지 신기한 것은 그가 한국의 화단과는 어떤 연관도 가지고 있지 않으면서 그림 작업을 계속하고 있다는 사실이었다. 국전을 비롯한 화단의 어떤 행사에도 전혀 참여하지 않으면서도 그는 그림을 계속 그릴 수 있다는 것이 참으로 불가사의했다.

일러준 대로 찾아가니 그가 말한 대로 초라하기 짝이 없는 흙벽돌 집이 한 채 나타났다. 그래도 기와를 얹어 비는 새지 않을 것 같았다. 과연 집의 전망은 좋았다. 동호대교와 성수대교가 저 멀리 한강의 수면 좌우에 떠있었다.

작은 집의 본채 옆에 무슨 창고 같은 것이 간이로 지어져 붙어있었다.

"아하 오셨구만… 자네와 태현 씨 두 사람이 내가 알고 있는 한국화단의 유일한 친구일세. 얼굴이 너무나 바뀌었어. 아주 인도징이처럼 얼굴이 탔구만! 여보 나와서 인사해! 이현우 씨가 막 도착했어."

아담하게 생긴 부인이 나와서 인사를 했다. 조 선생에 비해 나이 차이가 많이 나는 듯했다.

"사람들이 내 딸 같다고 하지만 분명 내 마누랄세! 작년에 바로 덕수궁 돌담 전시회에서 내 그림을 보고 미쳐서 나에게 그림 배우러 다니다가 마누라가 되어 버렸어! 나이가 내 나이 반도 안돼!"

나는 고개 숙여 인사를 드렸다. 어쩌면 이 여자와 나와의 나이 차이가 그리 크지 않으리라는 생각마저 들었다. 조 선생의 부인으로서는 정말 어울리지 않는 여자같이 느껴졌다.

"이 사람 현우! 너무 고개 숙여 인사하지 말게! 언제 떠날지 모르는 여자야! 지금은 그림 배우기 위해서 나에게 마누라 노릇을 하고 있지만, 그림 배울만큼 배우면 떠나게 되어있는 여자야. 여자는 항상 왔다가는 떠나지… 아이 서넛 낳고 자기가 늙어빠져 여자구실을 못하게 되지 않는 한 항상 떠날 궁리만 하는 게 여자야!"

"선생님은 언제나 저런 농담을 하세요."

자기 남편을 선생님이라고 부르는 것으로 보아 뭔가를 가르치고 배우는 사이인 것은 분명한 듯했다.

"농담이 아니야. 그림에 좀 눈이 터진 여자들은 호기심 반으로 나에게 살러오지. 그러다가 갈증이 가시면 내가 벌어다주는 돈이 너무 적으니 떠나더라 이 말씀이야. 어떤 때는 한 달에 오십만 원도 못 갖다 줄 때도 있어. 여자가 그래도 견디면 그게 더 이상하지."

"처음 오신 분한테 별별 이야기를 다 하시네요! 그만 하세요. 제가 급히 파전을 붙여 놓았어요. 두 분이 막걸리를 나눈다고 해서 안주로 하시라고!"

부인은 막걸리병과 파전 담은 접시를 소반에 받쳐 내왔다. 마당에 작은 평상이 있어서 나는 군화를 벗고 그리로 올라갔다.

"자 자 어서 들어! 군바리 노릇하면서 그림이 얼마나 그리구 싶었겠나! 군바리 고생이야 별것 아니야. 하지만 그리지 못하는 고통은 참을 수 없지! 다 겪어보아서 안다구! 내가 이렇게 궁하게 살아도 절대 그림 그리는 일 이외에는 돈 벌려고 하지를 않네. 그래서 여자가 떠나는 거야! 이 여자 내 일곱 번째 마누라야. 다들 떠났어. 이 여자도 떠날 거야!"

"나는 절대 안 떠나요! 굶어 죽어도 안 떠나요! 날 어디다 갖다 버리지나 마세요!"

"어허 좋은 말이군! 내한테 시집와서 몇 달간은 다 그렇게 말해! 하지만 다 허사야. 어떤 달은 그림 한 장 못 팔 때가 있다구. 그러면 줄창 굶는 거야. 그림이 팔릴 때까지! 정말 때려죽여도 배 채우려고 다른 짓은 안해! 나는 그림 한 장 파는 날이 생일이야. 배 터지게 먹고 마시지! 하지만 그림이 안 팔리면 그대로 굶는 거야. 그래도 안 떠날 여자가 있을까… 그래서 나는 날 버리고 떠난 여자들 한 사람도 원망하지 않아. 그 대가로 나는 일생 이렇게 그림을 그리면서 살아갈 수 있잖아! 여기 코딱지 같은 집도 사고!"

"이 집도 그림 팔아서 사셨습니까?"

"마 그런 셈이지."

"그런 셈이라니요?"

갈증을 느끼고 있었던 나는 거푸 술잔을 비웠다.

"내가 거짓말을 했어. 사실은 그림 팔아서 산 것이 아니라, 어느 늙은 과부가 내 그림에 미쳐 나와 같이 살았는데 내가 하도 인간 구실을 못하니까 이 살던 집을 그냥 나에게 놔두고 떠나버렸어. 그래서 내 집이 된 거야. 오직 나의 관심은 그림만 그리면서 살 수 있느냐는 것에 쏠려 있어. 그게 다야. 자네 내 화실을 좀 볼랑가?"

"예, 한번 보여주세요."

"화실이라니 말이 거창하군! 그냥 창고야. 우리집 평수가 25평이야. 집이 일곱 평이구, 저기 창고가 열 평이구, 여기 마당이 여덟 평이야. 창고가 바로 내 화실이지. 아니 내 그림창고야! 하지만 나에게는 피카소의 지중해 여름별장보다 더 귀중해! 피카소가 별거야! 돈 잘 번 화가였다는 것 빼놓고 나보다 나은 것 하나도 없어. 그 사람도 일곱 여자 거느렸어. 나하고 똑같아! 저 여자 가면 또 다른 여자 얻어 살면 내가 더 낫지!"

평상에서 엉덩이를 떼고 마당에 서니 눈앞이 어찔했다. 빈속에 막걸리를 쏟아부은 탓이었다. 나는 비틀거리는 걸음으로 조 선생이 이끄는 창고 쪽으로 갔다.

창고 문을 열어젖히니 대낮인데도 전등불이 켜져 있었는데 그림들이 빽빽이 들어차 있었다. 대부분이 표구처리 되지 않는 캔버스 채로

였다. 그 한쪽 귀퉁이에 그의 작업공간이 있었고, 몇 개의 이젤이 눈에 띄었다.

그래도 창고에는 한쪽 벽 그의 작업공간 정면에는 유리문이 붙어 있어서 저 멀리 흐르는 한강과 강 건너 동네가 한눈에 들어왔다. 인수봉이 내뿜는 신비의 안개가 여기 한강의 수면 위에도 낮게 서려 있는 듯했다.

"저기 저 동네가 한명회가 배타고 놀았다는 압구정 아닌가… 이 그림들이 전부 3백 점도 넘어. 그러니 내가 어떡하나. 거리전시회를 가질 수밖에. 그것도 자꾸 하니까 단골이 생기더라고. 언제 전시회 하느냐고 편지 보내는 사람도 있어. 저기 저 편지들이 바로 그런 거야. 아무도 알아주지 않는 나, 거기에는 여러 가지 이유가 있어. 떨어질 게 뻔한 국전에 출품하지 않는 것이 가장 큰 이유이고, 국내에서 미대를 나오지 않아 화단에 인맥이 없어. 내가 알고 지내는 화가라고는 거리전시회에서 사귄 처지가 나와 비슷한 사람들 몇 하고 자네와 친구 두 사람이 고작이야. 하기야 자네들도 거리화가로 사귄거지만…"

"거리화가로…"

나는 나 자신이 어떤 위치에 있는가를 조 선생의 이 한마디 말로 뼈저리게 인식할 수 있었다. 색채의 조화는 그림에 미친 영혼을 아사의 위험으로까지 몰아가면서도 끊임없이 그들을 부른다. 마누라가 제 자리를 지키지 않는 것은 다반사이고, 자신의 목숨마저 부지하지 못하면서도 붓을 놓을 수는 없다. 이것이 타고난 화가이다. 나 같은 놈은 무엇인가. 굶어 죽을까 봐서 죽어라 교육학공부를 하여서 선생 임용고시까지 응시한 녀석이 아닌가.

아마도 태현이라면 때려죽여도 그런 짓을 하지는 않았을 것이다.

그러나 거리화가로 나가는 것만이 그림을 제대로 그리는 것은 아닐 것이다. 그리고 자신이 생존했던 당시대인들과 인연을 끊고 독불장군처럼 노는 것이 곧 독창의 길은 아닐 것이다. 독창이란 것은 어디까지나 남과의 비교에서 생기는 말이다. 유아독존은 독창이 아니다. 그것은 어느 면 극심한 골칫덩어리일 수도 있다.

나는 그날 술을 너무 마셔 도저히 보행이 자유롭지 못했다. 조 선생도 심하게 취하신 것 같았다. 그와 나는 평상 위에서 여덟 팔 자로 뻗고 말았다.

내가 눈을 떠보니 갈증과 한기가 나를 엄습하고 있었다. 하늘에는 별들이 총총 빛나고 있었다. 서울의 밤하늘에 저런 별들이 떠있었다니 나는 감히 상상해본 적조차 없었다. 언덕 아래에서 차가운 강바람이 불어와 체온을 식히고 있었다. 그러나 워낙 더운 여름밤이라 한기는 심하지 않았다.

내가 옆으로 얼굴을 돌리니 조 선생의 커다란 덩치 위로 푸르른 밤하늘 빛이 가득히 내려와 있었다. 그런데 평상 저쪽, 그러니까 내가 누운 정 반대쪽에 조그만 사람이 조 선생의 가슴팍에 묻혀 잠들어 있었다. 자세히 보니 그는 조 선생의 부인이었다. 그렇다, 일곱 번째 마누라라고 하지 않았던가. 이 여자가 도망을 치면, 여덟 번째 여자를 얻어, 피카소를 능가해 보겠다던 조 선생의 말이 왠지 하품 나게 우습게 느껴졌다.

도대체 남자는 일생 몇 사람의 여인을 아내로 혹은 연인으로 겪게 되는 것일까.

그것은 정말이지 통계적으로 알 수 없다. 한 사람과 백년해로하고 사는 사람이 있는가 하면 조 선생 같은 사람도 있다. 장기려 박사처럼 북에 두고 온 아내를 그리워하며 혼자 살다가 그냥 죽는 사람도 있다.

나는 별이 촘촘한 금호동 언덕길을 걸어내렸다. 조 선생에게 간다는 인사를 하지 않은 것이 미안했지만 그런 것을 따질 분도 아닐 것이다. 새벽에 잠을 깨어서 보고 내가 없으면 응 없어졌구나 하고 털어버릴 사람이었다.

전철 칸에서 속이 메스꺼워 간신히 참았다. 고속버스터미널 역에 내리자마자 오물이 울컥 목구멍을 치밀어 올랐다. 가까스로 참고 화장실을 찾아내어서는 변기 가득히 뱉아내었다. 어떻게나 심하게 참았던지 눈물이 쏟아졌다.

나는 표를 한두 시간 정도 늦추어서 바꾸었다. 그리고는 터미널 안에 있는 사우나실에 가서 몸을 눕히고 잠시 안정을 취했다. 애인 생일하고도 안 바꾼다는 백일휴가 첫날을 이런 식으로 보내야만 하는가. 나는 하늘이 노래지는 것을 느꼈다.

뭐니뭐니해도 조 선생을 찾아간 내가 잘못이었다. 그러나 어쩌랴, 찾아갈 사람이 아무도 없는 것을!

샤워실에서 간신히 정신을 수습한 나는 청양 행 고속버스에 몸을 실었다.

청양까지 고속버스로 두 시간이 채 걸리지 않았는데 나는 비몽사몽간에 거의 잠을 잤다.

아버지는 나를 말없이 맞이하셨고, 어머니는 나를 붙잡고 내내 우셨다. 아버지는 내가 임용고시에 붙고 나서 나를 바라보는 눈이 달라지신 것 같았다. 뭐 별다른 시선으로 나를 보시는 것이 아니라, 이제 철이 좀 들었다고 생각하시면서 나를 보시는 것 같았다. 내가 미대에 원서를 썼을 때, 아버님은 하늘이 꺼지는 한숨을 내쉬지 않으셨던가.

나는 별채에서 꼼짝을 하지 않고 잠만을 잤다. 어머니는 내가 별채에 기거하기를 좋아하시는 줄 아시고, 별로 쓰지도 않던 별채에 벽지를 바르고 단장을 해서 군불을 질러 놓았다. 어머니는 닭을 한 마리 고아서 나에게 먹였다. 이틀 만에 겨우 자리에서 일어난 나는 별채 건넌방으로 가보았다. 혜란이 거처했던 방이라 그녀의 옛 모습이 반추되었다.

이틀 동안 잠을 자고 몸을 추스르니 나 특유의 그 환상의 세계가 머릿속에 펼쳐지는 것이었다. 기이하게도 남의 여자가 된 그녀들이지만 나를 향해 미소를 보내는 것이었다.

나는 칠갑산의 자연휴양림으로 올라가 보았다.

태현이가 자진해서 사라지고 단둘이 남았던 나와 혜란은 열렬한 사랑을 나누었지만 젊은이다운 열정은 결코 아니었다. 지금 생각해보니 나는 정말 내가 생각해보아도 예사로 괴상한 녀석이 아니었다. 내가 왜 그런 어리석은 행동을 했을까.

당시만 해도 나는 어떤 증거도 없으면서 태현이가 나보다 훨씬 더 미라와 혜란과 가깝다는 심증을 가지고 있었다. 이 심증은 확고한 것이었는데, 그것은 모든 사물을 바라보는 태현의 시선이 언제나 나보다 더 깊고 예리하고 철저하기 때문이라는 믿음 탓이었다.

경우에 따라서는 자신의 감정을 즉각적으로 행동으로 옮기는 태현이가 아닌가. 나는 진심으로 태현이가 미라와 혜란 둘 중에서 누구 하나를 골라서 멋진 연애를 하고 그리고 그녀와 커플이 되어 행복을 누리고 그것을 기반으로 해서 독창적인 자신의 그림 세계를 이룩하기를 바랐다. 왜냐하면 그의 재능을 누구보다 잘 알기 때문이었다.

그러나 그는 정말 어떤 사고와 행동에 나름의 쾌도가 있는 사람이 아니었다. 그의 종잡을 수 없는 행동은 나를 혼미 속으로 몰아넣었다. 그러다가 파리 출입을 자주하던 미라는 결국 우리를 떠나 버린 것이다.

나는 나흘 휴가 중 사흘을 이상하게 까먹고, 하룻밤을 남겨둔 채 고향을 떠났다. 서울로 향했다. 서울에 누굴 만나고 싶은 사람이 있는 것이 아니라, 연천에 있는 태현의 부모님을 찾아뵙는 일이 나에게는 중요하게 생각되었다.

태현의 부모님을 찾아뵙는 것은 곧바로 태현을 찾아보는 것과 마찬가지이다. 그는 아직도 백일휴가를 나오려면 한 달 가량 더 있어야 한다.

종로3가에서 1호선으로 갈아타고 전곡 바로 밑 소요산역까지 갔다. 선거철이라 어디를 가나 플래카드와 벽보가 천지를 뒤덮었다.

나는 혹시나 풍채가 당당하던 태현의 아버지나, 얼핏 보아도 민첩해 보이던 그의 형님이 출마하시지나 않았을까 하는 생각이 들어 플래카드와 벽보를 유심히 살폈다.

아니 이럴 수가 있는가. 태현의 아버님 김월산 선생은 경기도 연천지역 국회의원 선거에, 형님 김태식 선생은 연천군 군수 선거에 출마해 있었다. 아버지와 아들, 두 분 여당공천이었다. 지역 기반이 있는 분들이니까, 여당공천을 받았으리라 추측되었다.

연천 시외버스터미널에서 차를 내린 나는 터미널 옆에 붙은 그의 집으로 갔다.

태현네의 살림집은 터미널에 붙어있었던 기억이 났다.

그곳을 찾아갔더니, 예상대로 사람들이 득시글거렸다.

그러나 내가 알아볼 수 있는 사람은 없었고, 그리고 군복 입은 나를 알아보는 사람도 없었다.

"사모님을 좀 뵈올 수 없을까요?"

"사모님… 사모님이 여러분이라… 어느 사모님인가요?"

"제일 큰 어르신의 부인…"

"큰사모님이라고 불러요. 몸 져서 누워 계시니 잠시 기다려보세요. 누구시라고 할까요?"

"아들의 친구라고… 군에 간 아들의 친구라고…"

근 삼십 분은 흐르고 나서야 그 사람이 나타나 집안으로 들어오라고 했다.

응접실로 쓰는 대청마루의 의자에 부인이 앉아있었는데 영 안색이 좋지 않았다.

"현우 학생… 벌써 휴가를 나왔구나… 이리루…"

부인은 자리에 누워있다가 내가 왔다하여 세수를 하시고 의자로 나와 앉으신 것 같았다. 부인의 목소리는 힘이 없었다. 그리고 입술은 바짝 말라 있었다.

나는 부인에게 큰절을 드렸다. 부인은 놀라는 눈치였다. 요즘 세상에 그런 절을 하는 청년을 보지 못했다는 눈치였다.

"우리 태현이 몇 번이나 군 감옥소에 가고 몇 차례나 기절을 해서 군 병원에 실려 가고 했어요… 군 생활을 제대로 할 수 있을까… 걱정이에요. 현우 학생은 튼튼해 보이는데…"

"태현이가 너무나 군 체질이 아니라 늘 걱정을 했습니다. 백일휴가만 나와도 큰 고비는 넘기는 셈인데…"

"백일휴가 나오려면 아직 한 달은 더 있어야 해요. 잘 견디어 낼는지…"

　태현은 나의 예상대로 군생활을 엉망으로 하고 있는 듯했다. 나도 견디기 어려웠던 8시간 연속 부동자세 보초서기와 산악훈련 시 구보를 그가 견딜 수 있을지 걱정스러웠다. 사내자식은 누구나 부닥치면 한다고 하지만 그것도 어느 정도이다. 태현은 기질적으로 신체적으로 그것을 감당해내기 정말 어려울 것 같았다. 그러나 어쩌겠는가. 가만히 지켜보고 있는 도리밖에는 없을 것 같았다.

　나는 부인을 위로하고 자리를 물러나왔다. 아버님과 형님은 도저히 만날 수가 없었다.

　나는 곧장 인제 행 버스에 몸을 실으려다가 군 입대 전에 태현과 같이 여러 날을 보냈던 그의 산속 작업실로 가 보았다. 시간과 노고를 아끼기 위해 택시를 불러 탔다. 택시의 차창에도 출마한 사람들의 선거포스터가 붙어있었다. 대절택시였기에 기다려주는 시간을 감안하여 3만 원을 주기로 했다. 운전사가 부르는 금액보다 만 원 더 주겠다고 했더니 그는 아주 기분 좋아했다.

　택시는 연천 읍내를 벗어나 산들의 연봉들이 하늘을 찌를 듯이 임립해 있는 동북쪽으로 접어들었다. 추가령지구대의 계곡 속으로 들어가는 것이다.

　"터미널 하는 사람 아부지와 아들이 함께 출마했다고 하던데 민심이 어떻습니까?"

　"당이 인기가 없으니 인물들이 아깝지요! 김월산 씨는 전번에도 실패했는데 또 실패할 것 같아요. 국회의원을 한번 할 인물인데… 아들 김태식 씨도 어려워요. 야당바람이 불어서 두 사람 다 안 될 겁니다. 이번에는 두 부자가 선거자금을 조달하느라 터미널 부지까지 잡혔다는 말이 돌고 있는데…"

"혹시 실패하면 터미널이 날아가는 겁니까?"

"정치하는 사람들 속을 우리가 아나요… 부지 잡힌 데가 의정부에 있는 무슨 저축은행인가 하는 덴데 20억 원이라고 소문이 났어요. 그 은행 인정사정없다고 소문난 데요…"

"차라리 한 분만 나왔으면 좋았을 텐데…"

"그러게 말이요. 아들은 나오지 말았어야 하는데… 김월산 씨는 저기 종자산에 주둔하고 있는 전투연대의 연대장 출신으로 종자산 앞으로 흐르는 한탄강에 연대 내 공병대원들을 투입하여 다리를 놓아 군민들의 열렬한 환영을 받았던 인물입니다. 대령제대했지만 사병들과 함께 먹고 마시고 늘 자리를 같이 했으며 특히 사격술에 능해 삼천 명 연대병 중 최고령인 연대장을 당할 사병이 없었다 아닙니까! 아깝지요! 그런데 워낙 살기가 팍팍하니 군민들의 마음이 돌아서 버렸어요. 사실 터미널 부지도 군대 부지였는데, 김월산 씨가 연대장했던 연고권을 내세워 조금 싸게 불하받은 겁니다. 아무런 부정은 없었어요. 여기 연천 전곡 사람들 서로 간에 손바닥처럼 다들 알고 지냅니다."

"서로들 사정을 다 알고 지내는군요!"

"그럼요, 누구 집에는 숟가락이 몇 개다 하는 것도 다 알고 있어요. 김월산 씨 별 단다 별 단다 하다가 결국 대령제대했는데 그때 연천사람들 다들 막걸리께나 마시고 원통해 했습니다. 그런데 선거하고는 인연이 없는 양반이에요… 전번에도 실패하더니 또 이번에는 자신했는데 야당바람이 불어서… 선거에 한번 깨지면 집구석 작살납니다."

"아버지도 당선을 확신할 수 없는데 아들은 왜 나왔습니까?"

"아, 당선을 확신했지요. 국회의원도 아니고 군수 뽑는 지방 선거에 당선하지 못하랴 자신했던 겁니다. 사실 아들도 아까운 인물입니다. 서울법대를 나왔는데 그 집안사람들 다들 천재라 합디다. 태식 씨 동생도 서울에서 대학을 나왔는데 머리가 너무 좋아 사람이 조금 이상하다 할 정도라고 하데요. 지금은 군에 가 있지만… 연천 출신으로 서울법대 나온 사람이 딱 둘입니다. 지금 의정부지원에서 부장판사하는 사람하고 태식 씨가 바로 그 사람들입니다.”

“거참 큰일입니다.”

“김월산 씨 그 사람 무슨 짓 할지 몰라요. 치사하게는 절대루 처신하지 않는 사람입니다. 이번에두 실패하면 그 사람 아주 어려워질 겁니다. 터미널을 뺏긴다고 가정해보세요. 그 사람 명사수예요. 우리도 보았습니다. 여기 연천 사람들 중에는 김월산 연대에서 군대생활한 사람들이 여럿 있는데, 사병들 연대 내 사격대회하면 아무도 연대장을 당하지 못했다는 겁니다. 한 방 쏘면 기러기 세 마리가 켁 했다나… 과장된 얘기겠지만…”

나는 뜻밖으로 태현의 가정형편을 소상하게 알게 되었다.

태현이가 그런 가정형편을 가지고 있는지는 전혀 몰랐다. 그런 것을 말할 그가 아니다.

기사양반이 밝히는 김월산 씨의 성격은 내가 아는 태현의 성격과 너무나도 닮아있었다. 뭐랄까 결코 그런 일이 일어나지는 않겠지만, 차라리 죽지 치사하게는 살지 않는다는 뭐 그런 기질 같은 것이 분명 태현에게는 있다.

“지금 가자고 하시는 그 지역 땅도 김월산 씨네 문중 땅입니다. 대대로 여기 연천에서 살아온 사람들이지요. 터미널 부지는 아버지가 잡혔다고 소문이 납디다. 그 집안 문중 땅 관리권이 있는 종손이 의정부 법원거리에서 법무사 하고 있어요. 들리는 소문으로는 그 땅 때문에 종손하고 김월산 씨 가족하고 무슨 분란이 있다고 합디다. 문중 땅이란 것은 원래가 골치가 아픈 거지요. 문중 땅이라면 은행에서도 담보로 잡아주지 않아요. 김월산 씨 두고 보면 알 테지만 아까워요. 인물이… 거기 가면 사람 사는 집은 없고 창고 같은 것이 한두 채 서 있는 것 같던데 거길 뭐하러 가시지요?"

"그냥 뭘 좀 찾아볼 게 있어서요."

"거기 창고에 사람이 살지 않는 것 같던데… 좌우간에 차를 세우고 기다리고 있겠습니다."

"네… 네…"

나는 적이 당황하지 않을 수 없었다. 과연 연천 사람들은 주민들의 사정을 자신의 손바닥 들여다보듯이 알고 있구나 하는 생각이 들었다. 특히 택시기사들이야 맨날 밥을 먹었다 하면 역내를 돌아다니니 주민들의 사정에 훤할 수밖에 없었다.

나는 태현의 작업실 아래채를 둘러보았다. 불과 서너 달 동안 빈집으로 있었을 텐데 너무나 황폐해져 있었다. 거미줄이 쳐지고 문짝들은 덜렁거렸다. 전기를 켜보니 신기하게도 전깃불이 들어왔다.

위채에 올라가 보았더니 사정은 마찬가지였다. 여기는 한수 더 떠서 그리다만 캔버스가 여기저기 흩어져 있었고, 하물며 이젤 위에 고정되어 있는 캔버스도 있었는데 그림도 그려지다 만 것이었다. 그래도 이 방은 아래채보다는 사람의 체온이 살아있었고, 태현의 흔적이 남아있었다. 나는 택시를 돌려보냈다.

나는 남은 휴가의 마지막 밤을 여기 작업실 위채에서 보내기로 작정했다.

　나는 그가 그리다 만 캔버스의 그림 앞에 섰다. 화실 위채 지금의 위치에서 계곡의 아래를 내려다본 구도였다. 나는 붓을 빨아 뚜껑이 덮여있는 물감통을 열고 배색을 해서 그림들을 완성하려고 했다.

　태현의 그리다 만 그림을 내가 완성할 수는 없었다. 그것은 세잔느나 피카소 같은 다분히 추상적인 그림이다. 그러나 나는 남들의 말에 의하면 밀레 풍의 발비종파를 따르고 있다고들 한다. 그런 내가 그의 그림을 어떻게 완성할 수 있겠는가. 조금 그리다가 그만두었다.

　나는 시장끼를 느끼고 물을 끓여 컵라면을 먹었다.

　그리고 나무침대 위에 몸을 눕혔다.

　나는 침대에 몸을 눕히면서 내 영혼이 천연색 안개로 채워지는 것 같은 느낌을 받았다. 그것은 이 침대가 바로 미라와의 한 때를 가졌던 장소이기 때문일 것이다. 미라는 어디로 갔을까. 물론 파리로 갔다. 여기서 ‘어디’ 는 ‘장소’ 가 아니라 ‘사람’ 일 것이다. 내 영혼 속에서 미라의 실종을 절실히 느끼는 순간 나는 텅 빈 가슴을 절실히 깨달았다. 그럴수록 그녀와 함께 가졌던 이 나무침대에서의 시간이 아쉽고 환상적으로 회고되었다.

　나는 아련하게 잠들어 가면서 매미소리와 계곡물 흐르는 소리를 들었다. 그리고 곱게 들려오던 미라의 호흡하는 소리를 들었다. 미라의 호흡소리는 이어서 혜란의 그것과 합쳐졌다. 두 여자 아이들의 호흡소리는 잠들어가는 내 영혼을 가득히 채워갔다.

　내가 잠을 깼을 때 나는 요란스럽게 들려오는 매미소리에 얹혀 하늘로 비상하는 나 자신의 몸뚱이를 느꼈다. 나는 분명히 태현의 나무침대에 누워있었으나 내 영혼은 끝 간데없이 푸르게 뻗은 하늘을 날고 있었다.

혜란이가 저 아래 계곡물에 발을 담그고 나보고 손짓을 하면서 이제 그만 날고 어서 내려오라고 했다. 매일 이리 터지고 저리 밟히는 군인졸자 이현우는 이 순간만큼은 꿈과 희망으로 부풀었던 젊은이의 동산으로 날아가고 있었던 것이다.

환상에서 깨어난 나는 서슴없이 핸드폰 버튼을 눌렀다. 혜란의 목소리를 듣기 위해.

"어머 이게 누구야! 네 이름을 보고 너무 놀랐어! 휴가 나왔어? 휴가 나올 때가 됐다고 기다리고 있었어. 혹시 전화가 오나 하고! 입대할 때 소식도 없었잖아!"

"친절히 대해 주어서 고맙구나… 넌 목소리가 변하지 않았구나… 결혼은 했니?"

"아직… 그게 뭐 그리 중요하니? 그것부터 묻게… 그래 지금 어딨니?"

"나 지금 말이야… 너 그 때 지난 초여름에 태현이 계곡 작업실 있지 왜 너 왔었잖아."

"으음… 그래 갔었지… 무슨 지구대 골짜기라고 했었지… 거긴 왜? 태현이도 없을 텐데?"

"오늘이 휴가 마지막 날이야… 그래서 한번 들러보았어…"

"지난날의 회고에 젖었구나… 너답다… 그래서 현우야… 아무도 못 당해… 다들 그래서 너라면 꼼짝을 못해… 그래, 너가 원할지 안할지 모르지만 혹시 네가 원한다면 내가 지금 차를 몰고 그리로 갈게… 한 두 시간도 채 안 걸려!"

나는 적이 놀라지 않을 수 없었다. 혜란이가 너무나 변하지 않았기 때문이었다. 그녀에게는 변한다는 말 자체가 성립되지 않는 듯한 느

낌이었다. 그걸 보면 태현이가 정말 선견지명이 있는 아이였다. 그는
혜란이를 두고 뭐라더라 무슨 상아 바위라든가 그런 소리를 한 적이
있었다.

"그래 와 주면 고맙지만… 너무 멀어 미안해서… 감히 말을 못하겠
구나."

"오늘이 휴가 마지막 날이라면서… 그 고된 군인졸자생활 끝에 얻
은 휴가를 얼마나 보낼 데가 없었으면 태현이도 없는 그 골짜기에 갔
겠니! 야 현우아! 너 참 딱하구나! 세상에 너 같은 사람 없어! 사람은
자신을 모르는 법이야! 고향은 다녀왔니?"

"그럼! 이틀 밤을 잤어! 칠갑산 휴양림에도 갔었지"

"나를 안고 하던 그곳 말이지… 거기서 또 상념에 빠졌겠구나. 지금
출발할게! 기다려! 과일하고 막걸리하고 라면 좀 사가지고 갈게! 첫 휴
가의 마지막 밤을 멋지게 보내자!"

"그래 조심해서 와라."

나는 내가 방금 혜란과 나눈 대화에 너무나 놀라 어안이 벙벙하였
다. 혜란과 관련하여 내가 생각했던 것과는 그것이 너무나 달랐기 때
문이었다. 서울에서 연천이 어딘가.

꽤 시간이 흐른 후에 핸드폰벨이 울렸다. 혜란의 이름이 떴다.

내 핸드폰에 혜란의 이름이 뜬다는 것이 기적처럼 느껴졌다. 영원
히 그런 일은 없을 줄 알았다.

"현우야, 나 연천에 왔어."

"그럼 내가 나갈까? 내가 나가고 네가 올라오면 도중에서…"

"아니야. 내가 터미널 태현네 집에 잠시 들렀어. 어머니에게 인사나

드리려구."

"아이구… 그랬구나. 역시 혜란이다! 그래 그럼 내가 가기도 그렇구… 네가 좀 올라와라."

나는 천천히 계곡을 내려가기 시작했다. 무르익은 여름의 오후가 불덩이처럼 달아오르고 있었다. 늦여름의 늦은 오후는 찌는 듯한 더위와 땅덩이를 말아 올리는 듯한 매미소리로 가득히 채워져 있었다.

나는 혜란의 정신구조에 대해 다시 한번 기이한 생각이 들었다. 혜란의 정신구조는 어떻게 되어있을까 하는 새삼스러운 의구심이 들었다.

휴가의 마지막 밤을 태현의 산골짜기 작업실에서 보내고 있는 나를 만나기 위해 여기로 오기로 한 그녀의 마음은 그런대로 이해할 수도 있다고 하자. 그러나 그녀가 여기로 오는 중 태현의 부모에게 인사를 하겠다고 태현도 없는데 그의 집으로 갔다니 도대체 어떻게 해석해야 하는가.

나와 태현을 향하는 그녀의 마음은 옛날 대학재학 중이던 시절과 조금도 바뀌지 않았다고 보아야 하는 것이 아닐까. 혜란과 미라는 자신들이 태현에 대해 어떤 마음을 가지고 있는지 전혀 말하지 않았다. 그런 것은 말로 표현할 수 없는 일이다.

그것은 태현도 마찬가지였다. 한 학과의 동아리라는 사실 이외에 서로 간에 주고받는 감정의 미묘한 교류는 누구에게도 말할 수 없는 것이다.

주고받는 대화와 조심스럽게 하는 행동 속에서 서로들 눈치껏 짐작할 수 있을 뿐이다.

내가 귀하고 귀한 백일휴가의 마지막 밤을 보내기 위해 태현도 없는 여기 산골짜기의 작업실을 찾아왔듯이, 혜란도 그녀의 진행되는 어떤 일신상의 결정적인 사건 속에서도 나와 태현을 잊지 못해 여기를 찾아오는 것이리라.

그녀가 태현네 집에 들렀다는 사실은 결국 그녀가 태현에게 자기의 방문사실을 알리고자 하는 마음의 행로라고 말할 수밖에 없다.

계곡의 진입로를 향해서 2, 3백 미터 내려갔을 때, 나는 부드러운 엔진음을 들었다. 그것만 들어도 그것이 혜란의 차소리임을 알 수 있었다.

계곡을 가득 채운 녹음을 뚫고 승용차의 모습이 드러나고 있었다. 그녀도 나의 모습을 보았다는 듯이 경적을 울렸다.

우리 둘은 얼싸안았다.

내가 그녀를 안는 순간, 그녀의 땀 냄새와 나의 모든 후각을 마비시키는 그녀 특유의 체취, 그리고 생고무 같은 탄력감이 나를 장악했다. 나는 먼먼 살인의 군대세계에서 가장 부드럽고 영원한 사랑의 세계로 다시 돌아온 기분에 강하게 휘둘렸다.

그러나 그 다음 순간 이것은 나의 것이 아니라는 생각이 나를 사로잡았다.

"혜란아!"

나는 나직이 그녀의 이름을 불렀다.

"현우아, 너 군복이 멋지구나!"

우리는 숨 막히는 포옹 속에서 겨우 몇 마디를 주고받았다. 나는 있는 힘을 다해 그녀를 끌어안았고, 그리고 그녀의 입술을 찾았다. 혜란도 있는 힘을 다해 나의 몸을 찾고 있음을 느낄 수 있었다.

강렬한 포옹의 한순간이 흐른 후에야 우리는 몸을 풀었다.

우리는 차를 좀 더 전진시켜 파킹하고, 풀더미 속에 폐허처럼 서 있는 아래채 작업실을 비켜, 위채로 걸어 올랐다. 나는 혜란이가 가지고 온 배낭을 메었는데, 꽤 무거웠다.

"이거 뭐야, 왜 이렇게 무거워?"

"맥주를 좀 사왔어. 햇반하고 과일, 라면, 커피… 그리구 책 몇 권."

"책은 무용지물이야. 그냥 가져가. 군은 철저하게 생각하는 기능을 앗아버려!"

"평화시도 그래?"

"그럼, 절대로 군을 낭만적인 눈으로 보면 안 돼! 그래서 군을 다녀온 사람들은 웃지를 않는다잖아! 옛날 우리 학교 다닐 때 복학한 제대병들 생각해봐. 그 형들 어디 웃었어?"

"그래 맞았어. 묘한 얼굴을 하고선 사람을 귀퉁이에서 째려보곤 했었어."

"어디든 썩 나서지를 않아. 항상 귀퉁이에서 자기는 숨고 남을 급습할 수 있는 위치를 선정하는 것 같았지?"

"듣고보니 그런 것 같구나. 군대는 그럼 무서운 데로구나."

우리는 위채 작업실에 도착하였다. 온몸이 땀투성이었다.

"어머 그래도 이 집은 사람 사는데 같구나."

"네가 온다고 해서, 그리고 내가 하룻밤 지내고 갈 곳이라 내가 죽어라 청소를 했어."

"어머 전깃불도 들어오고 웬일이야… 태현이가 그야말로 태연스럽게 커피 마시면서 그림 그리구 있다가 입대날짜와 시간에 맞춰 가느라 그냥 두고 떠난 것 같아."

"태현이가 군 복무를 제대로 하고 무사히 전역할 수 있을까 그게 걱정이야. 그래서 내가 어머니한테 가 본거야. 면회라도 한번 가 보려구. 그랬더니 어머니가 주소를 잘 모른다고 하시더라."

"나도 똑같은 말을 들었어. 참 알 수 없는 아이야! 무슨 사고는 없어야 할 텐데!"

"너무 더워! 계곡물에 가서 샤워나 하자. 너도 땀투성이야."

혜란은 태현이가 쓰다가 버려둔 비누와 샴푸들을 챙겨 계곡으로 내려갔다.

머잖아 땅거미가 내릴 것 같았다.

매미소리와 산 정적은 저물기 시작하는 하루해를 아쉬워하는 듯 기세를 더해갔다.

나는 부엌을 대략 챙겨두고 사과 두 개를 들고 계곡으로 내려갔다.

혜란이가 속옷을 입은 채로 웅덩이에서 헤엄을 치고 있었다. 상당한 글래머인 혜란의 몸매가 물속에서 속옷에 비쳐 전모를 들어냈다. 나는 혜란에게 사과 한 개를 던져주었다.

나도 속옷 차림으로 물속으로 뛰어들었다.

나는 혜란에게로 헤엄쳐가 물속에서 그녀의 두 발을 가만히 가슴에 끌어안았다.

우리는 한참을 그러고 물속에 서 있었다.

이 순간의 침묵이 어쩐지 영원으로 통하는 것만 같았다.

"결혼은 언제 하니?"

"가을에 할 것 같아."

"그 사람 사랑하니?"

"결혼하고 사랑하고는 별 관계가 없는 것 같아! 그 사람이 하도 원하고 나도 시집은 가야 하고 집안에서도 원하고 그래서 그렇게 됐어!
줏대없는 일이지 뭐!'

"인생이 다 그런가봐. 어쩔 수 없이 그저 그런 상대와 조건이 맞는
다는 이유로 결혼을 하고, 어쩔 수 없이 이상스런 취직을 하고, 생각
지도 않았던 곳에 끌려가 이삼 년 사오 년을 썩고, 그럭저럭 집 사는
데 일생동안 안 먹고 안 쓰고 모으느라 허송세월 보내고, 그러다가 자
식한테 매달려 공부시키느라 전력투구하고 그런 것이 인생인가 봐!'

나는 혜란을 두 팔에 안고 웅덩이를 걸어 나왔다. 그리고 웅덩이 가
에 던져져 있던 비누를 두 손으로 풀어 그녀의 몸을 씻어 주었다.

"여자! 참 약해! 혼자서 독하게 사는 여자도 많지만 그것은 아주 특
수한 케이스야! 대부분은 누구의 보호 아래 사는 것 같아! 보호자가 없
으면 왠지 허전하고 살 수 없을 것 같은 느낌이야. 애인이 될 수 있었
던 아이들, 사랑의 고백도, 그리고 사랑의 약속 같은 것도 안하고, 기
다리라든가 무슨 언급도 없이 사라져 버렸어. 우릴 방기한 거야. 갈
데로 가라고! 남자를 만들어 보려고 별짓을 다해도 꿈쩍 않는 엄마 치
마폭 어린아이들이야! 여자를 너무도 몰라! 그림 잘 그리는 친구밖에
는 머릿속에 든 것이 없어. 지금도 마찬가지야…"

"…"

"노는 게 꼭 동네 골목 꼬마들같다니까!'

"혜란아, 꼭 그렇게만 생각하지 마라! 우리들 나름대로 깊은 고뇌가
있었어! 우리들 마음이 얼마나 고통스러웠는지 아마 상상도 하지 못
할 거야!'

"어땠기에?'

"떨어져 죽으려고 도봉산 꼭대기로 올라갔다가 마주보는 북한산 인

수봉을 보고 그 신비함에 새삼스럽게 놀라 우리 다시 붓을 잡았어. 북한산을 겨울에 얼어 죽으려고 이를 악물고 올라가 인수봉만을 백 점을 그렸어. 그래도 안 얼어 죽더군! 그래서 군에는 가야 하고 시간은 없구 해서 덕수궁 돌담길에서 거리전시회를 해서 다 팔았어!'

"나한테는 연락도 안하구…"

"갈 길이 다른 사람, 그 사람 가는 길에 방해를 놓아서야…"

나는 혜란을 업고 언덕길을 걸어 올라 위채에 왔다.

우리는 햇반을 데워먹고 맥주를 마셨다. 그리고 과일을 먹었다. 커피를 끓여서 혜란의 잔에 채워주었다. 커피가 이렇게 향기로운 냄새를 가지고 있는 줄을 처음 알았다.

땅거미가 짙어진 골짜기에서는 폭포수의 포말을 담은 계곡바람이 불어왔다.

"처음에는 차를 직접 여기 골짜기로 몰고 올까도 했어. 그런데 나도 모르게 태현네 집으로 향하고 있었어. 너를 생각하면 나도 모르게 태현이를 생각하게 되고, 태현을 생각하면 너를 생각하게 돼! 그래서 연인이 되지는 못하나봐!'

"아마 우리도 마찬가질 거야!'

나는 혜란과 이런 대화를 나누면서도 지금 우리가 우리 나름의 어떤 영역을 마구 짓밟아 허물어뜨리고 있다는 생각을 했다. 그것은 우리들만이 가지고 있는 젊음의 상징 같은 것이었다. 즉 그것은 바로, 사랑의 감정만은 당사자 간이 아니면 서로들 말하지 않는다는 무언의 약속 같은 것이었다.

그것은 지고지순이기 때문에 일상대화 중에 가볍게 그것도 공개적으로 얘기해서는 안된다는 생각을 우리는 하고 있었다.

　허기와 갈증을 푼 우리들은 새로이 여기 계곡 가득히 펼쳐진 새로
운 분위기에 젖어들고 있었다.
　"현우야, 여기 라디오 같은 거 없을까?"
　"라디오는 왜?"
　"음악 틀어놓고 춤을 추고 싶어."
　나무침대 머리맡 턱진 벽면에 그것은 신문지에 가려진 채 놓여있었
다. 스위치를 넣었더니 거짓말처럼 음악이 흘러나왔다. 경음악이었
다. 태현이가 듣던 음악이었다.
　근 2, 3십 분 간 혜란은 나의 손을 잡거나, 혹은 혼자서 멋진 스텝을
밟았다.

　혜란의 춤추는 모습을 바라보고 있던 나는 심한 졸음기를 느꼈다.
　차가운 계곡물에 멱을 감은데다 무거운 혜란을 안고 업고 다녔고,
저녁을 먹은 데다가 술까지 마시지 않았던가. 게다가 잘 추지도 못하
는 춤을 춘 탓이었다.
　내가 잠에서 깨어났을 때 나는 어디선가 들려오는 아름다운 멜로디
에 적이 놀랐다. 이 음악이 어디서 들려오는 것일까. 한참을 생각한
끝에 나는 내 팔이 자유롭지 못한 것을 깨달았다. 혜란이가 내 팔을
베고 잠들어 있었다.
　혜란에게서 일찍이 내가 느껴보지 못한 강렬한 향기가 났다. 아니
여자의 냄새가 났다. 동시에 나는 억제할 수 없는 남성의 욕망을 느꼈
다. 그것은 아름다운 것도 추한 것도 아니다. 너무나 인간적인 욕망이
었다.
　한 번의 일탈은 아름다운 추억으로 남을 수 있다. 그 이상은 강한 소

유욕으로 괴로움과 고통의 나락에 빠지게 된다. 곧 결혼할 사람에게 더 이상 죄를 지어서는 안된다. 그리고 태현이가 언젠가 말하지 않았나, 내가 너보다 개네들을 더 사랑했을 것 같다고….

나는 내 몸을 추스를 수 없어서 그녀에게 가벼운 키스를 했다. 그리곤 장작처럼 굳어져 있는 몸을 일으켜 세웠다. 이어서 계곡으로 마구 달려갔다. 차가운 물웅덩이에 텅벙 뛰어 들었다. 이것이 내 젊은 몸을 다스릴 수 있는 유일한 방법이었다.

밤하늘의 별들이 그렇게 아름답고 청명하게 드러나 보일 수 없었다. 나는 하늘에 그렇게 많은 별들이 박혀있다는 사실을 까맣게 잊어버리고 살고 있었다.

나는 한기를 느껴서 마당으로 올라왔다. 그리곤 평상에서 밤을 새웠다.

새벽에 나는 혜란의 출근을 위해 방으로 들어가 그녀를 깨웠다.

이 청명하고 고즈넉하고 산 정적에 압도된 새벽을 나는 일찍이 경험한 적이 없었다.

제7장

시련의 세월

나의 군 생활은 이럭저럭 이어져 갔다. 나는 무슨 일이 있어도 사고를 쳐서는 안된다는 생각을 하고 있었다. 하루하루 무사히 때우면 된다는 생각이었다.

아침에 기상하자마자, 차렷 자세로 서서

"이영준 병장님, 오늘짜로 제대 날짜가 팔십칠일 남았습니다."

하고 고함을 쳤다. 소위 말하는 최고참 제대일자를 고해 바치는 달력병이다.

이 병장은 우리 내무반의 최고참이다. 그러나 나보다 네 살이나 아래다.

"알았다. 왜 이래 세월이 더디 가느냐?"

"네, 하루하루 제대로 가고 있는 것 같습니다."

"아직 석 달 남았군, 그 사이 내 애인년이 바람이 나서 딴 놈하고 붙어 버리면 어떡하나?"

"세계 최강 대한민국 육군병장 제대병답게 한방에 날려야 한다고 생각합니다!"

"누굴?"

"두 사람 다입니다!"

"너 짜아식, 일병 단지 얼마 됐나? 군 짬밥은 제대로 먹었군!"

"오 개월 하고도 이틀이 지났습니다."

"오 개월간 원산폭격은 몇 번 했고, 빳다는 몇 번 했나?"

"원산폭격은 하도 많아서 기억할 수 없으며, 빳다는 열두 번 했습니다."

"오 개월 동안 빳다를 열두 번 했으면 며칠에 한 번씩 한 거냐?"

"네, 오 개월은 삼 오는 십오, 백오십 일을 12로 나누면 대략 13입니다. 그러니까 약 이주일이 못돼 한 번씩 엉덩짝이 불이 났습니다."

"짜아식, 들어가기 더럽게 어려운 대학을 나왔다면서? 그래서 대갈빠리 하나는 좋다! 그런데 그 좋은 대학 나왔다는 놈이 군 생활 반년 동안 면회 오는 년이 하나도 없냐?"

"네 애인이 없습니다!"

"나 오늘 아침 너 못난 인간 깨부수고, 나는 도무지 가지 않는 세월을 가게 하기 위해 너에게 빳다를 치고 싶은데, 어떠냐? 소대장이나 중대장한테 고자질할거냐?"

"절대 그런 일은 없습니다. 치시면 달게 받고 군인이 제대로 되겠습니다!"

"아는 것은 나보다 많지만, 계집년은 내가 더 잘 알아! 너 왜 애인이 없는 줄 아니? 계집애들을 인간대우 하니까 없는 거야! 계집년들은 뒷골목 똥개마냥 다루어야 도망치지 않아! 그것을 알려주기 위해 빳다! 전원 지금 옷 입은 상태로 침대 앞에 일 분 내로 정렬! 병장을 우습게 아는 놈은 군 정신을 제대로 모르는 놈이야!'

병장은 더디게 다가오는 자신의 제대일을 앞당기기 위해, 그리고 애인이 없는 나 같은 사람의 정신머리를 제대로 박기 위해 내무반 전원에게 빳다를 쳤다.

나는 병장의 질문에 얼떨결에 열두 번이라고 했지만 초년병시절 거의 매일 빳다를 맞았다고 보아야 한다. 병장만 치는 것이 아니다. 상병이라고 치고, 일병이라고 친다. 이병만 면해도 자신이 빳다 칠 졸병이 있으니 사는 기분이 난다. 군의 생명은 명령이니, 이 명령이 제대로 먹혀들게 하기 위해서는 졸병을 빳다로 다스릴 수밖에 없다는 생각이 군의 뿌리 깊은 문화이다. 대학을 졸업했다고 맞고, 늙었다고 맞고, 잘난 척한다고 맞고, 관상쟁이처럼 뭔가를 생각한다고 맞고, 느려터졌다고 맞고, 늙은 놈이 애인도 없다고 맞고, 상급병들에게 깜빡 죽지 않는다고 맞고 이래저래 얻어터지다가 나도 모르게 세월이 흘렀고 그래서 드디어 일병이 된 것이다. 그래서 군을 좀 알게 된 듯했다.

내가 일병 계급장을 달던 날 그래도 상급병들은 나에게 축하의 한 마디씩을 했다.

"야, 이현우, 축하한다. 군인이 좀 되어가는구나."

"감사합니다. 선배님!'

"군은 오직 군일뿐이야! 그걸 명심해! 군은 적과 싸워서 이기는 것 이외에는 아무것도 필요 없어! 그것이 군이야! 정신 빠진 한 놈 때문에 전 분대가 몰살하게 돼!'

"뭔가 좀 알 것도 같습니다."

"잘 참고 더욱 배워서 상병이 되어봐! 그때는 늠름한 대한민국의 육군이 될 거야!"

"감사합니다. 열심히 하겠습니다!"

내가 이렇게 절절 기는 상급병들이란 고향 청양에 있는 내 동생들보다 더 어린 것들이다. 스무 살이면 입대하는 군대를 나는 대학졸업생들에게 주어지는 특혜를 이용하다가 근 4년이나 입대연기가 된 것이다.

"상병을 잘 지내고 병장이 되면, 천하가 자기 발 아래라, 보이는 것이 없어. 대한민국 육군에는 다섯 개의 장이 있어. 대장, 중장, 소장, 준장, 병장이 그것이야. 사실 위에 넷의 장은 명령만 내리는 장이지 직접 졸병들을 데리고 전쟁을 치는 자는 병장이야. 병장이 얼마나 큰 권위가 있는가를 자신이 병장이 되어보지 않고는 알 수 없어! 이현우, 무사히 병장이 되도록!"

"감사합니다. 최선을 다하겠습니다!"

나는 아직도 군에 제대로 적응하지 못했는지, 야전훈련이나 야간훈련에 나가면 그대로 뻗기가 일수였다.

"이현우 저 새끼, 꾀병 아니야?"

"눈깔이 까뒤집어진 걸 보니 쇼는 아닌 것 같습니다."

"짬밥 먹은 지가 벌써 몇 달째야! 이등병들 보는데 부끄럽지도 않아!"

나는 얻어터지고 차이면서도 기적적으로 군 생활을 그럭저럭 이어가고 있었다. 나는 죽는 한이 있어도 군을 제대로 끝마쳐야 한다는 굳은 결심을 하고 있었다.

지금 이 순간 나의 머릿속을 채우고 있는 것은 사고 내지 않고, 그래서 영창 가지 않고 군 생활을 지속하는 것이었다. 태현이도 혜란이도 미라의 존재도 머릿속에 없었다. 청양 내 가족들의 존재도 머릿속에서 아득하게 가물거리기만 했다.

지금은 군 생활 이외에는 모든 것이 까마득하기만 했다.

군이란 것이 무슨 일을 하다가 잠시 갔다 오는 데가 아니었다. 그곳은 한 사람이 찾아가 후딱 주어지는 일을 처리하고 돌아오는 데가 아니었다. 한 인간을 근본부터 뜯어고쳐 완전히 딴 인격체로 만들어 한참 동안 썩히고 나서 내보내 주는 데였다.

그해 여름은 그렇게 가고, 가을이 갔다. 그리고 혹독한 전선의 겨울이 다가왔다.

그해 겨울은 유난스레 눈이 많이 내렸고, 혹독히 추웠다. 연일 계속되는 혹한에 전 전선이 꽁꽁 얼어붙었다.

크리스마스를 며칠 앞둔 어느 날 나는 두 번째 휴가를 나왔다. 부대 앞 험한 산길로 하루 한 번씩 다니던 버스도 불통이라, 가까운 도시인 원통까지 군용차로 나오는데도 다섯 시간이나 걸렸다.

거기서 다시 춘천까지 나오는데 다시 네 시간이 걸렸다. 춘천에서는 강남고속버스터미널까지 전철을 이용했다. 청양 집에 도착하니 밤 열 시였다. 그래도 밤을 새우지 않고 도착한 것만 해도 큰 다행이었다. 전국의 도로에 눈이 쌓여 여기저기 심각한 교통체증을 빚고 있었다.

나는 이번 휴가 때는 그야말로 휴가를 보냈다. 아무 데도 가지 않았고, 누구도 만나지 않았다.

어머니는 닭을 여러 마리 고아주시고, 떡을 손수 해주시곤 했다. 나

는 자다가 깨어서 먹고, 다시 잠들고 다시 깨어서 먹고 하기를 여러
번 하다가 휴가를 끝마쳤다.

혜란과 태현네 집에도 전화를 하지 않았다.

나는 푹 쉬고 귀대 날을 맞았다.

아침 일찍 청양을 출발하였다. 귀대 길의 길목은 아니지만 크게 돌
아가는 것은 아니니까 나는 가능하다면 그래도 태현의 소식이라도 듣
기 위해 그의 연천 집을 찾아가 볼 작정이었다. 전화로 그의 소식을
부모님에게 물어볼 수도 있었으나 왠지 전화하기가 겁이 났다.

전번에 첫 휴가 나왔을 때 각종 선거에 출마하셨던 태현의 아버님
과 큰형님은 어떻게 되었을까.

이것은 결국 태현에 대한 궁금증과 다름 아니었다. 군 체질로 따진
다면 그는 나의 절반도 안될 정도로 군 체질이 아니다. 그가 어쩌면
군에서 쫓겨나 집에 칩거하고 있는지도 모른다는 생각마저 들었다.

강남고속버스터미널에서 의정부 행 전철로 갈아탔다. 서울까지 올
라오면서 보니까 여기저기에 얼어붙은 눈길에 미끄러진 각종 차량들
이 나뒹굴고 있었다.

의정부역에서 연천 행 버스로 갈아탔다.

의정부 역사는 너무나 초라했다. 나날이 발전하는 경기 남부에 비
해, 군사도시들만 널려있는 북부경기도는 발전이 더딜 수밖에 없다.

연천시외버스터미널에 내렸다. 뭔가 많이도 달라져 있었다. 터미널
의 내부구조가 옛날 같지 않았다. 나는 터미널 역사의 안쪽으로 있던
태현네 집을 찾아보았으나, 그 길은 막혀있었다.

"여기 안집으로 나 있던 길이 있었는데… 잘 모르시나요?"

"누구를 찾으십니까?"

빗자루를 가지고 역사 내부의 바닥을 쓸고 있던 사내가 무뚝뚝하게
물었다.

"여기 김월산 씨라고 사장님 댁을 찾는데요."

"그분 이사갔습니다."

"어디로 가신 지 아십니까?"

"누구십니까?"

"아들되는 사람의 대학동기생입니다."

"어디론가로 이사를 갔는데 잘 모릅니다. 어디로 가셨는지…"

"집하고 터미널하고 그분들 것으로 알고 있는데, 파시고 가셨나
요?"

"…파신 게 아니고, 차압을 당했죠! 그래서 딴 사람 손으로 넘어갔
어요."

나는 망연자실하지 않을 수 없었다. 어떻게 이렇게까지 그야말로
급변할 수 있었을까.

하지만 그럴 수 있는 것이 인생이다. 얼마든지 그럴 수 있는 비극의
씨앗을 잉태하고 있는 것이 사람의 일생이다.

"어디로 이사 갔는지 알 수 없을까요?"

"군인 아저씨는 나라나 잘 지키면 되지 뭘 그런 것까지 알려고 하
오… 대한민국에서 한번 망하면 정말 어렵다는 걸 모르오."

"저 친구의 형님되시는 김태식 씨는 어떻게 되었습니까?"

"그 사람은 서울로 나갔다 합디다. 그 사람은 아직 젊으니 무슨 짓
을 못하겠소만… 택시 운전을 한다 하던가… 김월산 씨가 걱정입니
다. 숟가락 몽뎅이까지 다 차압되었다고 합디다."

"그래 연천을 뜨셨습니까? 아니면 타지로 나가셨습니까?"

"그분 굶어 죽어도 연천을 뜨실 분은 아니지요. 아마 지금 선거를 다시 치른다면 당선이 확실할거요. 그분 연천에서 군 생활을 하셨고, 연천에서 버스사업을 하셨고… 연천에 뼈를 묻을 분이었습니다."

나는 순간적으로 눈앞이 캄캄해지고 다리가 후들거려 가만히 서 있을 수 없었다. 그래서 나는 비틀거리면서 대합실의 의자로 가 몸을 내렸다.

야당바람이 불어서 전국적으로 여당 출신 입후보자들의 당선율이 예상보다 3분의 1로 쪼그라들었다.

"연천에 그대로 살고 계시다면서 그걸 몰라요? 연천 사람이라면서…?"

"알고야 있지요. 왜 모르겠오! 연천 사람들 어느 집 숟가락이 몇 개인 것도 서로들 다 알고 있어요. 그거야 알지만… 하도 궁해놔서… 알으켜드리기가 거북합니다. 옛 정으로 찾아가 인사라도 올리는 사람은 거의 없어요."

"나는 그분 둘째 아드님과 대학동창생입니다. 대학생 시절 단짝친구였지요."

"그래 맞아… 저기 작년인가 한번 여기 대령님 연천집에 다녀갔지요? 그리고 골짜기 별장에도 다녀가고? 나는 현역시절부터 대령님을 모셨습니다만…"

"별장요? 별장은 아니고 무슨 창고처럼 지은 통나무집 같은 데에…"

"맞아요… 대령님을 따르는 사람들은 그집을 별장이라고 합니다. 지금 거기 가 계세요! 남의 집 사글세 살 돈도 없어서 거기에 들어가 계세요."

“네에…”

나는 너무나 뜻밖이라 놀라움을 금할 수 없었다. 그러나 나는 상당히 침착할 수 있었다. 이것은 위기상황의 급작스런 도래이고, 여기에는 자신의 몸을 최대한 보호하면서 위기에 대처해야 하는 것이다. 군인에게 극복하지 못할 위기란 없다.

“혼자만 알고 계세요. 군에 간 아들도 모릅니다. 서울 나가 택시 운전하는 친구는 고향에 얼씬도 못해요. 빚이 너무 많아서… 사실 우리 몇몇이… 대령님의 옛 부하들로서 연천에 사는 놈들 몇몇이 쌀과 부식거리 그리고 약간의 돈을 모아 드리고 있습니다. 사모님은 신경통이 심해서 잘 걷지도 못해요.”

“…”

나는 그분들을 만나야겠다는 생각을 좀 고쳐먹었다. 만나뵈어서 뭘 어쩌겠다는 건가. 안녕하시냐고 흔해 빠진 인사 한마디 드리는 것은 아무런 의미가 없다.

나는 옴짝달싹을 못하는 군인이다. 군인은 사회인이 아니다. 내가 지금 할 수 있는 것은 내가 몸에 지니고 있는 모든 돈을 털어 이 청소부 아저씨에게 줘서 그분들에게 전해지도록 하는 것이다.

지금 이 순간 나는 유구무언, 놀라움과 슬픔을 이기면서 상황판단에 진력하고자 했다.

지금 귀대시간에 여유가 없었다. 오후 5시까지가 귀대시간이었다. 지금 벌써 오전 11시를 가리키고 있었다.

“지금 그 별장에 가볼 수는 없겠지요?”

“가지 마세요! 너무 비참합니다. 그리고 눈이 얼어붙어 갈 수도 없어요. 우리 늙은 특수부대 출신들도 간신히 들어갑니다. 그리고 무엇보다도…”

“또 무슨 일이…?”

“아시는지 모르겠지만 그 집터마저 대령님의 것이 아닙니다. 대령님이라 부르는 것을 이해해주시오. 우리들 연천 친구들은 그렇게 부릅니다. 옛날에는 사장님이라 불렀어요. 그 땅은 문중 땅으로 대령님께서 언제 비워줘야 할지 알 수 없다는 것입니다. 종중에서 총무를 맡고 있는 사람이 대령님과 파가 틀리는데 서로들 사이가 좋지 않아요. 그게 큰 문제입니다. 우리들 대령님을 좀 편히 모실라 해도 도무지 힘이 없어요. 내가 이런 청소부노릇하지, 대령님 부관하던 김가 놈은 삼겹살집을 하는데 가게 세 내느라고 여유가 없어요. 운전병하던 박가 놈은 마누라까지 죽고 혼자서 트럭을 모는데 거기도 일거리가 없데요. 그래도 박가 놈이 제일 나은 셈이지요. 다들 사는 꼴이 이 모양입니다.”

“둘째 아드님은 이 사실을 알고 있나요?”

나는 나의 궁금증의 핵심을 털어놓았다.

“그 아이에 대해서 무슨 소리를 하는 것을 듣지를 못했어요. 휴가 한번 나온 적도 없었고. 좀 괴짜잖아요! 친구라면서…?”

“뭘 잘못 아신 것 아닙니까? 그 친구가 나보다 한 달 가량 입대가 늦었지만 백일휴가는 틀림없이 나왔을 테고, 두 번째 휴가도 나왔을 가능성이 큽니다.”

참으로 이상한 노릇이었다. 김월산 씨 집에서 청지기 비슷하게 살았던 청소부 아저씨가 태현이 휴가 나오는 것을 보지 못했다면 도저히 납득이 되지 않는 이야기이다.

나는 곰곰이 생각해보았다.

"연천 그 골짜기 별장으로 갈 수는 없을까요? 친구의 소식을 꼭 듣고 싶습니다."

"이 눈구덩이 속을?"

"특수부대 출신이라면서요?"

"그거야, 군에 있을 때 이야기지. 지금 나이가 몇인데…"

"한번 해병은 영원한 해병이라 하지 않습니까! 날아오는 총알이 있는 것도 아니고, 터지는 수류탄이 있는 것도 아닌데 그까짓 눈 덮인 산속을 못 걸어요?"

"하기야, 꼭 가려면 못 갈 것도 없지만… 내가 다녀온지도 한 열흘은 되었을 거요. 지독한 한파가 밀어닥쳤으니 걱정도 되고 한번 가봅시다. 내 잠시 준비를 하고서…"

"네, 곽 상사님 다녀오십시오. 집에 들러 월동장비를 갖추고 오십시오."

"남의 눈에 띄니 여기 있지 말고 저기 골목 안쪽 삼겹살집에 가 있으시오. 내 친구 김가 놈 집입니다. 내 이야기를 하고, 방을 빌려 옷을 더 껴입으시오. 잘못 덤비다가는 얼어 죽습니다. 다녀오리다."

조금 후에 골목 입구에서 거대한 트럭의 클랙슨소리가 났다. 곽 상사의 군 동료인 박 중사가 모는 트럭이었다. 바퀴에는 체인이 칭칭 감겨져 있었다.

"야, 갔다 온 지 열흘밖에 안됐는데 서두냐? 이 눈 속을! 보통 보름에 한번 꼴로 갔잖아!"

"꼭 가보겠다는 사람이 있어서 그래! 오늘이 귀대일인 대령님 둘째 아들 친구야!"

"그럼 시장부터 한 바퀴 돌아야지!"

"그래 시장 들러서 가자!"

차가 골짜기를 향해 돌진했다.

"박 중사, 인사해라. 대령님 둘째 아들 대학동기생이야. 이제 일병 달았는데, 귀대길에 대령님에게 인사드리겠다는거야. 그런데 인사드리고 가면 귀대시간을 못지킬 것같다 이거야."

"부대가 어디냐?"

"950연대 8대대 2중댑니다."

"그럼 인제로구먼! 그럼 말이야, 우리 개 왜 있잖아. 영철이 말이야. 그 친구 그 연대 최고참 원사야. 그 친구한테 전화하지 뭐!"

"최고참 원사쯤 되면 연대장하고 맞짱 뜨지! 부하 없는 장수 있나! 전화해봐!"

박 중사는 제깍 핸드폰을 눌렀다.

"대대 인사계를 바꿔라!"

"…"

"황영철 원사와 같이 근무했던 박 중사다!"

"어! 영철아! 근호다! 옆에 곽재섭이도 있어. 한 가지 부탁할 것이 있다. 내 동생인데, 너네 대대 8대대 2중대 소속 이현우 일병이라고 휴가 나와서 여기 연천에 대령님에게 인사하러 왔다가 내린 눈이 얼어 붙어 교통이 두절이야. 하루 귀대가 늦을 것 같다. 좀 봐주라! 대령님 둘째 아들 친구야."

"…"

"응, 응, 응. 우리가 잘 모시고 있어. 풍이 심해! 지금 재섭이하고 같이 가고 있는 중이야! 전번 달 회비 잘 받았어. 오늘 좀 샀어. 쌀하고 김치하고! 연천에 언제 오나? 핸드폰 하고 와! 투숙한 여관의 숙박증

명서를 떼어오라고… 응응 알았어!”

　박근호 중사는 핸드폰을 껐다. 얼어붙은 눈 때문에 길이 막혀 하룻밤 누워 잔 여관의 투숙확인서만 한 장 떼어서 보내라는 것이었다.

　우리들은 머리를 보호하기 위해 털벙거지를 썼다. 그리고 가스통을 어깨에 멨다.

　“곽 상사, 너도 좀 걸으면 땀이 날거다. 이 일병이 와서 우리 좀 빨리 오게 되었지? 한 일주일은 더 있다가 와야 하는데…”

　“응 그래 죽어도 뵙고 가겠다는 거야!”

　우리들의 코에서는 허연 김발이 사정없이 뿜어져 나왔다. 우리는 몇 차례나 눈길에 넘어질 뻔했으나 용케 쓰러지지 않고 발걸음을 전진시킬 수 있었다. 길옆에 들어찬 노송들의 가지마다에는 눈꽃이 피어서 환상의 세계를 이루었다.

　군대에는 일반인들의 사회에서는 찾아보기 힘든 전우애라는 것이 있는 듯했다. 이들 곽 상사, 박 중사, 김 하사 그리고 황 원사 등은 남들이 쉽게 흉내 낼 수 없는 인간애를 보여주고 있지 않는가. 인간은 어디에서 누구를 만나든 조금은 신비스러운 구석이 있는 것 같다.

　길길이 쌓인 눈 사이로 희미하게 집채가 보였다.

　그래도 사람이 살고 있는 표시인지 희미한 전깃불이 창문으로 흘러나왔다.

　“대령님, 저희들입니다.”

　“…”

　“대령님, 곽재섭입니다! 김상길입니다. 박근홉니다!”

　“…”

　“문을 열어도 되겠습니까?”

"문 열고 들어…"

탁하고 힘없는 남자의 목소리가 들려왔다. 그것은 마치도 아득한 동굴에서 들려오는 것 같았다. 곽 상사가 나무로 된 유리문을 열었다.

방안은 썰렁했고 아랫목으로는 전기담요가 깔려있었는데 거기에 김월산 씨가 누워있었다. 부인께서는 남편의 머리맡에 앉아있었다.

그런데 김월산 씨는 심하게 손을 떨고 있었다. 흔히들 파킨슨병이라고 부르는 질병이다. 그는 허공을 향해 사지를 버둥거렸다. 자리에서 일어나기 위해 애를 쓰고 있지만 잘 안되는 모양이었다.

"몸이 굳어져서 잘 일어나시지 못해요…"

부인이 남편을 도와주면서 한마디 했다.

"괜찮습니다. 그냥 그대로 누워 계십시오. 대령님, 저희들 인사를 받으십시오. 그냥 누우신 채로!"

"무, 무, 무, 무슨 인산가…"

"곽재섭, 김상길, 박근호 이상없습니다! 대령님의 명령에 절대복종하고 존경하고 따르고 있습니다!"

세 사람은 방안에 우뚝 선 채로 거수경례를 했다. 김월산 씨는 자리에서 일어나지도 못한 채 고개만을 끄덕였다. 경례를 받기 위해 오른손을 올리려 했으나 너무 떨려서 그만두는 듯했다. 꼭두각시놀음 같은 이들의 수인사가 어쩐지 그순간 감동적으로 느껴졌다.

"앉아라…"

김월산 씨는 세 부하에게 그야말로 명령을 내렸다. 부하들은 자리에 앉았다.

"조금도 염려 마시고 이 지독한 겨울을 잘 보내시기를 바랍니다. 풍부한 식재료들을 준비해 왔습니다. 그리고 한 가지!"

그들은 자리에 앉지도 못하고 방구석에 서 있는 나를 보고 명령했다.

"대령님에게 일병 한 녀석을 소개하겠습니다. 이현우라고 대령님의 둘째 아드님의 대학동기생이라고 합니다!"

"알아… 알아… 두 번이나 봤어. 백일휴가 때 왔었어…"

"950연대 8대대 2중대 3소대 일병 이현우 휴가 나왔음을 대령님께 신고합니다!"

"으응…"

김월산 씨는 그나마 아내의 부축을 받으며 몸을 간신히 일으켜 세웠다. 그리고는 나의 휴가신고를 받고는 한쪽 손을 들어올렸다. 떨리기는 했으나 그는 그런대로 경례를 했다. 나는 그의 모습이 너무나 비참하여 나도 모르게 눈물을 흘렸다.

"이 일병, 눈물을 닦으라! 대령님에게 눈물을 보여서는 안돼! 우리 잘 하고 있어!"

그의 말 속에는 그의 마음 깊은 데서 울려나오는 믿음이 서려 있었다.

"그런데 한 가지! 대령님, 이 일병이 입대 후 아드님과 소식이 두절되어 전혀 교신이 되지 않고 있다고 합니다! 그래서 소속 부대 주소라도 알고자 합니다."

그가 턱짓을 아내에게 했다. 부인이 남편의 머리맡에 있는 편지봉투 하나를 집어서 나에게 전해 주었다. 거기에는 낯익은 태현의 글씨가 쓰여져 있었다. 나는 재빨리 그 주소를 메모지에 베꼈다.

그래도 그는 부모님들과 서신 교환을 하는 모양이었다. 이 말은 그가 정상적으로 군 생활을 하고 있다는 뜻이다. 나는 얼핏, 20만 년 전

주먹도끼를 들고 공룡을 때려잡던 연천 사람들을 기억했다. 그런 DNA가 태현에게 그대로 흘러내리고 있을 것이라는 생각을 했다. 노병들은 바깥으로 나가 가스통을 교체했다.

눈더미 속에 파묻혀 무너져가는 집을 떠나면서 나는 정말 발걸음이 떨어지지 않았다. 정치바람 탓으로 창졸간에 인생의 바닥으로 전락한 친구 부모의 모습을 보니 인간 삶의 허약함과 무의미가 가슴을 저몄다. 나는 거수경례를 집어 치우고 한국식 큰절을 드렸다.

"야 이 일병, 서둘지 마라. 황 원사한테 부탁해놨으니 걱정하지 말라."

형언할 수 없을 정도로 쓰라린 가슴을 안고 눈 덮인 골짜기 집을 떠났다.

제8장

같은 날의 휴가

내가 군 생활을 하면서 다녀온 두 번의 휴가는 그나마 내가 세상물정을 깡그리 잊어버리지 않게 하는 계기가 되었다. 군기에 물들어가던 나에게 그것은 세상에는 이런 일도 있다는 깨달음을 주는 두 번의 기회였다.

그 기회를 통해 나는 내 존재 속에 잠들어가던 인간의 소리에 귀 기울일 수 있었다. 거리의 화가 조 선생과의 만남은 나에게 그림에의 향수를 일깨워주었다. 그리고 그의 인생행보는 나에게 여성을 바라보는 새로운 시야를 터 주었다.

그리고 두 번째 휴가에서 내가 목격한 김월산 씨의 몰락은 태현의 위기를 절감하게 했다. 태현은 과연 무사할까 하는 생각을 나는 일상의 화두로 삼을 지경이었다.

그리고 혜란의 거침없는 행보는 결혼에 있어서 여성이 훨씬 더 진취적이며 현실적이라는 사실을 깨닫게 해주었다.

나는 확실한 이유는 없지만 군 생활 10개월을 지나면서 이제는 군을 조금 알 것 같고 그래서 제대 날까지 무사히 버틸 수 있을 것 같은 생각이 드는 것이었다.

군대체험 이외에 태현에게는 가정사의 쓰라린 체험이 있다. 그래서 그는 한결 격심한 감정의 상처를 받았을 것이다. 그가 과연 그 상처의 치유를 잘해낼 수 있을까. 외부 사물에 대한 전광석화와도 같은 그 요체의 파악력과 거대하고 잔잔한 호수와도 같은 내면세계를 선천적으로 지녀 누구도 생각하지 못한 색채와 구성으로 대상물을 그려내는 태현이기에 언제나 경이롭고 존경스럽다. 그것은 타고난 것이지 노력한다고 이루어지는 것은 아닌 것 같다.

나는 그의 어머니의 그 뛰어난 자수 솜씨도 아들의 그 특출난 그림 솜씨에 반영되었으리라는 생각을 했다.

이런저런 생각을 하다가 나는 잠이 들었다. 새벽 3시에 잠이 깨어 나는 태현에게 편지를 썼다. 정말이지 이 편지를 읽고 그가 조금이라도 절망감에서 벗어나 주기를 바랐다. 인사계에서 다 검열할 편지라 시시콜콜하게 쓸 수도 없었다. 게다가 워낙 자존심이 센 녀석이라 무슨 동정 섞인 말도 할 수 없었다.

태현아, 두 번 휴가 나갈 때마다 너의 소식을 들으려고 연천집으로 부모님을 찾아갔다. 힘든 군 생활을 잘 견디고 있다니 다행이다. 너의 성격과 체질을 어느 정도는 알고 있기에 나 자신도 잘 추스르지 못하면서도 언제나 너를 걱정하고 있다. 우리 참고 견디어 무사히 제대하는 날을 기다리자. 연천 아버님과 어머님이 어려움에 봉착해있지만 락 상사, 박 중사, 김 하사 등 옛 부하들의 적극적인 보살핌으로 그런대로 무사히 지내시고 있어서 안심했다. 혜란이는 결혼을 했고, 미라는 알렝과 잘 살고 있다는 말을 전해들었다. 혜란도 한 차례 연천 부모님을 찾아뵌 적이 있었다. 아무리 세월이 흐르고 신변이 변하더라도 동아리 시절의 자신은 결대로 변하지 않을 것이라는 말을 하였다. 답장 같은 것을 하지 않는 너의 습관을 알고 있지만 혹시나 하고 기다려본다. 현우.

나는 귀대 중 양구에서 하룻밤을 지내게 된 적이 있었다. 산악으로 둘러싸인 소읍 양구는 눈 속에 파묻혀 있었고, 그 눈의 세상 위로 겨울 햇살이 찬란히 떠오르고 있었다.

양구 출신 화가 박수근의 기념관을 관람하기로 하였다. 여인숙에서 서쪽으로 한 3백 미터밖에 되지 않았다. 유럽 중세시대의 고성처럼 웅장한 석조건물이 들어서 있었다.

박수근은 비교적 척박한 시대에 활동했으면서도 고생을 덜한 화가였다. 그는 이중섭과 같은 연령대로서 6·25 세대이다. 온 국민이 아사의 지경에서 허덕이던 시절이었다. 수근은 어찌어찌하다가 미군부대에서 미군들의 초상화를 그려주는 일을 맡게 되어 그는 굶주림을 모르고 살 수 있었다. 그 기회에 그는 미군들 부인들의 초상화도 그려주고 그림값을 받기도 했고, 드물게는 풍경화를 그려주기도 했는데, 너무나 한국적이고 토속적이라 그들의 감동을 얻게 되었다.

그는 화대를 모아 동대문 밖 창신동에 대청이 있는 집을 한 채 살 수 있었다. 동경제대 미술대학등 명문 미대 출신들도 입에 풀칠하기 어려웠던 시절에, 미대라고는 문 앞에도 가보지 않았던 그가 그림을 그려 생활을 하고 집까지 샀다면 행운이라고 말하지 않을 수 없다.

　그의 그림은 한국의 풍속화를 사실주의적으로 그리지 않고, 스라류의 점묘법으로 처리하고 대상물을 상징적으로 입체적으로 처리하는 기법을 원용하였다. 이러한 화법의 그의 그림들은 전쟁을 통해 형성된 미국 내 지한파들 사이에서 아주 고가로 매매되기 시작하였다. 이들은 주로 주한미군들의 가족들이었다. 이들은 한국체험을 아쉬워했으며 그들의 그런 향수는 박수근의 토속화를 갖고 싶은 심정으로 변했다. 미국에서 불기 시작한 박수근의 바람은 국내 화단을 휩쓸었다. 그는 아마도 해방 후 한국화단에서 그림이 가장 고가로 매매되는 화가일 것이다.

　기념관 전시실에 새롭게 발견된 박수근의 그림이 전시되어 있지는 않았다.

　기념관의 정원에 조성되어진 그의 청동조상은 눈 속에 파묻힌 채로 찾아온 군인아저씨를 알아보는 듯했다. 순간 어떻게 최고의 아름다운 그림을 그려 영원히 남길 수 있을까 하는 생각이 내 머릿속을 흘렀다.

　한 사람의 화가가 사후 이름과 그림을 남기려면 일생 외도를 않고 타고난 자질을 살려 줄기차게 그림을 그려야 한다. 그래서 그는 무슨 일이 있어도 그림을 팔아서 먹고 살아야 하는 것이다.

　이중섭의 소 그림 시리즈가 왜 사람의 심금을 울리는가. 기아를 견디지 못한 아내와 두 아들이 일본으로 돌아가 버린 후 그는 정말 굶기를 밥 먹듯 하면서 이 시리즈를 그렸기 때문이다.

　동부전선의 혹독한 추위는 겪어보지 않은 사람은 모른다. 조금만 소홀했다가는 손가락과 발가락이 얼어서 잘려나가기 딱 좋다.

　나도 경계경비 중 왼편 발 약지와 새끼발가락이 동상에 걸려 2주일간 고양 육군병원에 입원까지 했다. 연대 의무대에서도 치료를 못해 육군병원으로까지 보낸 것을 보면 상태가 아주 안 좋았던 모양이었다. 처음에는 발가락을 자른다 어쩐다 하더니 그래도 치료가 되었다. 4주간 잘 먹고 잘 쉬었다.

내가 고양 육군병원에 간 것을 중대원들은 다들 부러워했다. 군인들은 고양 육군병원을 고양호텔이라고 한다. 아프다고 다 여기에 보내는 것이 아니다. 대부분 연대 의무대의 딱딱한 야전 침대에서 자면서 입원생활을 한다.

그러나 실상은 꼭 그렇지만은 않다는 소문이다. 조금 아프거나, 아니면 전혀 아프지 않는데도 여기 고양호텔로 보내져 하얀 시트 깔린 침대에서 자고 먹으면서 군대생활을 하는 것이 아니라, 요양원의 휴양생활을 하는 사병들이 더러 있다는 소문이었다.

나는 이런 입원상태에서도 이 사실을 고향의 부모님들에게 알리지 않았다. 발가락이 조금 심한 동상에 걸려 육군병원에 입원한 것을 가지고 부모님에게 알리고 하는 것은 왠지 군인답지 않다는 생각이 들었기 때문이었다.

면회실에서 싸가지고 온 먹거리들을 펼쳐놓고 떠들썩하게 먹고 마시는 것을 보고 있으면 여기가 병원인지 휴양소인지 분간이 가지 않을 때가 있다. 면회실도 대대나 연대에서 볼 수 있는 위병소 바로 옆의 작은 방 한 칸이 아니라, 거대한 강당 같은 것이 그대로 면회소로 쓰인다. 면회 오는 사람이 아무도 없으니 나는 조금 고독하였다.

백일휴가 시 귀대 길에 혜란을 부른 것은 아직도 세상에 대한 인식이 완전히 가시지 않았기 때문이었을 것이다. 즉 아직 군인이 덜 된 탓이었다.

그리고 무엇보다도 그때 혜란은 미혼이었다. 그런 사실은 아직도 그녀에게 대학동아리 시절의 분위기가 남아있으리라 생각했었다.

그러나 두 번째 휴가, 즉 이번 휴가 때는 정말 나의 의식 속에서 그녀를 찾아보기 어려웠다. 나의 군대생활은 정상괘도에 들어섰고, 그리고 뭐니뭐니해도 그녀는 결혼을 하지 않았는가.

그러니 나의 입원생활은 쓸쓸하고 외로울 수밖에 없었다.

군 생활은 청춘을 갉아먹는 암흑의 시간이기도 하지만, 연인이 있는 사람들에게는 그들 사이의 사랑을 더욱 무르익게 하는 계기가 될 수도 있을 것이다. 눈 덮인 전선, 그리고 산 정적이 고막을 틀어막는 녹음 짙은 여름 전선, 그리고 쓸쓸한 병촌의 여인숙 등 사뭇 낯설고 삭막하지만 어느 면 쩨 낭만적이면서 극적인 배경이 그들 사이에 드리워지기 때문이다.

그러나 나는 그런 연인이 없었다. 나는 병원 의무실을 찾아 잡지를 보거나 텔레비전을 보면서 시간을 보내는 수밖에 없었다.

한 달 가까운 고양호텔 생활을 끝내고 퇴원했을 때 그해 겨울은 끝나가고 있었다. 무서운 동부전선의 겨울을 스팀이 나오는 고양호텔에서 보낼 수 있었던 것은 다른 장병들에게는 대단히 미안한 일이지만 나에게는 몸과 마음을 가다듬는 좋은 계기였다.

그러나 나는 인간에의 그리움, 특히 있지도 않은 연인에의 그리움 같은 것이 내 영혼의 밑바닥을 채우는 것을 뼈저리게 느끼곤 했다. 내가 대학생 시절에 그림을 그리는 학생이었던 탓이었을까. 주변들 느끼고 바라보는 시선이 시적이고 회화적이지 않을 수 없었다.

나는 그러한 감정이 혜란과 미라에 의해 차단되어있는 상태이기에, 어쩔 수 없이 태현에의 그리움으로 채워져 갔다. 그러나 그도 전혀 연락이 되지 않으니 갑갑하고 절실한 그리움을 달랠 길이 없었다.

나의 이러한 마음 상태는 태현이도 마찬가지일 것이다. 그러나 그는 나와는 또 다른 일면이 있다. 그는 나보다 독종이다. 내가 지금 겪고 있는 이런 절실한 그리움의 감정을 그는 훨씬 더 심하게 겪고 있을 것이다. 그러나 그는 그것을 참고 인내하는 데는 나보다 한 수 위다.

태현에 대한 안타까움과 그리움이 목까지 차올라 와 있었으나 정말 지금은 어쩔 도리가 없었다.

겨울이 풀려가던 2월 중순경에 나는 중부전선에 주둔하고 있던 미군부대에 차출되어 근무를 하게 되었다. 이러한 제도는 카투사 제도와는 또 다르게 미군과 한국군과의 교류를 통해 두 나라 병사들 간의 원활한 소통을 가능케 하자는 데에 그 주안점이 있었다. 그러자니 자연 대학을 졸업한 사병으로 기본적인 영어회화가 가능한 자가 차출되었다.

근무시간이 석 달밖에 안되는 짧은 기간이었지만 나는 많은 것을 배우고 느꼈다.

그들에게도 엄한 명령체계가 있었지만, 그 명령체계를 확립하기 위해 사병들을 억압하는 분위기가 아니라 잦은 훈련과 교육을 통한 각성으로 그것을 달성하려 한다는 사실이었다.

일례를 들면 사병들 간에 잦은 댄스파티가 있는데, 그럴 경우 부대 근처에 있는 미군 상대 주점과 댄스홀에서 한국인 단골 댄서들이 초청되어 왔다. 그리고 나 같은 파견병들에게도 연인들의 영내 출입을 허락하였다. 결혼을 한 사병들은 거의 없었으니 그녀들은 대부분 연인들이었다.

나는 연인이 없으니 역시 여성 파트너가 없는 사병과 짝을 지워 춤

을 출 수밖에 없었다. 우리들을 인솔했던 중위 한 분은,

"야, 이현우 일병, 팔등신 연인을 데리고 와서 코쟁이들을 머쓱하게 하라. 한국에도 이런 뛰어난 댄서가 있고 미인이 있다는 것을 보여주라고!"

"중위님, 연인이 없습니다."

"무슨 대학을 나왔다면서 연인도 없고 약혼자도 없어?"

"네."

"짜아식, 바보 같은 짜식… 미군들한테 좀 배워! 군사기술만 배우는 것이 우리 목적이 아니라 참 군인정신을 배우는 것이야! 군대생활을 제대로 하려면 아름다운 연인도 있어서 후방에서 지원을, 다시 말해 사랑을 받아야 하는 거야! 미군부대에는 필수시설로 사격연습장과 함께 댄스홀이 있어!"

애인도 없고 춤도 추지 못하는 나 같은 사람은 정말 인기가 제로였다. 군대라는 곳도 인간이 모여 사는 데기 때문에 구성분자들의 특성이 들어나기 마련이다. 인기가 있는 사람이 있는가 하면 그런 사람이 있는지 없는지 잘 구별이 되지 않는 사람도 있다. 그런가 하면 그 사람 존재 자체가 그 조직의 부담이 되어 다들 기피하는 사람도 있다.

나는 같이 파견되어 온 15명 사병들의 사기를 북돋우고, 인솔 장교의 기분을 좋게 할 방법이 없을까 생각하다가 미군들의 초상화를 그려주는 것이 어떨까 하는 결론을 내렸다. 초상화는 한 사람의 특징적인 면을 강조하기 때문에 사진이 갖지 못한 뛰어난 화면상의 특색을 돋보이게 할 수 있다.

내 이야기를 듣고 귀가 솔깃해진 인솔 장교는 미군 영내 사령관에게 말하여 허가를 획득하였다. 식당으로 쓰이는 천막 뒤편 미루나무

그늘 아래에서, 점심시간을 이용하여 하루에 세 명 정도 초상화를 그려주었다.

처음에 시답잖게 응하던 미군 병사들, 특히 흑인 병사들은 나의 말귀가 통하는 영어회화실력과 그림솜씨에 조금씩 흥미를 보이기 시작했고, 이윽고 나의 작업은 큰 인기를 끌었다.

처음에는 시큰둥한 표정으로 나를 대하던 미군 병사들도, 자신의 얼굴 특징을 지적해주고 미남이라고 말해주고, 그의 고향 이야기를 조금 해주고, 이어서 한국 여자와 자봤느냐고까지 이야기가 진척되면 웃지 않는 녀석이 없다. 나의 떠듬거리는 영어발음이 우습기도 한 모양이었다.

그림이 완성되면 누구 하나 예외 없이 그림값을 지불하려 했다.

"보다시피 나는 하우스보이가 아니다. 우리는 양국 간의 우의를 위해 파견 나온 한국 육군이다."

"그렇다. 미군도 마찬가지다! 대한민국 군인들 참 똑똑하고 우리보다 나은 점도 있다. 춤은 못 추지만! 그림도 잘 그리고! 네 덕택에 내 얼굴 초상화를 처음으로 그려보았다."

미군부대에서 초상화 그리기로 이름이 나자 우리 인솔 장교인 중위는 나를 대우해주었고, 이런 소문이 나의 소속 중대와 대대에까지 퍼진 모양이었다.

어느 날 인솔 중위가 나에게 전화기의 수화기를 바꾸어 주었다.

"이 병장, 대대장님이시다. 전화받아라!'

"네. 일병 이현웁니다."

"대대장이다. 이 일병이 미군 아이들 초상화를 그려주어 우리 사병들의 사기가 올라가고 있다는 인솔 중위의 보고를 받았다. 대학에서

의 전공을 살려 미군들의 호감을 얻고 한국 병사의 우수성을 과시하도록 하라!'

"네, 명령하신 것 명심하고 실행하겠습니다."

"임무를 무사히 수행하고 귀대하면 포상이 있고, 포상휴가가 있을 것이다."

"감사합니다. 대대장님!'

나의 초상화 실력으로 우리는 사기가 올랐으나, 댄스파티가 있는 날이면 영 기가 죽었다. 미군들은 부대 주변의 미군 상대 댄스홀에서 전문 댄서들을 초청하거나, 하물며 춘천에까지 손을 뻗쳐 전문 댄서들을 초청하였다. 그녀들은 직업으로 댄싱을 하니까 그 능숙함이야 말할 필요가 없었다. 그러나 우리 부대에서는 그런 춤을 출 사병이 거의 없었다. 게다가 더욱 기가 죽는 것은 사병들의 연인들이나 하다못해 여동생이라도 파트너가 되어서 같이 홀을 누빌 사람이 없다는 사실이다. 이 사실이 스스로 그렇게 촌스럽게 느껴질 수가 없었다.

그러던 어느 날 밤, 나는 혜란의 존재를 머리에 떠올렸다.

비록 결혼하여 신혼의 단꿈에 빠져있을 그녀지만, 그녀의 비상한 춤솜씨를 알고 있기에 그녀에게 부탁해볼 수 있을지도 모른다는 생각이 떠올랐다.

신혼기 2년을 인간이 누릴 수 있는 가장 행복한 시기라고들 한다. 혜란도 물론 예외는 아닐 것이다. 그러나 나는 왠지 모르게 혜란이가 나의 이런 아쉬움을 호소하면 만사를 뿌리치고 달려와 나의 원을 풀어줄 것만 같은 생각이 들었다.

참으로 터무니없는 생각이다. 어쩌면 나는 만사에 왜 이렇게 어리석을까. 생각 좀 해보라. 신혼인 그녀가 나의 이런 청을 받아줄 턱이 있는가. 말이 되지 않는 소리다.

그러나 나는 이성과 상식을 벗어던지고 그녀에게 전화를 걸고 말았다.

"혜란아… 나야, 현우"

"어머, 네가 웬일이냐! 군인아저씨가 나 같은 사람에게 전화를 다 하고!"

"사실은, 선배님에게는 비밀로 해주면 좋겠어. 우리 부대에서 미군 부대에 차출되어 카투사가 아니면서 미군들과 함께 근무하는 병사가 몇몇 있어. 그런데 이들이 영어도 안통하지 월등한 미군들의 군사문화에 주눅이 들어 사기가 말이 아니야. 그런데 내가 박수근 화백의 흉내를 내어 초상화를 그리기 시작하여 조금 인기를 끌었어. 우리 병사들의 사기가 조금 올랐어. 그런데 이들 미군들이 토요일마다 댄스파티를 하는데, 한국군 병사들의 참가를 요구하고 가능하면 연인이나 여동생과의 파트너도 환영이야. 춤 실력이 뛰어나면 자기들하고도 출 수 있다는 거야. 미군들과 영내생활을 같이 해보니 모든 것이 우리와 거의 비슷하지만 역시 그들은 이왕 군 생활을 하는 것 가능하면 즐기자는 식으로 하더군…"

"너는 춤을 잘 못 추잖아! 그럼 내가 가면 너의 춤 상대가 되는 것이 아니구, 미군들과 춰야 하겠네…"

"누구하고 추든 우리 한국군의 사기를 돋우는 것이 문제야"

"그래, 나는 찬성이야. 우리집 아저씨하고 상의를 좀 해봐야 돼! 전화 끊지 말고 기다려봐!"

2, 3분 시간이 흐르고 이길수 씨의 목소리가 전화통에서 흘러나왔다.

“현우 씨, 오래간만이요… 군 생활은 무사한가요?”

“선배님, 이거 찾아뵐 수 없는 입장이라 늘 큰 실례를 하고 있습니다. 건강은 어떠신지요?”

“군 생활을 엉망으로 해서 사고당한 것이 지금도 날 괴롭히고 있습니다. 한번 탈난 내장은 완벽하게 복구가 안되나 봅니다. 그러저럭 지냅니다. 아내의 얘기를 들었습니다. 조금 거리가 있으니 너무 늦지만 않게 보내주시면 기꺼이 동의합니다. 나도 군 생활을 해봤지만 사기는 군의 생명입니다. 특히 미군들과 함께 생활하니 더욱 사병들의 사기를 생각해야지요. 내가 아내를 영내까지 데려다주고 데려오구 싶지만 조금 신열이 있어서 아내 혼자 보내겠습니다. 잘 보살펴주세요.”

이렇게 해서 얼떨결에 저지른 일이 가볍게 성사되었다. 혜란을 기억에서 지우고자 한 나의 요즈음의 생각이 너무나 어긋나 나는 혜란의 인간성에 새삼스레 놀라지 않을 수 없었다.

지정된 토요일 오후 시간에 맞추어 군부대에 차를 몰고 나타난 혜란은 가히 미와 화려함의 화신이었다. 전체 체형이 글래머임에 틀림이 없는 혜란이지만, 허리가 가늘고 사지가 늘씬하여 뚱뚱해 보이지 않았다.

몇 차례의 건배에 이어 춤이 시작되었는데, 처음에는 나와 그리고 다른 한국군과 몇 차례에 가벼운 스텝만을 밟던 그녀는 결국 미군장교의 정중한 초대를 받았다.

그제서야 그녀의 진가가 나타났다.

장내의 모든 군인들은 자신들의 춤을 멈추고 이 쌍의 춤을 구경하게 되었다. 가장 어렵다는 탱고는 추는 사람보다 보는 이들의 흥분과 찬탄을 자아내었다. 춤에 능숙한 탓일까, 막상 춤을 추는 사람들은 아무렇지도 않게 춤을 추었다. 그러나 보는 이들은 손에 땀을 쥐게 하는 스릴과 경쾌함에 전율을 느끼는 듯했다. 서서 구경하던 미군들은 다들 원더풀을 토했다.

춤판이 끝나고 간단한 뒤풀이가 있었다.

영어 말귀를 알아듣는 사람이 나밖에 없으니 자연 미군 병사들이 나의 곁으로 모였다. 한국군 중위도 미군이 무슨 말을 건네면 나의 얼굴만 쳐다보았다. 통역을 해달라는 뜻이었다.

나의 영어가 신통할 리 없었다. 대학 들어가려고 듣기연습을 해서 알아듣는 것이 전부였다.

"네 여자 친구 정말 춤 잘 춘다. 전문 댄서냐?"

"아니다. 그냥 취미로 춤을 좋아하는 정도다."

"어떤 사이냐? 애인이냐?"

"그런 사이가 아니고, 다만 나의 대학 학과 동기생이다."

"무슨 학과냐? 혹시 무용과냐?"

"아니다. 서양화과다."

"애인도 아닌데 이 멀리 차를 몰고 올 수 있었을까. 이해하기 힘들다…"

녀석들은 내 이야기를 듣고 고개를 갸우뚱했다. 저들의 사고방식으로는 이해하기 힘들는지도 모른다. 그러나 나는 왠지 혜란의 모든 정보를 있는 그대로 과장 없이 말했으면서도 그녀가 결혼하였다는 사실을 빼먹고 있었다. 나는 그것을 고의적으로 빼먹었는지 그 순간 생각이 나지 않았는지 잘 판단이 서지 않았다.

그래서 그들은 혜란이가 기혼녀인지 미혼인지 잘 몰랐다. 그래서 다음 주 토요일에도 와주었으면 좋겠다는 말을 했다. 나는 그때 가서 보자고 말했다.

다음 주 금요일이 되어서 나는 미군들의 희망을 저버릴 수 없어서 그녀에게 이번 주에도 와달라는 전화를 하고자 했다. 그러나 웬일인지 전화가 연결되지 않았다. 세 번째 시도를 했을 때 그녀의 목소리가 흘러나왔다.

전번 주 처음 파티에 참석하고 집으로 돌아가 감사와 환희의 목소리로 전화를 했던 혜란을 생각하니 나의 마음은 조금은 가벼웠다. 아무려면 결혼하여 신혼인 사람을 토요일마다 불러내는 것은 큰 결례가 될 것임에는 틀림이 없었다.

“…”

틀림없이 수화기를 들었을 텐데 목소리가 들려오지 않았다.

“혜란이냐? 나야 나…”

“현우야… 나 내일 거기 못가…”

다짜고짜로 그녀는 그렇게 말했다. 뭔가 잘못되었음을 나는 직감할 수 있었다. 이럴 때는 말을 신중히 해야 하는 것이다.

“왜 전번에 기분이 좀 나빴니?”

“아니 아니 그런 건 절대 아니구… 나중에 말할게… 좀 어려워… 나 전화 끊어…”

나는 적이 놀라지 않을 수 없었다. 혜란의 태도가 너무나 변해버렸기 때문이었다. 그러나 언젠가 그녀 스스로 말한 바와 같이 그녀는 도무지 그렇게 변할 사람이 아니다. 내가 믿기로는 적어도 그렇다. 그렇다면 돌변해버린 그녀의 나에 대한 태도는 무엇인가.

그러나 군에 있는 몸으로서 어떻게 할 수도 없다. 그리고 그녀는 결혼을 한 신혼의 여인이 아닌가. 당초 내가 무리했는지도 모른다. 처음에는 나의 부탁이 일리가 있다고 믿어 수락하였다가 그 후 크게 후회했는지도 모른다는 생각마저 들었다.

나는 토요일마다 그녀의 내방을 원하는 미군들에게 그녀가 몸이 아파 오지 못한다는 말을 했다. 그랬더니 장교 한 사람은 원한다면 미군부대 내의 병원시설을 이용할 수 있도록 조치를 취해주겠다는 말을 하였다. 그들의 호의에 감사하지 않을 수 없었다.

나는 그녀가 멀리 시골에 살아서 대단치도 않은 병을 치료하기 위해 여기까지 오기는 어렵다는 말을 하여 간신히 그들을 무마시켰다.

나는 3개월간의 한미군 합동작전훈련을 마치고 본대로 귀환하였다.

모든 것을 순리에 맡기고 유유자적하면 모든 일은 제대로 풀려간다는 생각이 부쩍 나의 내부에서 성장한 것만 같았다.

나는 미군부대 근무를 마치고 귀대한 후 상병진급에 이어 5개월 후 본부중대장으로부터 분대장 임명장을 받았다. 이제 군의 핵심전력이 된 것이다.

전시가 아니라서 그렇지 전시라면 분대장은 분대원들의 생사여탈권을 쥔 전투의 핵심단위 지휘자이다. 개인 행동을 절대 하지 못하는 군에서 가장 작은 단위가 바로 분대이다. 죽어도 분대, 살아도 분대이다.

분대장이 되고 보니 과거 이병 시절과 일병 시절 고참들의 골치를 썩이던 시절이 회고되었다. 군이란 분대, 소대, 중대, 대대 등 각 나름대로의 단위들이 적의 몰살공격에 맞서서 그야말로 몰살당하지 않고 오히려 적을 몰살해야 하는 인간의 살인집단이다. 이런 생각이 나를 완전히 지배했다. 이제 군인 정신이 몸에 배기 시작한 것이었다. 죽이

지 못하면 죽어야 하는 절대절명의 생사의 위기에 서 있는 것이 군이
다.

분대장 임명을 받고 나니 정신없이 바빴다. 열 명도 안되는 분대원
들이라 통솔하기가 쉬울 것 같지만, 군이 뭔지도 모르는 초년병들이
많아 정신 차리고 이들을 교육하지 않으면 안되었다. 무엇보다도 이
들에게 군 정신을 주입하는 것이 급선무이다.

그리고 군사적으로 군인다운 능력을 보유할 수 있도록 훈련하는 것
도 중요했다. 교육업무와 훈련업무, 그리고 가장 중요한 초계업무가
있다. 무엇보다도 38선을 물샐 틈 없이 잘 지켜야 하는 것이다.

그리고 무시할 수 없는 중요업무는 역시 대 간첩작전이다. 대 간첩
작전은 규모가 적기 때문에 주로 분대작전으로 끝난다. 소대가 출동
하는 경우도 드물다. 그러나 적의 간첩들이 소지한 무기가 점점 고성
능화 하여 자칫 실수하면 아측에 사상자가 발생할 수 있다. 아측의 사
상자를 피하려면 무엇보다도 분대원들이 일사분란하게 분대장의 작
전에 따라주어야 한다. 개인 행동은 필연적으로 적이 파고들 허점을
만드는 것이다.

나로서는 첫 간첩체포작전에 투입되었다. 분대장 임명 후 첫 작전
이었다.

적은 2명으로 아측의 감시망에 포착되었으나 녹음이 워낙 짙어 종
적을 감추고 말았다. 주로 놈들의 취사흔적과 잠자리 흔적을 찾아 놈
들을 찾아내 사살하거나 생포하는 작전이다. 인간이라면 먹고 싸고
잠을 자야 하는 것이다. 그러나 놈들이 아측의 이런 수색방법을 알고
있기 때문에 철저하게 취사흔적을 지우고 절대적으로 연기를 올리지
않으며, 잠자리는 땅꿀을 파서 자고 그 흔적을 나무 등으로 덮어 버린

다. 그래서 좀처럼 찾아내기가 어렵다.

　연 사흘간 적의 예상 도주로를 따라 수색을 펼쳤으나 놈들의 흔적을 발견하지 못했다. 우리는 극도의 긴장감에 시달렸다. 서로의 생명을 노리기는 서로가 마찬가지였다. 놈들의 기습을 받아 우리가 당할 수도 있다.

　수색 나흘째 되던 날, 한 병사가 뭔가 물컹한 물체에 발을 헛디뎌 넘어졌는데, 그것이 사람의 인분이었다. 그것은 모래를 덮어 위장되었으나 분명 사람이 이 근처에 있음이 판명된 것이다. 우리는 은폐물을 찾아 몸을 숨기고 주변을 경계했다. 쫓기는 놈들은 황급하여 인분은 반드시 땅을 파고 묻어야 한다는 군 수칙을 지키지 못한 것이다.

　그런데 그 순간 은폐물 뒤에 숨은 아병사가 한 방의 총성과 함께 즉사하는 사건이 발생하였다. 적의 공격이었다. 하지만 우리는 그 방향을 향해 전 분대원이 집중사격을 했다. 적이 아무리 빨리 피신했다 하더라도 집중사격의 반경이 넓었고, 적이 도망치면서 수목을 건드려 나뭇잎들이 흔들렸기 때문에 그것을 따라 집중적으로 사격을 가했다. 동시에 수류탄을 투척하여 적의 퇴로를 초토화시켰다.

　적의 대항사격이 없어서 사살된 듯했으나, 위장된 사격중지일 수도 있으므로, 사격의 반경을 넓혀서 근접집중사격을 일제히 가했다. 과연 쥐죽은 듯이 조용하던 적들은 근접해가는 우리를 향해 갑자기 강력한 저항사격을 가해왔다. 아측 이병 하나가 또 희생되었다. 놈들은 고도로 훈련받은 자들인 듯했고, 사격솜씨가 내가 보아도 정확하였다.

　여기서는 오직 힘과 힘의 대결이다. 우리가 분산되거나 힘에서 밀리면 전 분대원이 저들에게 몰살당할 수도 있다. 우리는 마침 기관총을 준비하고 있는 것이 천만다행이었다. 총알이 날아온 듯한 방향을 향해 무차별 사격을 가했다. 그리고 무수한 수류탄 세례를 퍼부어, 어떤 생명체도 살아날 수 없도록 했다. 그리고 화염방사기를 동원해 저들이 숨을만한 곳을 완전히 불태웠다. 그리고 불구덩이 속을 향해 계속 집중사격을 가했다.

20분가량 사격을 가했으나, 무대응이라 적이 사살되었다고 판단되어 수색대를 보냈다. 과연 타다만 불구덩이 속에서 새까맣게 타버린 적 시체 세 구를 발견하였다.

아측 시체 2구와 적 시체 3구를 수습하여 귀대하였다. 나는 그날로 분대장에서 해임되었다. 중대장과 대대장도 일 계급 강등되었고 보직 해임되었다.

그러나 나의 분대장 해임은 한 달 만에 해제되었다. 소대 내에 병장과 고참 상병이 없어서 분대장 임명을 받을 자가 없었기 때문이었다.

분대장 보직에서 벗어나 좀 쉴 수 있는가 싶었더니 다시 중책을 맡은 것이다. 고도로 강훈을 받은 적 간첩전에서 아측 희생을 줄이는 방법은 뭐니뭐니해도 아군들을 철저하게 훈련을 시키는 길밖에 없다. 그리고 분대장들의 작전이 정확하고 탁월해야 하는 것이다. 이런 임무를 상병 초년병들에게 맡길 수 없다.

여름철 녹음기라 간첩들이 대거 침투하여 왔다. 나는 새 보직을 맡자마자 단번에 대 간첩전에 투입되었다. 나의 대 간첩전의 경험은 축적되어 이번에는 아측의 희생자를 내지 않고 적 간첩 2인을 그것도 생포하는데 성공하였다.

나의 대 간첩전 성공은 나에게 휴가를 주는 빌미가 되었다. 원래 이 휴가는 나의 미군부대 초상화 사업으로 아군의 사기를 진작시킨데 대해 대대장이 전화로 약속한 것이었다. 그러나 녹음철 적 간첩의 대량 침투와 아측에 희생자가 생긴 탓으로 미루어왔다.

그러나 나는 중대본부를 방문하여 나의 휴가를 좀 더 있다가 내주 도록 요청하였다. 그것은 내가 이번 휴가만큼은 태현과 날짜를 맞추 어 같이 휴가를 얻게 되기를 기대하고 있었기 때문이다. 나는 이제 군 에 대해 자신감 같은 것이 생겼다.

나는 연대본부를 방문하여 황영철 주임원사를 찾았다.

주임원사는 부대 내의 경제권을 가지고 있기 때문에 그의 낮은 계 급과는 달리 연대장, 대대장, 중대장도 무시 못하는 막강한 파워를 가 지고 있다. 그러나 그동안 그에게 무슨 아쉬운 부탁 같은 것을 단 한 번도 한 적이 없었다.

"원사님, 용건이 있어서 왔습니다."

"좋다, 용건이 무엇이냐? 이번 간첩 2인 체포는 전 대대의 사기를 높 였다. 전번 작전에서 두 명 희생은 대대에 심각한 타격을 주기는 했다 만… 연대장까지 날아갈 뻔했다. 그래 용건은?"

"이번 제가 휴가 특명을 받을 것 같습니다. 이번 기회에 일 사단에 있는 김태현 상병과 휴가 일자를 맞추어 같은 날에 받아서 같이 휴가 를 보냈으면 합니다. 저희들이 만나서 희희낙락하면서 놀자는 것이 아니고 아시다시피 김태현 상병의 집안이 그렇게 되어 그를 진심으로 위로하고자 합니다."

"네 뜻은 좋다. 그러나 타 사단의 사병 휴가날짜를 조정하기는 쉽지 않다. 공식적으로는 안되고 일 사단에 나의 군 입대 동기들이 더러 있 다. 내가 사적으로 부탁해보는 수밖에는 없다. 며칠 빌미를 달라. 가 능여부를 알려주겠다."

나는 소속 부대로 귀대하여 쉬면서 황 원사로부터 전화를 기다렸
다.

그런 어느 날 나는 인사계로부터 전화를 받았다. 외부전화였다.

"이 상병님, 외부전화입니다."

"상병, 이현웁니다. 누구십니까?"

나는 틀림없이 황 원사라고 예측하고 있었다. 그리고 나의 요구는
가능하다는 대답이 있을 것이라고 믿었다. 그런데 뜻밖이었다. 잘 짐
작이 가지 않는 목소리였다.

"현우야, 나야… 나…"

"누구십니까. 관등성명을 말씀해주십시오."

"송재갑이라고… 재갑이…"

"재갑이? 재갑이가 웬일이냐? 이거 얼마만이냐! 그래 어쩐 일이냐?
나에게 전화를 다 하고! 그래 무사히 잘 있었니? 넌 어디가 안 좋아 군
면제를 받았잖아!"

"그래 그래 잘도 알고 있구나, 나는 군 면제가 되어 잘 지내고 있다
만 군에 간 동기생들에게 는 언제나 미안한 마음이지… 그런데…"

"무슨 중요한 일이 생겼니? 말해 괜찮아! 여긴 군대니까 옆으로 샐
염려는 없어!"

나는 전혀 예상 못했던 재갑이가 전화한 것으로 보아, 무슨 큰 사건
이 발생했음에 틀림이 없다고 예측했다.

"이거 참 내가 군에 있는 너에게 이런 소식을 전해야 하는지 나로서
는 고민을 좀 했어. 하지만 네가 워낙 혜란이하고 친하게 지냈잖아…
그래서.… 도리로 봐서… 전하는 게 좋을 것 같아서…"

"무슨 소리야… 혜란이가 뭐 어떻게 되었니? 교통사고라도?"

“아니야, 혜란이가 상부(喪夫)했어… 급성간경화야.”

“혜란이가!”

“태현에게는 연락을 하지 못했어. 이 전화도 얼마 전에 혜란이가 가르쳐준 거야…”

“내가 군에 있으니 문상은 못하고, 나와 태현의 이름으로 각각 오만 원씩 좀 부탁하자. 내가 얼마 있지 않으면 휴가를 나갈 것 같은데 그때 만나자… 아이구 어째 이런 일이 다 일어나나! 혜란이는 무사하고?”

“그럼 혜란이는 무사하지… 그럼 네가 부탁한대로 할게.”

전화를 끊고 나는 잠시 동안 멍한 기분이었다. 인생은 아주 더디게 전진하다가 어느 순간에 급변하는 것 같다. 그러다가 다시 한참 동안 아주 느리게 전진하다가 다시금 급변하는 순간을 맞이하는 것 같다.

먼저 우리 대학동아리들은 일차 분화를 겪었다. 혜란과 미라는 우리, 즉 나와 태현으로부터 떨어져나가 제 갈 길을 갔다.

남은 나와 태현이가 겪고 있는 군복무는 정말 우리를 환골탈태시키고 있다. 이 시기는 우리가 상상해보지 못한 새로운 세계와의 만남이다. 하루하루가 새로운 경험과 새로운 가치관과의 조우이다.

인생에 있어서는 어떤 확언도 성립하지 않는 것이 진리이다.

송재갑의 전화를 받고 한때 멍멍하였지만 나는 사실 크게 놀라는 것과는 달리 심한 충격을 받지는 않았다. 인생의 급변에 놀라움을 금할 수 없었지만 충분히 그럴 수도 있다는 생각을 했던 것이다. 그것은 아마도 군에서 겪은 수많은 죽음과의 조우 탓일 것이다.

태어난 사람은 살아가거나 죽거나 두 가지 중 하나이다. 그 죽음이라는 것은 언제 닥칠지 모른다. 일찍 닥칠 수도 있고, 장수하여 8, 9십을 넘기고 더 오래 살 수도 있다. 그 정도의 차이이지 그것이 닥칠 것은 틀림이 없는 일이다.

나는 혜란에게 전화하여 그녀를 위로하고 싶었지만 그만두었다. 지금 이 순간 그녀에게 무슨 위로의 전화가 있을 수 있는가.

그러나 나는 혼자 속으로 울었다. 의자를 구석지로 가져가 혼자 앉아서는 소리 없이 눈물 없이 울었다. 새삼스레 혜란의 인간으로서의 정이 전해져왔기 때문이었다. 병세가 도지기 시작한 남편을 두고 그녀는 나의 미군부대 초청을 거절하지 않았지 않은가. 그때 이길수 씨의 목소리는 분명 병세가 있는 것 같았다. 신열이 있다고도 말하지 않았는가. 서울에서 중부전선 최전방이 어딘가. 교통이 편리해졌다고는 하지만 여자의 몸으로는 섣불리 결행하기 어려운 거리였다.

혜란의 상부 부음을 송재갑으로부터 받은 지 이주일이 흘렀다. 인사계에서 외부전화라면서 전화를 바꿔주었다. 원칙적으로 군부대에서는 외부로부터 걸려오는 전화를 사병들에게 바꾸어주지 않는다. 내용만을 전달해줄 뿐이다. 그러나 경조사 등 아주 중요한 내용일 때는 바꾸어주는 수가 있다.

"현우야, 나야, 나!'

"응, 혜란이! 문상을 가지 못해서 미안하구나."

"군인이 무슨 문상이야! 그런 것을 전해준 것만 해도 나는 너무 놀랐어…"

"이렇게 통화가 되었으니, 다시 한번 심심한 조의를 표한다. 나도 혼자서 구석지에 처박혀 혼자 울었어. 네가 너무 안되어서…"

"으음, 그랬구나. 너희들도 변하지 않았구나. 태현에게서는 아무런 소식이 없지만… 태현이는 워낙 그런 아이니까… 기대도 하지 않아.

군대 가면 사람이 달라진다고들 하던데… 순진해빠진 현우는 그대로
야."

"이 세상에 나를 순진하다고 하는 사람도 다 있구나… 허참! 좌우간
감사하다. 그래 미군부대는 아니지만 마음의 여유가 생기면 한번 면
회나 와라."

"아니야, 마음의 여유가 생길 턱이 있니… 프랑스에나 가서 미라나
만나 몇 달 여행하고 올 작정이야. 프랑스에는 비자가 필요 없어서 입
국수속이 간단해. 곧 떠날 거야… 인사 겸 전화했어. 태현에게도 소식
전해주라."

"아무런 소식이 없어도 나보다 태현이가 더 아파할 거야. 그는 만사
에 나보다가 더 순수하고 깊어… 내가 소리 없이 울었으면 그는 소리
없이 피를 토했을 거야. 그게 태현이야… 네 소식 전해줄게. 잘 다녀
와…"

나는 혜란과 이렇게 헤어졌다. 대한민국 육군은 그래도 외부와의
교신을 최소한으로나마 가능하게 해줌으로서 군에 가 있으면서도 세
상 돌아가는 것을 챙길 수 있게 해주는 것이다.

그러나 황 원사가 약속했던 태현과의 날짜를 맞춘 휴가는 좀처럼
허락이 떨어지지 않는 모양이었다. 근 한 달이 지나 드디어 황 원사로
부터 전화가 왔다. 연대본부로 올라오라는 것이었다.

"김태현 상병 소속 중대가 산악훈련 중이라 휴가날짜를 잡기가 어
려웠다. 훈련이 끝나자마자 네가 원하는 휴가날짜를 허락받았다. 이
번 이 상병의 휴가를 말이 날까봐 김태현 상병에게는 통고하지 않았
다. 네가 김태현 상병보다 하루 빠르다. 이것도 네가 원한 것이다. 휴
가 중 가능하다면 김월산 대령님과 곽 상사, 박 중사, 김 하사 등등 나

의 군 동기들도 한번 만나주었으면 한다. 이상!'

"감사합니다. 주임원사님!'

"너는 내일부터, 김태현 상병은 모레부터 4박5일이다. 귀대시간을 엄수하라. 특별휴가이므로 말썽이 있어서는 안된다. 가보라!'

내무반으로 돌아온 나는 밤새 용의주도한 계획을 짰다.

나는 원래 이번 휴가를 태현과 함께 함으로써 그와의 적조를 달래고 그를 한껏 위무할 작정이었다. 그것은 나로서는 오만 궁리를 다한 끝에, 4박5일간이지만 어느 한적한 곳을 정해 그가 심신을 한껏 쉬면서 그림을 그리게 하려는 복안이었다. 이 방법이 그를 가장 위하는 길이라는 생각을 했다.

그것은 곧바로 나 자신이 그러고 싶었던 바였다. 나를 견주어 그의 내면을 들여다본 것이라고나 할까. 잠시라도 그림을 그리는 것 이외에 나에게는 쉬는 방법은 없다.

그가 모처럼의 휴가를 받아 연천 산골짜기의 그 어려운 부모님의 곁으로 간다면 군인의 몸으로 어떻게 도와드릴 수도 없고 그의 고뇌를 심화시킬 뿐이라는 생각을 한 것이다.

그리고 나는 솔직히 그에게 짧은 날짜지만 그림을 그릴 수 있는 여건을 조성해 줌으로써 그가 그림에 대해 가지는 본질적인 생각이 어떤 것인지도 알고 싶었다.

이튿날 나는 부대를 벗어나자마자 버스를 타고 태현의 부대가 있는 문산지역으로 향했다. 이 지역은 서울의 관문으로 만약 어떤 위급한 사태가 벌어지면 가장 강력한 적의 집중적인 공격이 예상되는 곳이다.

이 지역은 육군 최강 사단인 일 사단의 관할지역이다.

나는 그간 모은 사병봉급과 고향의 부모님이 보내주신 약간의 잡비와 미군부대 초상화 대금 등으로 충분한 돈을 꾸릴 수 있었다.

문산에서 일산으로 택시를 달려, 한강을 건너 맞은편에 있는 애기봉 지역의 한가한 펜션 하나를 세내었다. 애기봉 지역은 한강과 임진강이 합수하는 곳으로 불과 얼마 전까지만 하더라도 민간인 출입통제 지역이었으나 최근에 해금되었고, 아름다운 펜션 등이 들어서 있었다. 좌측으로 수려한 문수산이 들어서 있어서 그 고즈넉한 분위기가 아주 좋았다.

나는 한강과 임진강이 합수되는 장면이 멀리 내려다보이는 언덕 위에 세워진 펜션을 택했다. 전망이 그만이었다. 그리곤 급히 김포로 가서 화방에 들러 캔버스와 이젤 그리고 붓과 물감을 두 벌씩 샀다. 한 벌은 태현을 위한 것이고, 다른 한 벌은 나를 위한 것이다.

나는 화구만 산 것이 아니었다. 햇반과 각종 야채, 된장과 고추장, 그리고 각종 과일을 듬뿍 샀다. 그리고 막걸리와 맥주도 샀다. 그리고 태현의 고상한 취미를 위해 와인도 샀다.

나는 장을 보기 위해 둘러본 김포의 변한 모습에 놀라지 않을 수 없었다. 옛날 대학생 시절에 강화도로 스케치여행을 가면서 잠시 들렀던 그 한적한 도시가 거대한 도시로 변했다.

오후가 되니 애기봉의 서편에 위치하고 있는 문수산의 산영이 한강의 수면에 길게 드리워져 그 장엄한 풍경은 가히 일품이었다.

이 광경을 태현이가 그림으로 그린다면 어떤 그림이 될까 나는 벌써부터 가슴이 뛰었다.

나는 내 휴가의 첫날밤을 혼자서 이 펜션에서 보냈다.

태현을 맞이할 준비를 꼼꼼히 하면서 나 자신의 앞날에 대해서도 깊은 사색을 하였다.

나는 군 복무를 무사히 마치고 제대를 하면, 대략 28, 9세가 된다. 제대 후 발령을 받아 교사가 되어 월급을 받으면 아마도 결혼을 하게 될 것이다. 누구와?아직은 알 수 없다.

너무나 평범하고 루틴한 인생의 여정이지만, 이것이 참된 인생의 길이다. 그 나이에 결혼을 하지 못하거나, 또 결혼 후에 적당한 시기에 자식을 가지지 못하면 그것보다 더 큰 인생의 좌절과 슬픔도 없다. 평범 속에서의 진리라는 것이 바로 이것이다.

그러나 나는 나의 이런 정해진 인생의 트랙에서 벗어나고 싶다는 생각을 할 때도 있다.

젊은 시절에 하지 않으면 결코 하지 못할 어떤 도약, 그리고 일탈, 나는 뭐 그런 것을 해보고도 싶었다.

잠시 교사생활을 하더라도 금방 결혼으로 가지 않고 약간의 돈을 모아 미국이나 프랑스로 그림 공부를 하러 떠나고도 싶었다. 이 방면에 일찍 머리가 튄 미라는 벌써 대학생 시절에 파리를 드나들지 않았는가. 세계 그림의 흐름을 제대로 파악하고 세계적인 화가들과 어울려 그림 공부를 제대로 한번 해보고 싶은 것이다.

내가 정말 화가로서의 기질과 천부적인 소질을 타고 났다면 이 길을 가야 할 것이다. 그러나 나는 내 가족 속에서의 나의 위치를 절대로 벗어나서는 안된다는 생각을 하고 있었다. 그것은 정년이 가까이 온 아버님의 은퇴와 맞물려 있었다.

휴가를 나온 태현이가 과연 연천 자기네 집으로 직행하지 않고 나의 권유대로 여기로 올지도 의문이었다. 그러나 나는 왠지 그가 나의 권유를 받아들여 여기로 올 것만 같았다.

자식이 휴가 나오기를 손꼽아 기다리시는 청양 부모님에게는 휴가 마지막 날 가 뵙겠다고 전화를 해 놓았다. 나는 다행히도 언제 어디서나 쓸 수 있는 핸드폰을 가지고 다닌다. 물론 영내에서는 쓸 수 없다. 그것이 울리지도 않게 조작해 버린다. 그러나 오늘처럼 외박을 나오면 즉시 개통하여 쓸 수 있도록 한다. 그래서 언제나 전혀 사용하지 않는 달에도 기본요금은 부과되는 것이다. 고향의 부모님들이 그 전화 기본요금을 내어주고 있다.

대략의 준비를 마친 나는 우선 나부터 그림 그리기 시범을 해 보았다. 황혼이 깔려있는 한강 하류의 풍경을 캔버스에 그려가기 시작했다. 황혼 무렵이라 시야가 투명하게 활짝 열려있지는 않았지만 그런대로 특이한 자연의 색채미가 있어서 나의 붓은 재빠르게 움직였다.

나는 낯선 곳에서의 특이한 하룻밤을 꿈결처럼 보내고, 이튿날 일찍 택시를 불러 타고 태현네 부대 앞으로 갔다. 부대의 정문 초병이 교체되는 9시경에 부대 앞에 나타났다.

시간이 되자 영내 깊은 곳 막사 사이에서 어깨에 배낭 같은 것을 걸쳐 멘 사병 하나가 나타나 정문 쪽으로 걸어오는 것이 시야에 잡혔다. 그러나 거리가 멀어 그가 누구인지는 알 수 없었다. 하지만 나는 그가 태현임을 알아볼 수 있었다. 내가 손을 흔들었으나 그는 물론 나를 알아보지 못했을 것이다. 아무런 반응이 없었다.

드디어 정문초소까지 온 그는 간단한 수속을 마치고, 경계철망을 열고 나왔다. 이제 잠시나마 군인세계에서 해방된 것이다. 헌병이 아니면 어느 누구도 그와 나의 신체적 자유를 구속할 수 없다.

나는 태현을 향해 여러번 손을 흔들었으나 그는 계속 외면했다. 설마 그 시간에 내가 거기에 서 있으리라고는 꿈에도 생각하지 못했을 것이다.

길거리로 나온 그는 남쪽 5백 미터쯤에 있는 버스정류장을 향해 천천히 발걸음을 옮겨 놓았다. 그제사야 나는 그의 뒤를 따라가면서 그를 불렀다.

"태현아—"

"…"

길 건너편에 서 있던 나와 정문을 막 벗어난 그 사이에 마침 버스 한 대가 휙 지나갔기 때문에 그는 나의 부름을 듣지 못한 듯했다.

"태현아—"

두 번째 불러서야 그는 걸음을 멈추고 뒤를 돌아보았다. 한참 동안 나를 바라보았다. 아직도 나의 존재를 알아차리지 못한 듯했다. 드디어 그가 나를 향해 걸음을 옮겨 놓았다. 나를 인지한 것이다. 그는 천천히 손을 흔들었다.

"현, 현, 현우 아니야—"

그는 아주 조그맣게 나의 이름을 불렀다. 우리는 얼싸안지는 않고 두 손을 마주 잡았다. 그 순간 알 수 없는 감격이 내 가슴을 밀고 올라왔다. 이 섬세하고 가녀린 기질의 소지자인 그가 군대생활을 그래도 망치지 않고 해내는 것이 신기하고 기특했다. 그는 역시 연천 사람이었다. 나는 그가 지구를 뒤덮은 빙하기를 이겨내고 살아남은 연천 사람의 DNA를 가지고 있을 것이라는 생각을 하는 자신을 발견하고는 웃었다. 그러나 그는 너무나 말라있었고, 피부가 흑인처럼 그을려있었다.

"너 죽지 않고 살아있었구나…"

"죽기는… 무슨 전쟁 중이야… 죽게… 그런데 여기는 웬일이야?"

"웅 너 휴가에 맞춰서 내 휴가를 냈어… 널 만나려구…"

"뭐? 그게…?"

"자 나중에 얘기하자. 일단 저기 화석정으로 가서 물 좀 마시고 잠시 한강을 보면서 쉬자꾸나."

"그래…"

우리는 다시금 방향을 북쪽으로 바꿔 마구 달렸다. 다시금 부대 앞을 지났다. 약 3백 미터 정도밖에 안되는 거리였다. 화석정에 닿으니 시원한 강바람이 불어왔다. 강을 하염없이 바라보던 태현이 화석정 정자 옆 잔디에 등을 대고 눕더니 마구 데굴데굴 굴렀다. 그리곤 등을 땅바닥에 비벼대기도 했다.

"태현아 뭐하는 거니?"

"군대 때를 벗겨내기 위해 잔디바닥에 문지르는 거야…"

"군대 때?"

"그래… 사람을 살인도구로 취급하는 곳이잖아!"

"허참!"

나는 기발한 태현의 행동에 기가 찼다. 그는 어디로 보아도 남다르다.

"태현아, 내가 갑자기 나타나 놀랐지?"

"웅 그래, 어떻게 된 노릇이야? 너무 놀랐어… 널 죽 생각은 하고 있었지만 이렇게 만나게 될 줄은 정말 몰랐어."

"우리 부대에 황 원사 있지 왜? 곽 상사 동기라는 사람 말이야. 그분이 만들어줬어. 부탁은 내가 했구…. 군 생활 2년이 너무 길어 너를 꼭 한번 만나고 싶었어."

"만나봐야 무슨 뾰족한 수도 없는데… 나 같은 놈을 만나서 뭘하겠냐! 나는 너무 미안해…"

"내가 만든 이벤트가 있어!"

"이벤트라니? 뭔데?"

"저기 언젠가 우리 학생 때 강화도 스케치여행 가다가 김포에 들렀고 문수산성 본다고 거길 들린 적이 있었잖아? 그때는 민간인 통제지역이던 애기봉 일대가 개방되어 별장이나 펜션 같은 것들이 들어섰어. 거기다가 우리 둘이 나흘간만이라도 실컷 그림이나 그리자고 펜션을 한 채 빌려놨어. 부모님 방문은 휴가 마지막 날 귀대 길에 하기로 했어. 괜찮지?…"

"야 내가 너 뭐하자는 거 거절한 적 있니? 나는 언제나 오케다! 인수봉, 거리전시… 그 별장 경치 좋구 그림 그리기가 좋아? 나도 막상 휴가를 받았지만 나흘간을 보낼 데가 마땅찮아 고심하던 중이었어. 역시 이심전심이야…"

우리는 마침 관광객을 태우고 들어온 택시를 받아 타고 애기봉으로 향했다. 문산 화석정에서 김포지역 애기봉까지는 결코 먼 거리가 아니었다. 옛날 같으면 김포대교 이외에는 건너는 다리가 없어서 나루터에서 삯배를 이용하여야 했지만 최근에는 한강에 수많은 다리가 놓여져 월강이 아주 수월해졌다.

"어디서 봐도 문수산이 우뚝하군… 꽤 높은 산인 모양이지?"

"그리 높은 산은 아니야. 산이 높아 유명한 것이 아니라 문수산성이 있어서 유명한 것 같아. 고종 때 강화도를 장악한 프랑스군이 한양으로 쳐들어오다가 문수산성 양헌수 부대에 깨졌어.”

우리가 펜션에 도착하니 거의 점심 때가 되어있었다. 방 두 칸 거실 하나 부엌이 딸린 서른 평 펜션의 내부 공간에는 햇살이 가득 들어와 있었다.

“야 너는 벌써 시작했구나… 그림솜씨가 군에 가서 더 발전한 것 같구나…”

“준비를 위해 하루 먼저 왔었어…”

나는 민생고를 해결하기 위해 라면을 끓이고 햇반을 데웠다. 그리고 된장찌개도 끓였다.

우리는 잔 가득히 맥주와 막걸리까지 부었다. 펜션이라는 데는 없는 것이 없이 갖추어져 있었다. 와인잔도 가지런히 갖추어져 있어서 그것도 두 잔 가득히 채웠다.

“야 군에 가서 모진 고생을 하면서도 안 죽고 살았더니 보람이 있군… 이런 행복한 순간이 기다리고 있을 줄이야 어떻게 알았겠니!”

“네가 기분 좋아하니 나도 기분 좋다! 자 부라보 하자!”

“뭘 위해?”

“우리의 젊음을 위해!”

“그리고 또 무엇이 있을 것 같아…”

“우리들의 4년간의 짝궁 혜란과 미라를 위해!”

“걔들은 우리를 버리고 도망친 아이들이잖아!”

“아니야, 우리가 붙잡지 않았을 뿐이야. 도망치라고 길을 열어준 거야!”

“그래, 혜란과 미라를 위해서 부라보!”

우리는 막걸리잔과 맥주잔, 그리고 와인잔을 계속 비웠다. 그럴 때마다 부라보를 했다. 그러다가 나는 흠칫 놀라고 말았다. 태현의 눈에서 눈물이 흐르고 있지 않았던가. 하지만 나는 무슨 말이든 할 수 없었다. 그가 왜 눈물을 흘리는지 그 이유를 금방 파악할 수 없었기 때문이었다.

"왜 우니?"

나는 가볍게 지나가는 말투로 물어보았다.

"몰라, 나도 모르게 눈물이 났어. 어떤 특별한 이유가 있는 게 아니야…"

그의 대답은 참 싱거웠다. 이유 없이 눈물이 나올 턱이 있나. 태현은 숟가락을 놓자마자 와인병을 들고 캔버스 앞으로 가서 붓을 잡았다. 그는 이젤을 건물 밖으로 옮겨 그늘에 설치했다. 그리곤 가끔 와인을 마시면서 그림에 열중했다. 나는 거실에서 한강을 그렸다.

시간이 흘렀지만 태현은 꿈쩍을 않고 그림을 그렸다. 그는 오직 와인을 마실 때만 잠시 쉬는 것 같았다.

짧은 오수였지만 나는 꿈을 꿨다. 나는 이름 모를 봉황을 타고 한강 수면 위를 날았다. 엄청나게 날개가 큰 새였다. 그 새는 창공과 수면 위를 마구 휘저으며 날았다. 새가 급강하할 때 그 스릴감에 나는 잠을 깼다. 군에서는 낮잠을 허락하지 않는다.

언젠가 태현이 나에게 말한 적이 있다. 밤은 화가에게는 지옥이라고. 왜냐하면 밤에는 색채가 없기 때문이라는 것이었다. 그래서일까, 태현은 밤에는 일찌감치 잠자리에 든다.

잠이 깨어 시계를 보았더니 4시를 지나 있었다. 그런데 태현이 잠들어있던 자리가 비어있어서 그를 찾았더니 그는 마당에 나가 바다가 바라보이는 잔디 위에서 참선의 자세를 취하고 있었다.

"태현아 뭐하니?"

"응, 그래. 새벽을 기다리고 있어."

그는 어둠 속에서 색채의 세계가 움트기를 기다리고 있는 것이다.

한강의 상류쪽이 부윰하게 밝아오자 그는 벌써 붓을 들고 그림을 그리기 시작했다.

나는 다시 새벽잠이 들어버렸고, 다시 눈을 떴을 때는 9시를 지나 있었지만 그는 꿈쩍도 않고 아침 바다를 그리고 있는 것이 아닌가. 그림은 완성단계에 와 있었다. 놀라운 일이다.

나는 오후 늦게 그를 김포로 데리고 나갔다. 맥주도 마시고, 노래방에도 가보고, 극장에도 가볼 작정이었다. 젊디젊은 우리에게 휴가란 영내생활에서 강요당한 금욕생활에 성적인 일탈을 허락하는 시간이라는 측면도 있을 것이다.

나는 여건이 조성되면 소위 말하는 2차라는 곳에도 가볼 작정이었다. 우리가 무슨 토굴 속에서 수도하는 고승은 아니잖는가.

"태현아, 저녁은 좀 나가서 먹자. 김포로 나가 근사한 식사나 하자. 노래방에도 가보구. 강화도로 가도 좋구. 제2강화대교가 놓였고, 섬 남단에는 초지대교가 놓였어. 김포가 대도시로 변했구. 세상이 너무 달라진 거야."

"그림을 좀 더 그리고 싶지만 그것도 괜찮아."

김포의 번화가를 찾아 갔더니 젊은이들이 넘쳐났다.

"그래 그러지 뭐… 그런데 왜 그렇게 말을 어렵게 하니?"

"네가 어려워서… 너는 참 괴짜잖아!"

"내가 괴짜라구! 내가 보기로는 네가 괴짜다야! 너는 남이 하는 짓을 하지 않구 너가 스스로 생각한 것만 하잖니! 우리가 여기 애기봉에 온 것도 그렇구! 그러니 너도 괴짜지!"

"우리 괴짜끼리 만났구나… 하하하하."

"하하하하…"

우리는 오래간만에 배꼽을 잡고 웃었다. 당겨진 활의 시위처럼 언제나 팽팽한 긴장감을 느끼게 하는 태현이다. 그러기에 같이 뒹굴며 같이 그림을 그렸던 4년간이었지만 그는 나에게 언제나 어려운 존재이다. 그에게 사실 농담 한마디 제대로 해보지 못했다.

나는 이 기회에 그에게 혜란의 상부 소식을 말해 버릴까 하는 생각을 했다. 그러나 역시 그만두는 것이 좋다는 판단을 했다.

우리는 정신없이 노래를 불렀다. 사실 노래라고 제대로 가사를 알고 부를 수 있는 것이 없었다. 사장이란 자가 노크를 하더니 문을 열고 얼굴을 디밀었다.

"군인 아저씨들… 노래 기똥차게 잘하는 여대생 도우미 넣어 드릴까요?"

"여대생 도우미…"

나는 태현의 의사를 떠보았다. 그는 웃음 띤 얼굴로 고개를 끄덕거렸다. 만사에 까다롭기 짝이 없는 그가 그런 제의를 오케이 할 턱이 없는데 말이다.

들어온 두 아가씨들은 자기소개를 하였다. 그리곤 마이크를 받아 노래를 부르기 시작했다. 과연 기차게 노래를 잘 불렀다. 아주 노래의 분위기 자체가 달랐다.

"야 너들 정말 노래 잘한다. 너들 2차도 가니?"

"그럼요."

“태현아, 노래 끝나고 애들 데리고 나가면 어떨까…”

“억지로는 하지 말어. 너 나를 위해 억지로 하는 것 같아.”

태현은 웃으면서 부드럽게 말했다. 나의 제의를 거절한 것이다.

나는 조금 머쓱하였다. 내가 무슨 이런 일에 이골이나 나 있는 사람처럼 거짓 행동을 한 것이 그에게 들통이 나고 만 것이다.

태현은 노래방의 시끄러운 공간과 복도에서 벗어나 나를 건물 외부 조금 조용한 구석으로 데리고 갔다.

“미안하구나… 실은 현우아, 찾아온다는 사람이 있어서 그래… 섭섭하게 생각하지 말어.”

“…”

찾아온다는 사람이 있다니, 무슨 말인가. 나는 의아하지 않을 수 없었다.

“오늘 아침 너가 잠들어 있을 때, 통화가 되었어. 펜션 사무실 전화를 이용했어. 의아하게 생각하지 말어… 내가 부대에 있을 때 면회 온단 한 사람이야… 너도 알만한 사람이야…”

“내가 알만한 사람이라고?”

“거 왜… 졸업전할 때 우리 그림을 사준 사람 있었잖아? 그 사람이야. 대단한 그림수집가더라고… 그 사람 우리의 입대사실을 알고 있었고, 소속부대도 알고 있더라고…”

“어떤 사람인데?”

“여성분인데 서른 살 중반은 넘은 것 같던데… 그림수집이 취미이고 남편이 남긴 유산으로 취미생활을 하고 있다고 하더라. 그분 만나면 그림 한 점 드리려구 열심히 그린 거야. 그런데 혹시 네가 원하지 않으면 오시지 말라고 할 수도 있어…”

"아니 아니 그거 대단히 중요해… 걱정하지 말어."

우리는 밤 12시가 넘어서 숙소로 돌아왔다. 이튿날 새벽 나는 부인에게 나의 그림도 증정하겠다는 의사를 표시하고는 펜션을 떠났다. 태현은 담담한 표정이었다.

제9장

충격적인 비극

세 번째 휴가를 좀 색다르게 보낸 후 나는 귀대하였다.

상병은 사병계급의 핵심이라 다른 계급과는 달리 8개월간이었다. 그래서 그해 여름을 보내고도 나는 여전히 상병을 달고 있었다. 그러니까 내가 병장 진급을 눈앞에 두고 있으니 이제는 고참병에 속했다.

고참병이라 해서 부대 정문 보초나 군사분계선 초소경비를 면제해 주는 것은 아니지만 여러 가지로 편의를 볼 수 있었고, 한마디로 말해 군 생활이 그만큼 편해졌다. 장교가 없는 사병들만의 세계에서는 왕초가 되어가고 있었다.

그러던 어느 날 연대본부에서 황영철 주임원사로부터 긴급 전화호출이 있었다.

"이현우 상병, 황영철 주임원사님 전화 받으라."

"네, 상병 이현웁니다."

“지금 중대장에게 보고하고 연대본부로 잠깐 올라오라. 긴급사항이
다.”

“네?”

이런 지시사항에는 이의 같은 것이나 질문은 용납되지 않는다. 빨
리 행동에 옮길 수 있을 뿐이다. 중대 운송계에서 지프가 제공되었다.
50리쯤 후방으로 있는 연대본부로 달려갔다.

뭔가 심상찮은 일이 벌어진 것이 틀림이 없었다. 황 원사의 집무실
주변에는 알 수 없는 긴장이 서려 있었다.

“놀라지 말고 잘 들으라! 내 말을 들을 준비가 되었나?”

“네! 무슨 명령이건 이행할 마음의 준비를 했습니다. 하명해주십시
요!”

“으음, 고참 상병이니까 군인이 제대로 되었겠군! 네 친구 김태현
상병의 부모님이 어젯밤 권총자살하였다.”

“넷?!…”

나는 놀라움과 탄식을 섞어 대답을 했으나 정신이 제대로 돌지 않
았다. 나 자신에게 다시 자문해 보았다. 누가 뭐 어쨌다구?

“네! 알겠습니다!”

“이 사건이 공적으로는 이 상병과는 아무런 관련이 없다. 그러나 이
상병과 김 대령의 아들 김태현 상병과의 학우관계를 나는 잘 알고 있
다. 그리고 고인은 바로 우리 연대의 연대장을 지내신 분이시다. 그래
서 연대에서는 이 상병을 포함한 조문단을 보내기로 하였다. 빈소는
연천 시내에 있는 개인병원이고, 화장 후 월남전 참전용사이므로 대
전 현충원에 안장될 것이다. 현충원까지 호상하고 무사히 장례를 치
르도록 적극 협조하라. 빈소와 장지에는 고인의 옛 부하들이던 곽 상

사, 박 중사, 김 하사 등이 대기하고 있을 것이다. 휴가는 앞으로 사흘, 사흘장에 맞춘 것이다. 사흘 후에 귀대하라. 이상, 지금 당장 출발하라.”

“네, 주신 임무 충실히 이행하고 귀대하겠습니다.”

나는 거수경례를 하고 황 원사의 집무실을 벗어났다. 그리고 나는 얼른 집무실 건물 뒤로 돌아가 공터구석에 쪼그리고 앉아 정신을 가다듬었다. 이제 나는 언제부터인가 사람이 죽었다는 사실에 대해서는 절대 놀라지 않게 되었다고 믿고 있었다. 시체를 보는 것에 이골이 난 터였기 때문이었다.

전선에는 가을이 오고 있었다. 군사도로에서 건너다보이는 병촌(兵村)에는 단풍 든 감나무 가지에 붉은 감들이 매달려 있었다. 나는 줄곧 이렇게 되면 태현은 어떻게 되는지를 생각했다. 그가 이렇게 큰 위기를 잘 견디어 낼는지가 가장 큰 걱정이었다. 잇따른 그의 가정적인 위기는 운명이라고 보기에도 너무 가혹하였다.

연천 어느 시내 병원 빈소에서 나는 태현과 함께 하룻밤을 보냈다. 나는 그를 먼눈으로 지켜볼 수 있을 뿐 다른 무슨 위로의 말도 할 수 없었다. 그는 찾아오는 조문객을 맞이하느라 정신이 없었다. 고인의 군대 동료들과 정치인 시절의 친구들 그리고 그를 잘 아는 연천 군민들의 발걸음이 끊이지 않았다.

상주인 태현의 형인 태식 씨의 모습은 보이지 않았다. 누군가가 옆에서 수군거렸는데 모종의 비리사건으로 복역 중이라는 말을 했다. 빈소의 일은 태현에게 맡기고 태현의 형수되는 분이 문상객들을 접대하는 일을 맡았는데 손이 모자라 일이 제대로 돌아가지 않았다. 그렇다고 군복을 입은 우리가 나설 수도 없는 일이었다.

나는 인솔 장교와 상의하여, 군복을 벗고 접수를 보고 문상객들을 맞이하는 일까지 하였다. 황 원사의 명령이 적극적으로 장례절차를 도우라는 것이었다. 우리가 아무리 군인 신분이지만 민간인 장례식을 군복 입은 채로 도울 수는 없었다.

연천 토박이인 태현네는 핵심 가족은 숫자가 아주 적었다.

고인이 비참한 최후를 맞았지만 그래도 생시에 실인심하지는 않았는지 문상객들이 적은 편은 아니었다. 그러나 친인척이 아닌 이상 연달아 이틀이나 빈소를 찾는 경우는 거의 없는 법이다.

그런데 그런 여성 문상객이 한 사람 있어서 나의 눈길을 끌었다. 망자들의 영정 앞에 서서 분향객들을 맞이하는 태현에게 연 이틀이나 문상하면서 깊은 조의를 표하고 진심의 위로의 말을 건네는 것이었다. 옷차림새나 얼굴에서 풍기는 인상이 격조 있는 귀부인으로 느껴졌다. 섬세하게 다듬은 옷매무새와 얼굴을 하고 있었다.

그녀는 상주에게 예를 차린 후 문상객실로 옮겨 아무런 말없이 내오는 음식에는 손도 대지 않은 채 한참동안 앉아있다가는 자리를 뜨곤 하였다.

대전 현충원에 고인을 모시는 날에는 일찍 서두르지 않으면 안 되었다. 벽제화장장에서 고인의 골분을 받아서 영구차로 모시고 대전 현충원으로 가서 안장식을 해야 하기 때문이다.

나는 벽제 화장장에서도 대전 현충원에서도 이 여인의 모습을 볼 수 있었다. 그제서야 나는 이 여인이 어쩌면 태현과 나의 그림을 졸업전에서 익명으로 사간 사람이 아닌가 하는 생각이 들었다.

그렇다면 이 여인은 나와도 결코 무관할 수는 없었다. 이름 없는 대학생의 졸업작품을 그런 고가로 구입해주는 사람이라면 대단한 은인이다. 그리고 나는 그녀에게 수개월 전 애기봉 펜션에서 미완성인 그림을 태현을 통해 증정하지 않았던가.

　귀대한 후 나는 며칠 밤을 뜬 눈으로 보냈다.

　연대 원사님에게 부탁하여 휴가를 요청하였으나 불허되었다. 대학 동기생 부모의 사망은 휴가요건이 되지 않는다는 것이었다.

　결국 극도의 신경쇠약증세를 보인 나는 밤과 낮을 분간하여 잠을 잘 수 있는 기능을 잃어버리고 미몽 간을 헤맸다. 결국 나는 사단 의무실에 실려가 며칠간 침대생활을 했다. 규칙적으로 수면제를 투여하여 수면기능을 제대로 잡아주는 듯했다.

　그러나 나의 수면기능은 정상으로 회복되지 않았다. 나는 결국 고양 육군병원으로 실려 왔는데 나 자신도 나의 의식 상태를 제대로 의식하지 못하는 파김치가 되어있었다.

　나는 근 한 달의 입원생활을 했다. 나는 병상에서 병장 진급 명령을 받았다.

　한 달여간의 입원생활 후 나는 조금씩 밤에 잠을 자게 되었다. 엉망진창으로 헝클어졌던 수면기능이 제 자리로 돌아온 듯했다.

　그제서야 나에게 면회가 허락되었다. 고향에서 부모님이 다녀가셨다. 늙으신 부모님의 얼굴에서는 수심이 가득하였다.

　어느 날 곽 상사 일행이 문병을 왔다. 나는 그들에게서 태현의 소식을 전해 듣게 되었다.

　"이 병장, 너무 걱정하지 말라. 한 여자가 태현이를 돌보고 있어야… 그래서 세 끼니 밥은 제대로 챙겨 먹나 봐."

　"어떤 여자가… 누군지 알만한 사람입니까?"

“모르는 사람이야. 사나흘에 한 번씩 찾아와서 청소도 하구 밥도 해주구 그러나봐… 참, 태현이 의가사제대 특명을 받았어.”

“그래서 태현이 어디서 기거합니까?”

“걔가 갈 데라곤 그 골짜기의 통나무집뿐이야. 그 사건이 난 곳이지만 어디 갈 데가 있어야지… 그래도 태현이는 두 채 통나무집 중에서 위채를 사용하고 있어서 사건 현장은 아니야… 태현이가 부탁하길래 나하고 박 중사 그리고 김 하사가 가서 일이 터졌던 아래채를 허물어 버렸어.”

“위채도 오랫동안 손을 보지 않아 천장에 비가 샐 텐데…”

“비 새는 정도가 아니야. 지난 여름에 홍수가 나서 계곡에 물이 불어 허물어질 뻔했어. 그래서 우리가 그 집을 다시 손을 보았어.”

“감사합니다. 그래 이제 태현의 의식주는 괜찮은가요?”

“자리에서 일어나지 못하더구만… 아버지를 돌보았듯이 이제는 아들을 우리가 돌보고 있어… 가끔 그 여자와 마주치기도 하는데 아는 체를 안하더군… 아는 거 있어?”

“글쎄요. 태현의 그림에 관심을 가진 그런 여성이 한 분 있는 것으로 아는데 그 분이 바로 그 분인지 얼굴을 본 적이 없어서 잘 모르겠네요.”

“참 걱정이야. 태현이가 그림을 잘 그린다고 소문은 나 있지만 그림 그려갖고 먹고 살 수가 있나… 그런 뜨내기 여자가 태현의 처지가 하도 딱해서 당분간은 돌보아준다고 하지만 그런 신세가 되면 멀쩡하던 마누라도 도망가는 세상인데 며칠이나 가겠어… 우리도 그래. 대령님이라면 몰라도 아들까지 돌볼 수는 없는 일이야.”

나의 관심은 태현이가 고립무원에 빠지는가이다.

어떤 여인이 태현을 돕고 있다고… 모르는 소리다. 그런 미담은 신문 사회면의 온정기사감으로는 유효하다. 그러나 현실 속에서 범인이 그런 경우를 만나는 것은 거의 불가능하다.

현실이 아니고 생각으로는, 이혼했거나 사별한 여유있는 여인이 그림에 상당한 소양과 취미가 있어서, 그림에 타고난 소질을 가진 젊은 화가가 경제적인 어려움과 집안의 끔찍한 비극으로 실의하여 그림을 잊고 몰락의 인생을 사는 경우 그를 돕는다는 것은 가능하다. 그러나 현실 속에서는 그것이 참으로 어렵다.

인간 삶의 현실은 그만큼 어려운 것이다. 왜냐하면 한 사람이 자신의 삶을 이끌어가는 데에는 정말로 장담하기 어려운 잡다한 요소들이 복합적으로 작용하기 때문이다.

나는 얼핏 이와 같은 이유를 들어 나 스스로에게 그 여인의 존재감을 부인하였다.

"선배님들의 생각은 너무나 당연합니다. 태현을 위해서 연탄을 사고 쌀을 사고 하지 마십시오. 내가 태현의 친구니까 정 어려우면 내가 하겠습니다."

"… 네가…"

나를 둘러싸고 있던 연천골 특전사 제대노병들은 혀를 차면서 나를 내려다보고 있었다. 그들은 내가 친구를 끔찍히 챙긴다는 사실은 알고 있었다. 그러나 지금 이 순간에 그런 소리를 하리라고는 짐작하지 못한 것 같았다. 다들 눈을 휘둥그레 뜨고 나를 바라보았다.

"우리 대학 4년 동안 같이 붙어 지냈고, 제대 후에도 일생 같이 그림쟁이를 하면서 살 것 같습니다. 그러니 모른 척할 수 없지요."

"제대 후에도 같은 일을 한다… 그러면 안 떨어지고 살 수도 있어…”

곽 상사가 말했다.

“사람이 피붙이라서 만나는 게 아니야, 먹고 사는 일이 같으면 찰떡이 되지.”

박 중사가 거들었다.

이들의 말 속에 진리가 있는 것 같았다.

내가 그림을 포기하고, 태현이 그림을 그리지 않는다고 가정하는 것 자체가 불가능하다.

그러나 나는 이런 나름대로의 결론을 내렸음에도 불구하고 가끔 와서 태현을 도와준다는 그 여성의 존재에 자꾸만 신경이 쓰였다.

그녀의 도움으로 태현이가 이 헤어날 길 없는 충격에서 벗어나서 다시금 화가로서의 삶의 리듬을 되찾을 수 있다면 그녀를 경계해야 할 하등의 이유도 없는 것이다.

“그 여성분이 태현을 잘 도와줄 것입니다.”

“그 여자가! 누군지도 모르는데…”

곽 상사가 한마디 했다.

“친구로서 돕는다고 하더니… 이제는 그 여자가 돕는다고 하니?”

박 중사가 덧붙였다.

“두 사람이 함께 도우면 더 좋지 뭘 그래…”

김 하사가 말을 덧붙였다. 그들은 그래도 자신들을 대신해 고립무원에 빠진 태현을 도우려는 사람이 둘이나 있어서 다행이라면서 병원을 떠났다.

곽 상사 일행이 가르쳐준 그 여성의 존재를 인식한 탓이었을까, 나는 충격과 태현에 대한 우려의 감정에서 많이 벗어났다. 그래서 나는 다소 안정된 기분으로 퇴원하고 본대에 복귀하였다.

나는 그 여성에 대해 우려와 믿음의 감정이 엇갈리는 가운데 일단은 그녀가 있어서 태현이가 다소마나 편의를 제공받을 수 있다면 부정적일 필요가 없다는 결론을 내렸다.

제대 6개월을 앞둔 병장으로서의 군 영내 생활은 남자의 일생 중 가장 빛나는 시기일지도 모르겠다. 후임병들의 절대적인 복종과 존경을 한 몸에 받으면서 모든 면에서 부족함이 없는 최고의 권위와 힘의 절정에 서기 때문이다. 군에는 다섯 개의 장(長)이 있다는 말의 진정한 의미를 알만했다.

그러나 나는 좀처럼 휴가를 받을 수 없었다. 겨울로 접어든 전선에는 눈이 깊게 그리고 높게 쌓였고 그 눈구덩이를 뚫고 간첩의 침투가 잦은데다가, 가까운 해안에서도 적의 도발이 잦아 전군에 비상대기령이 내려져 있었기 때문이었다.

소집되어 훈련소에서 훈련받고 군복을 입고 자대에 배치되어 총을 메고 근무한다고 군인이 다 된 것이 아니었다. 군인정신이 제대로 박히느냐가 참으로 중요하다는 생각이 들었다.

그런 정신 탓이었을까 나는 휴가를 기다리면서도 태현의 존재를 조금은 덜 의식했다. 조금은 강해졌다고 할 수 있을지도 모르겠다.

크리스마스를 며칠 앞두고 기다리던 휴가가 나왔다.

나는 눈구덩이를 헤치고 철원 포천을 거쳐 연천으로 왔다. 연천 지방에도 폭설이 내려 거의 모든 도로가 교통이 차단된 상태였다.

연천군은 지독한 산악의 지역이지만, 임진강과 한탄강이 시내 한복판에서 합수하고 동북방 산악에서 연원하는 아미천과 차탄천도 시내에서 합수하는 물의 도시이다. 그 탓으로 이 도시는 여름에는 안개에,

겨울에는 지독한 눈구덩이 속에 파묻힌다. 물과 안개와 눈의 고장이다.

나는 하는 수 없이 작년 겨울처럼 터미널에서 곽 상사를 찾았고, 그분 동료들의 도움을 받아 트럭으로 태현의 겨울 골짜기를 찾아갔다.

눈구덩이를 헤치고 간신히 찾아간 그 겨울 통나무집은 역시 눈 속에 파묻혀 흔적조차 찾기가 쉽지 않았다. 언젠가 곽 상사가 전해준대로 아래채는 흔적도 없이 사라져 버렸다. 눈 속에 파묻힌 위채에는 사람이 살고 있는 흔적이라곤 없었다.

"아니, 이럴 수가 있나… 태현이 이 아이 여기 아니면 이 세상 어디에도 갈 데가 없는데…"

곽 상사가 중얼거렸다.

"여기 이 지독한 골짜기에서 겨울에 얼어 죽기 딱 알맞지… 어디론가로 피신했을 거야."

박 중사가 말했다.

"그럼 어디로 간다면 내한테 말이라도 할 텐데…"

"말은 무슨 말… 우리가 자기를 찾아보지 않는데 걔가 무슨 이유로 우리를 찾아보겠어."

나는 어디 그가 갈만한 곳으로 짚이는 데가 없었다.

그래서 손을 털고 그 골짜기를 벗어나 연천으로 나왔다. 몸을 녹일 겸 삼겹살집으로 들어가 막걸리를 마셨다. 잔을 비우면서 곽 상사는 이런 말을 했다.

"워낙 자존심이 센 집안이고, 모든 일에 주저하거나 치사한 방법을 강구하는 피가 아니라 나는 은근히 걱정되네… 혹시 그 아비에 그 아들이 아닐까."

"무슨 그런 소리를 다 해… 젊디젊은 친군데…"

"태현이가 군에 좀 더 있어야 하는데… 이현우 병장을 좀 보라구. 군인 냄새가 솔솔 나잖아… 저기 나의 생각인데 의정부에서 법무사하는 문중 땅 관리한다는 친척을 한번 찾아가봐! 그 작자 빼놓고는 태현의 소식을 알만한 사람은 없어."

"나도 그런 생각을 했어… 그럼 지금 당장 가보지 뭐. 겨울 해가 짧지만 아직 4시밖에 안되었으니 여기서 한 시간도 안 걸려."

우리는 짧은 겨울 해에 쫓겨 막걸리잔을 비우자마자 트럭을 몰아 의정부로 향했다. 연천에서 의정부까지는 차로 한 시간이 채 안 되는 거리다. 다행히 곽 상사가 태현의 친척의 이름을 알고 있어서 그의 법률사무소를 쉽게 찾을 수 있었다.

"총무님, 안녕하십니까? 김월산 대령 밑에서 일하던 곽가입니다."

"아이고, 곽 상사님. 이 눈구덩이 속으로 웬 일이십니까? 아무 연락도 없이… 그 터미널에 그대로 있다고 들었는데…"

"네, 주인은 바뀌었지만 목구멍이 포도청이라 그대로 붙어서 살고 있습니다. 그런데…"

"무슨 용건이신가요? 말씀하세요. 김월산 씨 채무 건은 다 해결이 난 것으로 알고 있는데…"

"그야 그렇지요. 하지만 고인의 막내아들인 태현이라고 있지 않습니까. 군에서 제대하여 그 골짜기 통나무집에서 살고 있었는데, 여기 이 병장이 대학동기생인데 휴가 나왔다가 만나러 갔더니 그 집에 살지를 않습니다…"

"아, 그래요. 지난가을까지만 해도 살고 있었는데… 사실 거기에 조금 문제가 있었습니다. 김월산 씨가 연고권을 가지고 살 수 있는 집은 그 집이 아니라, 멸실된 바로 그 사고가 난 집이었습니다. 위채 건물은 김월산 씨 가에서 임의로 지은 것입니다. 국토청에서 항공사진에 나오는 집하고 이 위채하고 다르다고 하면서 정밀조사를 나오겠다고 하는 것을 내가 나서서 그 집을 아래채 집을 대신하는 연고권을 인정받도록 노력해서 성사시켰습니다. 연고권이 인정된 것만 해도 내가 얼마나 힘이 들었던지 유족들은 나의 노고를 알아주어야 합니다. 이런 내용을 통고해줄 때까지만 해도 군에서 제대한 둘째 아들이 몸져 누운 채 그 집에 혼자서 기거하고 있었는데 그 후로는 나도 거기를 가보지 못했습니다."

"그런데 지금은 그 위채 집에 아무도 살지를 않습니다. 아래채는 아주 없어진 지 오래되었고. 거기에 살던 둘째 아들이 어디로 갔는지 혹시 알 수 없을까요?"

"저로서는 무슨 방도가 없습니다. 면사무소에 가서 그 번지로 현거주자가 누구인지 알아보시고 그 사람이 어디로 주민등록을 옮겨갔는지 알아볼 수는 있을 것입니다. 집은 멸실되었지만 아마도 지번은 아래채로 되어 있을 것입니다. 그 점도 고려하여 알아보십시오. 항간에 나에 대한 오해가 있어서 김월산 씨 생시에 내가 문중 땅 문제로 그분을 괴롭힌 거로 되어 있습니다만 전혀 실상은 다릅니다. 내가 나서서 적극적으로 움직였기 때문에 위채에 그나마 김월산 씨의 연고권이 살아 있으며 그래서 그 둘째 아들이 거기에 기거할 수 있었다는 사실을 알아주시기 바랍니다. 내가 드릴 수 있는 말은 다 드렸습니다."

"그러면 아래채를 천재지변으로 인한 멸실신고를 하고 위채를 그 대토로 인정받았다면 너무 낡았으니 집을 새로 지을 수는 없을까요?"

곽 상사가 물었다. 그는 오랫동안 터미널 집사를 하여서 아는 것이 많았다. 특히 시골 땅들에 얽힌 여러 가지 사안들을 많이 알고 있는 듯했다.

"그렇게는 할 수 있습니다만, 그럴 경우에는 법률적인 문제는 해결되었지만 문중 어른들의 양해가 필요합니다. 문중의 문제지요. 아마 내 생각으로는 김월산 씨가 그렇게 큰 변을 당했으니 아들이 그런 대토문제를 제기하면 한 서른 명쯤 되는 문중사람들이 반대하지는 않을 것 같습니다."

"여름별장으로 지어 한철 사용하고, 다른 계절에는 임대용 펜션으로 사용할 수는 있겠군."

"여기가 시골이지만 임진강과 한탄강이 합수하는 청정지역이며 서울에서 멀지 않고 교통이 좋아 며칠 묵을 시골집으로 찾는 사람이 더러 있습니다."

태현을 찾는 것이 목적이었던 나의 귀에는 이런 소리들은 들어오지도 않았다.

우리 일행은 손을 털고 나올 수밖에 없었다. 우리는 그가 가르쳐준 대로 면사무소에 들렀더니 그의 말대로 없어진 집은 멸실신고 후 사라졌고 가옥대장에는 위채가 그 지번으로 등재되어 있었으며, 김태현이가 그 집에 거주하는 것으로 되어있었다.

그러니까 태현은 주민등록을 옮겨가지 않은 채 어디론가로 사라져 버린 것이다.

나는 태현의 행방을 찾는 일을 포기하지 않을 수 없었다. 달리 무슨 방법이 없었다.

그가 부모님들의 유고로 의가사제대 특명을 받고 귀가해서 여기 통나무집 위채에서 잠시나마 산 적이 었었다는 사실만을 확인했을 뿐이었다.

우리는 허탈하게 웃으면서 헤어졌다. 곽 상사 일행은 계속 수소문 해보겠다는 말을 했지만 왠지 김이 빠졌다.

나는 절망감에 빠졌지만 어쩔 도리가 없었다.

나는 고향으로 내려와 두문불출하고 그야말로 잠만 잤다. 나는 창문 너머 저 멀리 칠갑산의 정상에 내린 눈을 바라보면서 사흘을 내리 잠만 잤더니 사람이 등신이 된 것만 같았다. 그러나 몸은 훨씬 가벼워졌다.

밤에는 나는 잠을 자도 무슨 환영 같은 것을 보지 못하지만, 낮에 자는 잠은 내 특유의 버릇대로 낮잠을 깨면 언제나 밝고 희망찬 어떤 환상의 세계를 대하곤 했다.

사흘째 되는 날 나는 점심을 먹고 노곤한 낮잠으로 빠졌고, 이윽고 깨어났다. 그런데 그 순간 나는 어떤 근심과 걱정에서도 벗어나서 어느 바닷가에서 태현과 함께 그림을 그리고 있는 나 자신의 모습을 본 것이다.

그런데 그 바닷가 풍경이 어디서 본 듯했고, 왠지 낯설지 않았다. 그곳이 어딜까 하는 생각에 사로잡혀 애쓰다가 정신을 차렸다. 그 환상의 세계는 사라진 것이다.

정신을 차리고 나서도 가벼운 꿈 생각을 하다가 나는 불현듯 그가 사라진 그곳은 언젠가 전번 휴가 때 태현과 같은 날짜에 휴가를 잡아 그에게 그림 그리는 기회를 만들어준 바로 그 펜션이 아닐까 하는 상념이 느닷없이 떠올랐다. 그 펜션의 정원에서 우리는 그림을 그리고 있었던 것이다.

휴가 나흘째 되는 날, 나는 새벽에 일어나 첫 버스로 서해안을 달려 인천까지 북상하여 김포 행으로 갈아타고 애기봉까지 택시를 몰았다.

무슨 약속이나 한 것처럼 한걸음에 그 펜션으로 달려갔다. 생각하면 가당치도 않은 일이다. 꿈속의 일을 현실에 적응시킨다는 것은 말도 안 된다. 그리고 이 겨울에 펜션에 드는 사람도, 그리고 펜션을 임대해주는 사람도 있을 턱이 없었다.

나는 펜션촌을 한 바퀴 돌아보고 걸어나오는 수밖에 없었다. 현실과 꿈은 분명 다른 세계였다.

그런데 강변에 가장 가까이 나앉아있는 펜션 한 채에 사람이 사는 듯한 흔적이 있었다. 실외 베란다에는 옷가지들이 몇 점 널려있었고, 주변을 청소하기 위해 쓰는 듯한 청소도구 같은 것이 베란다 벽면에 정리되어 있었다.

확실한 기억은 없지만 얼추 지난 여름에 우리가 임대해서 쓴 바로 그 펜션인 듯했다. 이 추운 겨울에 누가 펜션에 들어왔을까. 있을 수 없는 일이라는 생각이 들었다. 나는 그 집으로 걸어갔다. 진짜로 사람이 사는 집인가를 확인하기 위해 큰 정면 유리창을 돌아갔다.

그런데 이게 어찌된 일인가. 나는 소스라쳐 놀라지 않을 수 없었다. 바로 그 유리창 가에 멍하니 앉아 있던 태현과 딱 마주친 것이다. 나는 그가 실제로 살아있는 태현인가를 확인하기 위해 몇 번이나 눈을 껌벅거렸다. 태현도 너무나 놀란 나머지 일어서지도 못한 채 멍하니 나를 바라만 보고 있었다.

"태현아—"

"현우야—"

우리는 서로의 이름을 부르고는 유리창 베란다를 뛰어넘어온 태현과 한데 어울려 겨울 잔디 위를 뒹굴었다. 지금 서로 두 팔을 마주잡고 차가운 겨울 잔디 위를 데굴데굴 구르는 것은 또 무슨 때를 벗기 위함인가. 아마도 절망과 그림으로부터의 소외 그리고 고독 뭐 이런 것을 벗어나기 위함이 아니었을까.

우리는 잡았던 두 팔을 놓고 떨어져 나름대로 눈 덮인 잔디 위를 더 구르다가 각자 허허거리면서 하늘에다 대고 웃었다.

"네가 왠지 올 것 같더라—"

"널 꿈에서 보았어— 어제 낮에— 네가 바로 여기에 있더라구— 그래서 귀대 길에 혹시나 하고 달려온 거야—"

하하하하하——

우리 둘은 뭐가 그리 우스운지 또다시 웃었다. 수변 마을의 겨울 하늘에 파도가 이는 것 같았다. 혼자 깔깔거리다가 몸을 일으켜 세운 나는 슬리퍼와 양말을 들고 태현을 내려다보고 있는 다소곳한 여인을 보게 되었다. 그제서야 나는 태현이가 맨발로 베란다를 뛰어넘어 왔음을 알아차렸다. 그녀는 그런 그에게 양말을 신고 슬리퍼를 신으라고 가져온 것 같았다.

"감사합니다. 인사하세요. 제 친구 현웁니다. 제가 어쩐지 여기 있을 것 같다는 영감 하나만으로 와보았다는 겁니다. 현우야, 인사해. 졸업전에서 우리 그림 사주신 분이야…"

"이현우라고 합니다. 이거 너무 갑자기 찾아와서 결례가 아닌지… 그림 사주신 인사를 이제야 하게 되었습니다…"

"…"

그런데 그 여인은 아무런 말도 하지 않고 그냥 고개만 숙였다. 고 김월산 대령의 장례식장에서 먼눈으로 보았던 바로 그 사람이었다.

"너무 차— 들어가자—"

태현이 나를 집안으로 이끌었다. 그는 부인을 나에게 소개해준 데 대해 무슨 거리낌 같은 것을 가지지는 않는 듯했다. 그러나 나는 조금은 미안하였다. 두 사람의 관계를 모르는 채 너무 쉽게 쳐들어온 것은 아닌지 하는 생각을 떨쳐 버릴 수 없었다.

실내로 들어오니 공기가 훈훈하였다.

나는 창문을 통해 강의 수면을 바라보았다. 바로 그 집이었다. 우리들이 한 6개월 전에 세들어 사흘간 죽어라 그림을 그리던 바로 그 공간이었다.

나는 아무런 이유도 없이 두 사람이 부부처럼 살고 있는 집이라는 느낌을 받았다. 그것은 그냥 느낌일 뿐이지 뚜렷한 증거가 있는 것은 아니었다. 그러나 왠지 모르게 분위기는 어두웠다. 집안의 비극에서 태현은 벗어나지 못한 탓일는지도 모른다.

그러나 그 섬세하고 민감한 태현이가 이 정도라도 사람 꼴을 하고 살아있는 것이 다행이라는 생각이 들었고, 거기에는 저 여인의 힘이 크게 작용한 것 같은 느낌이 들었다.

지금 그가 당면한 여러 가지 상황에 대해 물을 수는 없었다.

한 가지 분명한 것은 창문가에 설치된 이젤과 캔버스에는 그림을 그린 흔적이 거의 없었다는 점이다. 그리다 만 소묘 한 점이 희미하게 그려져 있을 뿐이었다.

얼핏 나의 뇌리를 스쳐가는 생각에는, 그의 충격과 상처 그리고 어떤 위기에는 그가 그림을 그리는 것이 유일한 치유책인데 그는 지금 그런 치유의 상황이 아니기 때문에 그림을 못 그리고 있는 것이 아닐까 하는 의구심이 들었다.

부인은 우리의 대화에는 끼어들지 않고 조용하게 점심을 준비하였다.

나는 극도로 그와의 대화에 조심하지 않으면 안 되었다. 태현은 나에게 분명 친구지만 언제나 까다로운 심문관 같은 분위기를 가지고 있다. 우리는 분위기와 눈치로 대화하지 말로써 대화하는 편이 아닌 것은 예나 지금이나 마찬가지다.

점심을 먹은 나는 귀대 길을 서둘렀다. 택시를 불러 김포까지 나왔는데, 태현이 동승하였다. 택시 안에서 그의 마음을 거스르지 않을 것 같은 말만 했다.

"제대를 해서 게을러졌나봐… 그림을 열심히 그리지 않은 것 같던데…"

"으응, 그래. 몸과 마음이 늘어져서…"

"너나 나나 그림을 그리지 않으면 시체 아닌가… 우리로 하여금 그림을 그리게 하는 원동력은 무엇일까."

"참 그래, 우린 그것도 모르고 그림을 그렸어… 그림을 그리게 하는 원동력이라… 사랑이 아닐까."

"사랑이라… 사랑도 여러 가지가 있어."

"그야…"

나는 그가 이야기하기 곤란한 듯한 것을 피해 얼른 다른 말을 꺼냈다.

"우정은?"

"우정은 그림에 긍정적으로도 작용하고 부정적으로도 작용하는 것 같아… 마네와 모네는 우정이 자신들의 그림에 크게 긍정적으로 작용한 경우이고, 피카소와 미티스는 부정적이라고 말할 수는 없지만 순수한 우정을 넘어서 경쟁심과 질투로 서로의 그림의 세계를 더욱 분발시킨 경우라고 봐야지."

"세계회화사의 큰 획을 그은 대가가 그렇게 친한 것은 참으로 찾아보기 어려워… 마네와 모네 말이야. 마네의 작품 「올랭피아」를 그의 사후, 루브르 박물관에 걸리게 하기 위해 모네가 얼마나 노력했는가 하는 얘기는 널리 알려져 있어…"

"마네의 대표작은 「풀밭 위의 점심」이라고 알려져 있지만, 모네도 똑같은 제목의 그림이 있어. 마네의 것은 전라의 창녀를 그림의 중심부에 배치하였지만, 모네의 것은 긴 치마를 입은 귀부인들을 등장 시키고 있어. 마네의 작품을 존경한 나머지 그것을 깊이 연구하여 자신의 작품을 그렸다는 거야."

"그런데 거기에 하나 덧붙이고 싶은 것이 있어."

태현이가 말했다.

"말해봐…"

"나의 경우는 자신이 추구한 그 아름다움을 어느 누구에게 보여주고 인정받고 싶은 욕망이 화가가 계속 그림을 그리고자 하는 근원적인 이유의 하나라고 생각해."

"누구에게 보여주구 인정받고 싶다… 그 누구가 누구일까."

"그림을 팔기 위해서 그리기도 하는 것 같아. 화가도 먹고 살아야 하니까… 하지만 화가는 결코 그림을 팔기 위해서 그리는 것은 아니라고 생각해… 팔아서 돈으로 바뀌는 것도 중요하지만 역시 누구에겐가 보여주고 싶은 욕망이 더 강한 것이 아닐까."

"제대 후 꽤 시간이 흘렀는데 너 왜 그림을 그리지 않았니?"

"…"

나의 함축적인 질문에 태현은 무언으로 대답했다. 우리는 더 이상의 대화의 진전을 피했다.

나는 태현에게 그 여인이 그림을 사주는 사람인가, 그가 그림을 그려 보여주고 싶은 사람인가를 당장 물어보고 싶었지만 그만두었다. 차마 물어 볼 수 있는 성격의 질문이 아니었다.

태현이가 그림을 그리고 그리지 않고는 지금 당장 급한 것은 아니다. 우선에 가족의 극한적인 비극이 던지는 충격에서 벗어나는 일이 급하다. 당장에 벗어날 수는 없다고 하더라도 어느 정도 그것의 강도를 줄이는 것이 중요하다.

한번 내려진 비상경계령은 내가 제대할 때까지 풀리지 않았다.

그러니 나는 한 반년간 전혀 외부접촉 없이 영내에서만 지냈다. 세상과 완전히 담을 쌓고 지낸 것이다. 하기야 나에게 면회 오거나 전화할 사람도 없었다.

혜란과 미라에게서도 아무런 연락이 오지 않기는 마찬가지였다. 이제 머릿속에서 그녀들의 존재는 아득하게 되었고, 잘 떠오르지도 않았다.

나는 드디어 훈련소를 떠나 여기 동부전선 최북단에 자대 배치를 받은 후 여름을 세 번 치르고서 제대증을 받았다.

제10장

돌아서 가는 길

제대증 한 장을 받아들고 나는 정문보초가 바뀌는 9시 정각에 외출증을 제시하고 부대를 벗어났다.

이제 자유의 몸이 되어 그렇게도 그리던 서울에 왔으나 어느 누구 찾아갈 사람이 없었다.

군 생활 마지막 6개월간의 계속되는 비상경계령 탓으로 사회와 완전히 차단된 생활을 한 결과였다.

2년이 넘는 나의 혹독했던 군대생활은 결국 제대증 하나로 남았다. 그렇게 따진다면야 그 뻔질날 것 같았던 나의 4년간의 대학생활도 졸업장 하나로 남은 것이다.

사회와 관련하여 대학생활에서 졸업장 이외에 가시적인 조그만 결실이 있었다면 중등미술교사 자격증과 임용고시 합격증일 것이다.

대화가를 꿈꾸었던 내가 이게 무슨 꼴인가.

나는 일단 고향에 내려가 부모님에게 인사드리고 다시 상경하였다.

내가 해야 할 가장 화급한 일은 서울시 교육위원회에 나의 제대사실을 알리는 것이다.

찾아간 나에게 그들은 기다리라고 했다. 영어, 국어, 수학교사 자리는 금방 금방 생기지만 음악, 미술선생 자리는 좀처럼 생기지 않는다는 것이었다.

나는 교사 발령을 기다리며 끈질기게 참는 수밖에 없었다.

그림이라도 그리고 싶었으나 발령통지를 초조하게 기다리고 있는 입장이라 도무지 마음이 바로 잡히지를 않았다. 다음 학기를 기다려 보는 수밖에 없었다.

한 달을 버티다가 나는 하는 수 없이 귀향했다. 발령은 그야말로 기약없는 일이었다.

별채를 수리하여 화실로 꾸미고 이젤을 설치하고 캔버스를 얹었다.

멀리 단풍으로 불타고 있는 칠갑산이 시야에 잡혔다. 매일 세 끼니 밥 먹고 그림 그리고 오후에는 산보하는 생활이 시작되었다.

그러나 신기하게도 대학생 시절의 절친했던 학우들의 소식을 수소문하고 싶은 의욕이 생기지 않았다.

나는 이제 세 개의 증을 가지고 인생을 새 출발하는 위치에 서 있음을 실감할 수 있었다.

지금까지의 모든 일이 실제로 있었던 것이 아니라, 그냥 머릿속에 떠올려진 하나의 영상처럼 느껴졌다. 방금 마치고 나온 그 지독한 군 생활 2년도 하나의 파노라마처럼 회상되었다.

그림을 그릴 수 있는 여건은 잘 갖추어져 있지 않은가. 시간도 있고, 환경도 얼마든지 가능했다. 그런데 왜 그리지 못하는가.

　나는 문득 태현이가 한 말이 회상되곤 했다. 그림은 자신이 창조한 아름다움의 세계 즉 자신의 작품을 보여주고 싶은 사람이 있을 때 그리게 된다는 것이었다. 그 그림을 사주고 싶어하는 사람이 있을 때도 그리고 싶어지지만 그것은 그 강도가 훨씬 떨어진다고 했다.

　누군가와 함께, 아니면 누구의 영혼을 의식하면서 그림을 그려야 한다는 깨달음이었다.

　나의 이런 사색은 나를 더 이상 부모님의 따뜻한 손길이 있는 고향 집에 붙들어 매지 못했다. 나는 생각 끝에 금호동에 사는 거리의 화가 조 선생을 찾아가기로 했다. 서울로 올라가 모교 근처의 나의 옛 하숙에 숙소를 정하자니 다시 학생의 기분으로 돌아가는 것 같기도 했다. 그래서 과감히 금호동 조 선생 집으로 하숙을 정하자고 생각한 것이다. 학창을 잊고 이제는 사회로 나가야 한다는 깨달음이었다.

　"대환영이야, 개선장군처럼 자네를 환영하네! 한강이 내려다보이는 방으로 자네 화실을 꾸미겠네! 자네 모교 그 뻔질난 미술대학 선생의 문하생으로 들어가면 여러 가지로 유리할 텐데… 내 집을 선택해 주다니… 우리집 여왕님도 대찬성이야. 내일이라도 올라오시게나!"

　"다음 학기에 발령이 난다고 하지만 그것도 나봐야 아는 거구요! 자칫하다가는 임용고시 합격증이 휴지조각이 될 수도 있습니다. 그래서 직업 없이도 그림 그려서 살아가는 방법을 조 선생님에게서 배우고 싶습니다."

　"그래서 쓰나… 나같이 막가는 그림쟁이는 되지 말게! 그림은 자고로 돈 있는 사람들을 위해 그리는 게야. 나 같은 놈은 서민을 위해 그림을 그리니 한 점이 고작 10만 원 아니면 15만 원이야! 그러니 제대로 된 그림을 그릴 수 없어…"

내가 조 선생의 집에 하숙하러 들어간다는 뜻은 그의 문하가 된다는 의미도 있었다. 나는 자신의 화가로서의 자존심을 아무렇게나 팔아버린 그의 행적을 배우러 들어간 것이 아니라, 잡초처럼 살아가면서도 그림을 그리는 그의 그림을 향한 열정을 배우고 싶었던 것이다.

과연 나의 하숙방에서는 한강이 훤히 내려다보였다. 성수대교와 동호대교가 정면으로 내려다보였고, 한남대교와 영동대교가 좌우 사각으로 내려다보였다.

나는 강줄기가 던지는 이 공간 속에서 죽어라 그림을 그렸다. 그것은 누구에게 보여주기 위해서라기보다도 덕수궁 돌담 거리전시장에 내다팔기 위해서였다. 내다팔기 위한 그림이기 때문에 자연 터치가 가볍고 속도가 중요했다. 다시 말해 가볍게 빨리 그려야 하는 것이다.

조 선생의 전시작품 옆에 몇 점을 전시했다.

그런데도 기이하게 나의 그림은 2, 3일에 한 점씩 팔려나갔다. 작품 하나에 십만 원씩 받았는데, 진짜 그림시장에서는 그런 값은 없지만, 서민들의 호주머니 사정으로 보아 결코 적은 돈이 아니었다. 물론 이 그림값은 표구값을 포함한 것이다.

내 생활에 뭔가 활기가 붙었다. 대학이고 군이고 다 나에게서 멀리 사라지고 이제 정말 화가로서 내가 다시 태어난 기분이었다. 그림이 팔리는 날에는 조 선생과 북창동 골목길과 회현동 비탈길에 널려있는 소주집에 들러 삼겹살을 놓고 밤새 마셨다.

내가 군을 제대하고 첫 해의 첫 계절이던 가을과 겨울은 그렇게 흘러갔다. 조 선생은 나의 그림을 세 점 이상 전시해주지 않았다. 세 점밖에 전시하지 않았지만 나는 그림을 대기가 역부족이었다. 죽어라 그려야 팔린 자리를 겨우 메꿀 수 있었다.

“그렇게 정성 들여 그려갖고는 굶어죽기 딱이야. 대략 대략 그려!”

“그래도 돈 받고 이름 내놓고 파는데 정성을 들여야지요!”

“마누라 새끼 딸려봐! 돈밖에 안보여! 그림 팔지 못하면 마누라쟁이 이불 속에 들어오지도 않아!”

나는 그렇게 해서 겨울을 보내고 신년을 맞았다. 신학기가 된 것이다. 그래서 인사발령을 기다렸으나 역시 무소식이었다. 나는 다시 6개월을 더 기다려야만 했다.

나는 하는 일이 있으니 그리 초조하지는 않았지만 거리전시를 위한 그림을 그만 그려야겠다는 생각을 했다. 자칫했다가는 정말 이런 습작 같은 그림에 버릇이 되어 본격적인 그림을 그리지 못할 것 같은 생각이 들었기 때문이었다.

나는 불현듯 태현을 생각했다. 제대를 하고 사회로 돌아와보니 그의 족적이 묘연했다. 나는 언제나 행방불명된 그를 찾아다니는 꼴이었다. 그가 소식을 주지 않고 족적을 감추어버렸다고 야속하게 생각하고 애써 그를 생각하지 않기로 했던 것이다.

거리전시 그림을 위해서는 조 선생이 필요했듯이, 본격적인 그림을 그리기 위해서는 태현이가 필요했다. 아니, 별로 하는 일도 없는 지금 본격적으로 그를 찾아보아야만 했다.

나는 오래간만에 곽 상사에게 전화를 해보았다.

“곽 상사님, 편안하시고 어떻게 태현에게서는 무슨 연락이라도?”

“잘 지내고 있어. 태현에게서는 아무것도 없어. 그 사람 연천을 완전히 떠난 사람이야.”

“그럴까요? 그래도 옛 골짜기 대토에 자신의 집을 지을 수 있는 연고권이 있지 않습니까.”

“뭘 그까짓거…”

“그래도 태현에게는 그것이 크다고 생각합니다. 이 세상에 비록 문중 땅이라 자기 앞으로 등기는 되어있지 않지만 남 눈치 안보고 고향 그 뛰어난 경승지에 집을 지어 살 수 있는 땅이 있다는 사실이 얼마나 큽니까… 연고권은 확실하죠?”

“그림! 내가 법무사놈을 족쳐서 그것 하나만큼은 확실히 해놓았어.”

“그래서 드리는 말씀인데, 그 땅에 제가 심심하니 태현이 돌아오기를 기다리면서 집을 한 채 지었으면 하는데요.”

“집을 짓다니 누굴 살게 할려구… 그리구 누가 지어?”

“태현이는 틀림없이 돌아옵니다. 자기 눈에 익숙한 고향의 산천을 그리기 위해 연천으로 돌아옵니다. 그때 그가 거처할 집을 마련해놓는 거지요. 계속 돌아오지 않으면 내가 사용해도 되고요… 그리고 내가 미술교사 발령을 기약없이 기다리고 있는 입장입니다…”

“좋아, 내가 법무사놈 목을 비틀어서라도 건축허가 하고 모든 준비를 다 해놓을게.”

나는 금호동 하숙집에서 그림을 그려 덕수궁 돌담 거리전시장에 내다파는 일방, 주말에는 연천 골짜기로 와서 조금씩 집짓는 일을 했다. 일이 수월하게 진행되었다. 박 중사가 트럭을 몰아 허물어진 집의 잔해를 치워주어서 아주 큰 도움을 받았다. 이런 폐기물의 처리는 힘들 뿐 아니라 돈도 많이 드는데 박 중사가 이 분야 많은 사람들을 알고 있었기 때문에 모든 일이 수월히 처리되었다. 터 닦기도 곽 상사 일행이 맡아주었다.

“태현이 돌아오지 않으면 우리 여기 와서 계곡물에 발 담그고 한여름을 보내세. 이 병장 그림 그리는 것 감상도 하고.”

“거참 좋은 소리다. 태현이가 돌아온다고 못할 일은 아니지… 귀공
자처럼 깐깐하지만 한편 도량이 있는 젊은이야. 그 끓는 속을 누가 알
리…”

터 닦이가 끝나고 건자재가 실려 온 이후로 나는 주로 혼자서 집을
지어 나가기 시작했다. 군에 있을 때 내무반 막사라든가 식당 변소 따
위를 지어본 경험이 있어서 도움이 되었다.

나는 간이막사 하나를 지어서 거기서 숙식을 했다. 금호동 하숙을
이리로 옮겨온 것이다.

온종일 벽돌을 찍고 햇볕에 널어 말리고 하는 작업을 해도 피곤한
줄 모르고 오후 늦게 해질 무렵에는 이상하게도 그림이 그리고 싶어
졌다. 그래서 온 계곡에 땅거미가 짙게 깔릴 때까지 그림을 그렸다.
태현이 살 집을 짓는다고 생각하니 신바람이 났다.

그림을 받으러 오는 거리화가 조 선생도 집짓기 작업에 가끔 가담
했다. 그는 일주일에 한번꼴로 골짜기를 찾아왔다. 새벽에 출발하여
아침에 골짜기에 도착하여 작업을 거들었다.

집이 형태를 갖추어가자 간이막사를 헐어버리고 건조물 안으로 들
어와 한구석에서 먹고 자고 그림을 그리면서 천천히 작업을 계속해
나갔다.

나는 작업의 속도를 올릴 수 없었다. 각종 부대비용을 조달하기 위
해서는 거리전시장에 작품을 내어놓아야 하기 때문에 오후는 그림 그
리기에 시간을 할애해야 했다. 조 선생은 주말에만 하루 오는 것이 아
니라 금, 토, 일 사흘간, 어떤 날은 부인까지 와서 일을 거들었다. 그분

의 경우, 그렇게 자주 바뀐다는 부인이지만 이 분은 그렇지도 않았다.

"부인께서 선생님을 받들고 고분고분합니다."

"나를 받드는 게 아니라, 내가 갖다 주는 돈을 받드는 게야. 그림이 한 점도 안 팔리는 날에는 쌍심지가 마빡하고 뿔따귀에 풍경화를 그리네! 그런 날이 한 달 이상 지속되면 흔적도 없이 사라져버려… 그게 여자야!"

"설마 모든 여자가 다 그럴려구요?"

"게중에는 특별한 여자가 있다구 생각하는 거기에 남자들의 함정이 있는 게야. 자고로 인간은 그렇게 생겨먹었어. 여자가 남자하고 잠자리 같이 해주구 애 낳아 주구서 그 댓가루 밥 얻어먹고 옷 얻어 입는 것이 인간이 생기기도 전에 하나님이 만들어놓은 철칙이야."

조 선생이 이런 말을 할 때는 우리는 배를 잡고 웃기도 했다.

곽 상사 패들도 심심찮게 골짜기로 올라와 일을 거들었다. 그리고 내가 그려나가고 있는 그림들에 대해서 한마디씩 평을 하기도 했다.

"야 진짜 잎사귀보다 더 나뭇잎사귀 같애! 이거 한 장에 얼마지?"

"이런 거 벽에 걸어놓고 사는 사람들 복도 많지! 골짜기가 그냥 그대로 자기 집안으로 들어와 있는 꼴이 아닌가베!"

내가 듣기 좋게 하는 말이겠지만 사람은 누구나 아름다운 그림을 좋아하는 것 같다. 그래서 나 같은 사람이 존재하는 것이 아닌가.

근 육 개월이 걸려 집은 아쉬운 대로 완성되었다. 전기도 끌어다 넣었고, 가스통도 가설하였다. 계절이 초겨울이라 우리는 방안에서 간단한 막걸리파티를 하였다. 우리 식의 낙성식이었다. 조 선생 부부와 곽 상사, 박 중사, 김 하사 그리고 나 여섯 명이었다.

계절은 겨울이 끝나가고 있었다. 내가 군을 제대한 지 거의 일 년이 되어가고 있었다.

나는 이 새집에 이젤과 캔버스를 설치하고 그림을 그리기 시작했다. 고흐의 스승이었던 부뎅은 고흐에게 무엇보다도 그림은 자연의 묘사에서 시작해야 한다고 가르쳤다.

완성된 새집에서 그림을 그린다는 것은 사라진 태현을 생각하는 시간이기도 하다.

자연의 아름다움을 인간이 만든 화폭에 옮기는 것이 그림이다. 나는 그림을 그려 건축작업에 협조해준 곽 상사와 박 중사 그리고 김 하사에게 한 점씩 주었다. 그냥 주면 집구석 어디에 처박아 버릴까봐 조 선생에게 부탁하여 표구까지 해서 주었다. 조 선생 단골에게 부탁하면 일반적으로 2, 30만 원하는 표구값이 4, 5만 원대로 떨어진다.

겨울이 거의 끝나는 어느 날 나는 서울시 교육위원회로부터 한통의 전화를 받았다.

"이현우씬가요?"

"네, 그렇습니다."

"한 가지 물어볼 일이 있어서 전화했습니다. 지금 서울 시내에서는 미술교사 수요가 전혀 없어서 발령이 지연되고 있습니다. 그런데 경기도 교육위원회에서 수요가 두 자리 있는데, 마침 미술과에서 대기 임용고시 합격자가 없어서 우리 서울교육위로 대기합격자 중에서 희망자가 있으면 위촉하고 싶다는 공문이 왔습니다. 한 군데는 여주시이고, 한 군데는 강화도입니다. 의향이 어떠합니까?"

"감사합니다. 강화도를 지망합니다. 강화도 어디입니까?"

"그것은 밝힐 수 없습니다. 시군 단위까지만 공개합니다. 대기자가 다섯 명인데 지원자가 겹칠 때에는 합격시의 점수로 순위를 정하게 됩니다. 일주일 이내로 가부간 결정 통보가 갈 것입니다."

나는 군을 제대하고 일 년 만에 강화도 서남단에 위치한 화도면의 어느 중학교의 미술교사 발령을 받았다. 북쪽으로는 마니산과 참성단이 저 멀리 올려다 보이고 남쪽으로는 짙푸른 황해의 수평선이 아스라이 바라보이는 곳이었다.

요즈음은 전국 어디나 다 그렇지만 전국이 일일 생활권이다. 강화도라 하면 육지에서 떨어진 섬이고, 그것도 화도면이라 하면 이 섬의 서남단에 위치한 외딴 곳이라고 생각하기 쉽다. 그러나 막상 차를 몰고 가보면 불편한 데는 전부 다리가 놓여져 있고, 터널이 뚫어져 있어서 차는 순식간에 여행자를 목적지에 인도한다.

아무리 친했던 친구도, 아무리 열렬히 사랑했던 연인도, 세월이 흐르고 장소가 바뀌고 사회적인 위치가 바뀌면 변질되게 마련이라는 생각이 들었다.

이렇게 생각을 정리하면서도 나는 여전히 태현의 소식이 궁금하였다. 도대체 이 좁은 한반도 어디에 숨어버렸다는 말인가. 일부러 숨기야 했겠나. 그냥 처박혀버린 것이겠지.

하기야 나 역시 그림을 그리지 못하고 있지 않나. 사람은 언제나 남과 더불어 삶을 꾸린다. 설령 혼자 사는 독거인도 알고 보면 누구를 그리워하며 그의 영상과 함께 살고 있는 것을 발견한다. 로빈슨 크루소가 아닌 한 완전하게 독거인은 없다.

나의 내면을 들여다보라. 나는 외형적으로 완전한 독거인이지만, 언제나 나도 모르게 가족을 제외하더라도 태현과 혜란, 그리고 미라를 머릿속에 담고 살고 있다.

황해의 수면이 내려다보이는 화도면 바닷가 마을의 언덕바지에 하숙을 정했다. 새로 지은 깨끗한 양옥집이었다. 학교는 이 면에 단 두 개뿐인 중학교들의 하나였다.

"이 선생, 내 마누라하고 강화도 회 먹으러 자주 올 테니까 그림 많이 그려 놓으라구. 이제 월급을 타니 그림값이 당장 필요하지는 않겠군…"

이삿짐 옮겨주러 따라온 조 선생이 첫날부터 나를 겁주고 교육을 시키고 있었다.

나의 섬 생활은 이렇게 시작되었다. 고향의 어머님이 가끔 밑반찬을 해가지고 섬을 찾아오시곤 했다. 그리고는 지나가는 말로 나의 혼처를 걱정하시곤 했다.

나는 뭔가 내 인생에 있어서 뿌리라고 할까, 기둥이라고 할까 하는 기본 되는 어떤 요소가 빠져 있어서 내가 내 인생을 헛살고 있다는 느낌을 떨쳐버릴 수가 없었다. 나와 우리 가족의 주변에 있는 고만고만한 처녀 중에서 한 사람을 골라 결혼을 하여 자식을 낳고 흘러가는 세월 따라 늙어갈 나 자신의 모습이 눈 앞 저 멀리 떠올라 보였다.

나는 이제 모든 것이 안정되었다. 대한민국 남아의 2대 과제라고 할 수 있는 군필과 평생직장을 해결한 것이다. 과연 나는 내 영혼에 드리워지는 평화를 느꼈다.

그러나 나는 기이하게도 영 그림을 그리지 못하는 슬럼프에 빠진 것이다. 안정되고 평화롭고 행복했으나 나는 왜 그런지 지금 이 자리가 내가 있어서는 안 될 것 같은 느낌을 떨쳐버릴 수 없었다. 화구를 갖추어서 바닷가를 헤매어 보지만 영 그림이 되지를 않았다.

바닷가 미술선생 노릇으로 일 년이 후딱 흘렀다.

그러던 어느 날 조 선생이 전화를 했다. 최근에는 거리 전시그림을 그려주지 않았기 때문에 그가 나에게 전화할 이유가 없었다.

"선생님, 오래간만입니다. 어째 저에게 전화를 다 하시고?"

"이 선생, 이제 우리 전시회에는 작품도 안주시고… 사실, 오늘 전화드린 이유는 좀 이상한 일이 있어서입니다."

"이상한 일이라니요? 무슨…"

"며칠 전 우리 거리전시장에 웬 여자 한 분이 오셨어요. 한 마흔은 되어 보이는 나이였는데, 고생깨나 했는지 몰골이 퍽 초췌해 보입디다. 이 분 하시는 말씀이 자신이 실력있는 화가가 그린 그림을 여러 점 가지고 있는데 좀 팔아줄 수 없느냐. 그림값의 절반만 가지고 가겠다 그런 소리를 한단 말이야. 펀드투자를 하다가 수십 억을 날리고 쪽박을 찼다나 원…"

"그런 사람도 있을 수 있지 않을까요. 세상에는 워낙 별별 사람이 다 있으니까요!"

"그런데 이튿날 그림을 세 점 가지고 왔는데 그런데 그림을 자세히 보니까 어디 눈에 익은 풍경이란 말씀이야…"

"대한민국이 워낙 국토가 좁잖아요. 놀랄 일 없어요… 그래 어디 짐작 가는 데가 있습디까?"

"그래서 내가 하도 이상해서 전화를 한 게야. 그림들은 풍경화인데 그림이 아주 조잡하고 정성이 전혀 들어가 있지를 않는데 자세히 보니 아무리 봐도 거 왜 이 선생 친구 분이 살았다는… 거 새 집 지은 데의 풍경 같은 느낌을 지워버릴 수 없어!"

"…"

나는 큼직한 불덩이가 가슴에 박히는 듯한 뜨거움과 흥분을 느꼈다. 드디어 태현이가 자신의 거처를 드러내고 있는 듯했기 때문이었다.

"괘념하시지 마세요. 사진도 아니고 유화로 그린 풍경화를 가지고 그렇게 생각하는 것은 무리가 있습니다. 그런 여성이 그 골짜기를 그린 그림을 가지고 나타날 턱이 있습니까!"

나는 조 선생에게 흥분된 나의 감정을 숨겼다. 왠지 태현이가 내가 지어놓은 새집에 입주했을 가능성이 있다는 나의 느낌을 그에게 말해서는 안 될 것만 같았다.

그리고 상당한 재력이 있는 것처럼 보이던 그 여성분이 펀드투자로 어렵게 되었다는 것은 얼마든지 그럴 가능성이 있다.

나는 주말을 기다려 덕수궁 돌담길 전시장을 나가 보았다. 그리고 그 여인이 맡겼다는 그림들을 살펴보았다. 풍경의 배경과 집 주변의 모습은 내가 기억하고 있는 그 집과는 좀 달라 보였으나 전체적인 구성과 집의 모습은 영락없었다. 내가 지은 집이 아닌가. 조 선생의 판단은 틀리지 않았다. 그도 일생 그림을 그린 사람인데 사물을 보는 눈은 범인의 그것이 아닐 것이다.

"많이 닮은 것 같기도 하고 아닌 것 같기도 합니다. 사진도 아닌데 장담할 수 있나요…"

나는 조 선생에게 나의 마음을 들켜서는 안 된다는 생각이 들어 아무것도 아니라는 말만을 되풀이했다.

나는 다음 주말을 기다려 차를 몰아 연천으로 달렸다. 교사발령을 받고 나서는 거의 가지 않았던 골짜기의 새집이었다. 제대 후 나에게 변화가 있었다면 운전을 배워 차를 몰게 되었다는 사실이다. 여기 저기 스케치를 다니려면 차가 필요했다. 장소의 물색도 중요했지만 화구 등을 실어야 하기 때문이었다.

계절은 늦가을이었다. 차는 새집으로부터 한 백여 미터되는 지점까지 들어갈 수 있게 도로가 정비되어 있었다. 그 간에 여기도 문명의 바람이 불어간 것이다. 발령을 받고 나서는 거의 와보지 않았는데, 주변에 변화가 심했다.

처음에는 변해버린 지형 때문에 저 집이 내가 지은 바로 그 집인가 분간이 잘 가지 않았다. 그러나 자세히 살피니 바로 그 집이었다. 내가 지은 집을 내가 모를 턱이 있나. 그 아래채는 흔적도 없이 사라졌고, 바로 도로가 되고 말았다. 이 집과 4, 50 미터의 간격을 두고 도로를 따라 두 채의 새집이 들어서 있었다. 사람의 내왕이 전혀 없는 듯 적막과 계절의 우수 속에 골짜기는 깊이 잠기어 있었다.

그 집 앞을 몇 번이나 왕래하면서 무슨 소리를 해서 나의 방문을 알릴까 생각했으나 묘안이 떠오르지 않았다. 그래서 집을 몇 바퀴 돌았다. 집은 흔들리지 않는 정적 속에 빠져있었다. 아무리 귀를 세우고 무슨 음향이건 들으려 했으나 집안에서는 쥐새끼 찍찍거리는 소리만 들릴 뿐 인기척은 전혀 없었다.

나는 하는 수 없이 현관문을 흔들며 태현의 이름을 불러보는 수밖에 없었다.

"태현아…"

"…"

"태현이 여기 와 있니?"

"…"

무슨 동굴 같은 데서 들려오는 듯한 목소리가 들렸다. 사람이 있다는 뜻이다. 인기척은 점점 뚜렷해지고 이윽고 먼 데서 문 여는 소리가 들렸다. 누군가가 문을 열고 나오고 있었다. 현관문이 열리고 사람의 얼굴이 나타났다.

보자기 같은 것을 덮어쓴 바로 그 여인이었다.

"아, 현우씨…"

"아주머니! 태현이는?"

여자는 놀란 눈을 크게 떴다. 그러나 그녀의 조용한 태도는 변하지 않았다. 몸을 비켜 세우며 안으로 들어오라는 시늉을 했다. 그것은 태현이가 안에 있다는 뜻이었다.

나는 집안으로 발걸음을 디밀어 넣었다. 그 순간 나는 태현이가 그림을 제대로 그려야 하는 환경 속에 있어야 한다는 막연한 생각을 하고 있는 나 자신을 발견하고 있었다. 지금의 나의 슬럼프는 바로 태현과의 소통이 없음에서 기인하고 있다는 생각이 번개처럼 나의 뇌리를 때렸던 것이다.

집안은 사람이 살고 있는 온기 같은 것이 전해지지 않았다. 집을 다 지어놓고 나 자신도 이 집에서 몇 달간 살지 않았던가. 집안의 풍경은 내가 살던 때와 별반 다르지 않았다. 내가 살 때 이젤 놓았던 자리에 다른 이젤이 놓여있었다. 그 외에 집안에 새로이 들여놓은 것이 별로 없었다.

"태현아…"

나는 조용히 그의 이름을 불렀다.

"ㅇㅇㅇ…"

방안에서 그의 목소리가 들려왔다. 나는 그의 방으로 걸음을 옮기면서 계절의 잎사귀들이 우수수 떨어지는 소리를 들었다. 나는 기막

히게 돌아가는 인간의 어떤 인연에 감탄하고 있었다. 나는 아무런 이유도 없이 그냥 막연하게 그가 여기 이 골짜기로 돌아올 것이라고 믿었고 그래서 이 집을 지었던 것이다. 과연 그는 지금 여기에 돌아와 있지 않은가.

아주머니가 열어주는 방안으로 들어가 태현이가 누워있는 방향을 향해 눈을 돌린 나는 깜짝 놀라고 말았다.

"아아아니… 태현아 이게… 어찌된 일이야!"

나는 내 눈을 의심하지 않을 수 없었다. 수염이 무슨 아랍사람처럼 돋아나고 너무나 수척한 태현이가 방구석에 누워있었기 때문이었다.

"현, 현, 현우야…"

그는 몸을 일으켜 세우더니 두 손을 뻗어 나를 맞으려 했다. 나는 그에게 달려들어 그의 두 손을 잡았다. 근 3년 만의 해후가 그를 남처럼 느끼도록 했다. 우리는 서양인도 아니면서 서로들 와락 끌어안았고, 방바닥에 쓰러졌다.

내가 잡아본 그의 몸은 그야말로 피골이 상접했다. 특별한 병색은 없었지만 몸이 대단히 허약해져 있었다.

"네가 지은 집에 허락도 없이 들어왔구나…"

그의 첫마디였다. 내가 지은 집이지만 그것은 분명히 태현이 들어와 살라고 지었다.

"무슨 소리야! 네가 언젠가는 들어와 살라고 지었어. 네가 갈 데가 없잖니…"

"그래, 나는 분명 갈 데가 없어…"

"그래 그동안 어디 가 있었어?"

"나! 바로 그 집에 그대로!"

“그 집이라니?”

“그 애기봉에 있는 펜션 말이야. 너 한번 와서 봤잖니.”

“그 집에!”

나는 너무나 놀라 어안이 벙벙하였다. 나는 그가 어디 먼 데로 도망을 쳐서 숨어 사는 줄로 치부하고 있었다. 그러나 그는 내가 그를 찾아 가 본 그 문수산 아래 애기봉 근처 펜션에 살고 있었다는 것이다. 어쩌면 그럴 수가 있나.

이야기가 이렇게 되니 내가 오히려 미안해졌다. 그 사이 그를 한 번도 찾아가지 않았기 때문이었다. 그가 스스로 몸을 숨겨버렸다고 판단하고 그를 찾지 않았던 것이다.

“그 집을 전세 내어 살다가 형편이 어려워져 이리로 들어왔을 뿐이야… 네가 이 집을 지어놔서 정말 고마웠다. 네 말대로 나는 갈 데가 없는 놈이야… 돈벌이를 못하잖니…”

태현은 천천히 말했다. 그리곤 힘이 겨운 듯 자리에 다시 누웠다.

나는 금요일, 토요일, 그리고 일요일 사흘 밤을 그와 함께 보냈다. 나의 예측과는 달리 여인은 태현과 한방을 쓰는 것은 아닌 듯했다. 적어도 내가 그 집에서 보낸 사흘 밤 동안에는 그들은 다른 방을 썼고, 나의 잠자리는 태현의 방이었다.

나는 그 문제를 더 이상 깊이 생각하지 않기로 했다. 가장 상식적인 차원에서 생각하기로 했다. 건강한 두 남녀가 2년 이상 한집에 단둘이서만 산다면 어떤 일이 벌어지겠는가.

이 여인과 태현의 관계가 상식적으로 생각할 수 있는 바로 그런 관계라 하더라도 그것은 흔들림 없이 꽉 짜인 어떤 남녀관계는 아닌 듯했다. 그렇지 않고서야 나의 내방이 있다고 해서 딴 방을 쓰겠는가.

나는 물어볼 수 없는 내용을 이렇게 추측해보는 도리밖에 없었다.

태현과 사흘 밤을 지새운 나는 월요일 새벽에 기상하여 차를 몰고 강화도로 왔다.

골짜기를 떠나는 나를 배웅한다면서 태현이 나의 차에 올라 연천읍 내까지 나왔다. 수척한 그는 배가 들어가 바지가 허리에 잘 걸리지 않을 정도였다.

"좋은 차를 샀구나."

"많이 돌아다니니까… 혜란이와 미라에게서는 어떤 연락도 오지 않았니?"

나는 이 질문을 하지 말아야 한다고 스스로에게 다짐하면서도 발설하고 말았다. 그것은 이상하게도 비상을 심장에 뿌리는 것 같은 쓰라림이 있었다.

"딱 한번 편지 같은 것이 왔어. 내 주소가 일정치 않으니까 우리집을 알고 있는 연천 우체국 직원이 가지고 있다가 새집으로 입주하고 난 후 전해줬어."

"뭐라고 썼던?"

"응, 우리집 소식을 간접적으로 들었나봐. 위로의 말이었어. 나보고 꼭 한번 파리로 오래."

"재갑이가 그래도 동기생들의 소식들은 전해주나 봐. 동기생끼리 결혼한 아이들도 여럿 있고, 누구더라 자살한 아이도 있더라구. 화실을 연 아이도 있구. 혜란이도 특수한 케이스지. 결혼하고 일 년도 안 돼서 사별했으니까…"

"정말 정신 못차리게 인생이 급변하는 것같아…"

"파리에 오라… 인사말이데 진짜로 하는 말이데?"

"파리미술대학에 기숙사가 있는데, 미라도 이제는 혼자 사나봐. 편지를 직접 쓴 아이는 혜란인데 자기들이 기숙사방을 한방으로 합치고 빈방을 내가 쓰면 된다나. 단 내가 자기들 중 누구하고 약혼을 했거나 남편이어야 한다고 썼더군. 우리나라처럼 호적등본 같은 증서를 내야 하는 것은 아니구 그냥 그렇다고 하면 믿어준대."

"퍽 구체적이야… 그걸 보면 인사말은 아닌 것 같아. 그 아이들 우리들보다 더 의리가 있어! 아직도 우리를 대학 시절의 학우로 생각하고 있고 그때의 우정이 변하지 않은 것 같군!"

"혜란이는 원래 잠시 바람 쏘이러 간다고 갔는데 거기 눌러앉았나봐. 상아 바위라니까… 세상이 많이 변했어. 우리가 졸업한 지 한 5년 가까이 되었나. 내가 이 모양이 되고, 네가 선생이 되고, 혜란이와 미라는 남편과 사별하고, 사랑이 깨지고…"

"인생을 알만큼 알게 된 거지 뭐…"

나는 연천 시내에서 태현을 차에서 내리게 해 택시를 태워 보내려 했다. 그러나 태현은 거절했다. 자기가 걸어서 골짜기까지 가겠다고 했다.

"그 몸을 하구서?"

"나는 특별히 나쁜 데는 없어. 다만 식욕이 없구 잠을 제대로 자지 못할 뿐이야. 너를 만나니 살고 싶은 마음이 생기는 것 같아. 식욕이 갑자기 동하는군… 저기 새벽시장 뒷골목에 가서 해장국 한 그릇 사 먹고 걸어볼래… 골짜기까지…"

"강화도 내 학교로 한번 놀러 와라. 다음 주에… 데리러 올게! 너의 건강을 감안해서…"

"아니 아니 내가 갈게… 여기 소요산역에서 타면 강화도 입구의 개화역이든가… 네가 마중을 나오면 될 거야. 내가 그 동네에 오래 살았잖니…"

나는 태현을 내려주고 혼자서 여명이 전해지는 경기도 북서부의 잘 닦인 길로 차를 몰았다. 나는 차를 의정부까지 몰고 나와 우회전해서 장흥, 고양을 지나 행주대교를 넘어왔다. 거기서는 강화도가 눈앞이다. 이렇게 지름길을 달려와도 근 한 시간 반이 넘게 걸렸다.

나는 이 시간 동안 나 자신의 내면에 이는 어떤 변화 같은 것을 느꼈다. 뭔가 헤어날 길 없었던 슬럼프를 벗어날 수 있을 것 같은 느낌이 일었다. 태현이가 그 몸을 하고서 시장 뒷골목으로 해장국을 사먹으러 가겠다고 하던 이야기가 바로 나에게도 적용되는 것 같았다.

어둠이 물러가고 있는 4차선 길에는 달리는 차들이 별로 없어 질주하기에 안성맞춤이었다.

지금까지 한 번도 느껴본 적이 없었던 부드러운 엔진음이 나의 내면을 한없이 위무하는 것 같았다. 그 부드러운 기계음을 타고 나의 내면으로 들어와 내 영혼을 적시는 어떤 느낌 같은 것이 일었다.

나는 갑자기 그림을 그리고 싶어졌다. 밤 새워 그림을 그려 태현에게 보여주고 그에게 인정받고 싶어지는 마음이 나의 내면을 채워오는 것이었다.

주말까지 한 닷새 정도 남았는데, 그 사이 그림을 그리면 얼마를 그리겠는가. 그러나 그리는 데까지 그려서 그에게 보여주고 싶었다. 제대 후 근 2년간 거의 그림을 그리지 못한 황폐한 나의 모습을 보이고 싶지 않았다.

나는 추상화가 없던 시절의 그림들이 더욱 색채적이기에 더욱 인간

적이라는 생각을 하고 있다. 추상화는 추상의 미학은 심화되어있을지 모르지만 실체감의 상실로 인한 비인간화가 추구되고 있는 것 같다.

그 주 금요일 오후 4시쯤 개화역에서 나는 태현을 픽업했다.

그의 안색에 혈기가 돌고, 살도 좀 찐 것 같았다. 그는 별 말 없이 운전하는 나에게 시선을 주기도 하고 주변의 풍광을 유심히 살피기도 했다.

나의 하숙에 도착한 그는 창문 너머 탁 트인 수평선을 보고는 말문을 잃고 한동안 정신없이 그것을 바라보고 서 있었다. 그는 나의 그리다만 캔버스 옆에 비어있는 또 하나의 캔버스를 보고는 붓을 들어 지금 보고 있는 바다 풍경의 그림을 그리기 시작했다.

두세 시간이 정신없이 흘러갔다. 시야 속의 바다풍경에 땅거미가 짙게 내려 윤곽이 흐려질 때서야 우리는 붓을 놓았다.

"살 것 같아…"

붓을 던지면서 태현이 한 말이었다.

"살 것 같아?"

나는 그가 한 말을 되받아 물었다. 무슨 뜻이냐의 질문이었다.

"다시 나의 길을 가야겠어… 그 충격을 받은 후 나는 죽음의 유혹을 뿌리칠 수 없었어… 그래서 나는… 겨우 겨우… 살아난 거야. 지금은 다시금 붓을 잡아야겠다는 깨달음이 왔어… 우리 이렇게 같이 그림을 그려본 게 몇 년 만이지?"

"네가 군대 휴가 나와서 애기봉 펜션에서 같이 그림을 그리고는 처음인 것 같군… 내 생각으로는 네가 주변을 정리하고 혜란이가 오라는 파리에 잠시 갔다 오는 게 어떨까?"

나는 그의 질문에 대답하면서 덧붙여 내가 느끼고 있었던 다른 핵심적이랄 수 있는 문제에 대해 슬쩍 지나가는 투로 언급했다. 태현 자신의 말대로 그는 죽지 않기 위해 발버둥치다가 목숨은 건졌지만 엉뚱한 늪에 빠져 허우적거리는 것 같았다.

이 말은 내가 정말 할 수 없는 성격이다. 내가 그걸 왜 모르겠는가. 그러나 나는 모험을 하지 않으면 안 된다는 마음으로 이 말을 했다. 그에게 어떤 활로를 터 주어야 한다는 생각에서 였다.

"지금 여자하고 헤어지란 말이군?"

"…"

나는 그의 그런 질문에 무슨 말이든 할 수가 없었다. 그는 분명히 나의 의중을 정확히 캐치한 것이다. 그런 이상 내가 무슨 말을 더 할 수가 있겠는가.

"안 그래도 그러려구 해. 그림을 사 주려는 사람은 그림을 보여주고 싶은 사람보다 몇 백 리나 더 멀리 떨어져 있는 것 같아… 내가 헤어날 길 없는 위기에 빠져 있을 때 나를 구해준 분에게 못할 짓이지만 그것과 이것은 문제가 다른 것만 같아…"

"…"

나는 너무나 조심스러워 무슨 말이든 할 수가 없었다. 요행으로 그가 무슨 말이든 해 주기를 기다리고 있을 뿐이었다.

"하지만 내 팔을 베어내는 것처럼 쓰라려… 사람이 못할 짓이야…"

"그래서 네가 그로키 상태가 된 것이 아닐까…"

"너같이 사람을 정확히 보는 사람을 본 적이 없어!"

"무슨 소리야! 나는 사람 보는 눈이 너무 둔해… 큰일이야."

"내가 가장 어려웠을 때, 너는 나에게서 지리적으로 멀리 있었고 나의 고의에 의해 서로 연락이 닿지 않았지만 너는 마음으로는 내 바로 곁에서 나를 지켜주었던 사람 이상으로 나를 지켜주었어. 그것은 바로 그 펜션으로의 이사와 이 골짜기로의 이사가 결국 네가 쳐놓은 그물에 걸려 죽음으로의 물살에 휩쓸려 떠내려가는 나를 건져주었어… 이런 너의 혜안이 어찌 날카롭다 말하지 않을 수 있겠니.”

“그랬던가… 나는 그런 것까지는 생각하지 못했어! 다만 너를 줄곧 생각하고 있었어… 그리고 네가 언젠가는 나의 곁으로 돌아오리라는 생각을 했고 그것에 대비한 것일 뿐이야.”

우리는 하숙집의 화실을 벗어나 바닷가의 횟집 거리를 걸었다. 그렇게 번잡하지 않는 해변 거리였다. 개발이 덜 되어 횟군들이 드물었다. 우리는 깨끗한 한 집을 골라 들어갔다.

우리는 회를 시켜놓고 천천히 소주를 마셨다. 나는 전격적으로 화제를 바꾸었다.

“미라에게서는 무슨 연락 같은 것은 없었어?”

“없었어. 알렝하고 그렇게 도망을 친 주제에 우리에게 무슨 할 말이 있었겠어… 하지만 혜란이가 쓴 편지 끝에 자기 이름도 써서 같은 뜻이라는 것을 나타냈더군.”

“태현아, 그렇게 생각할 것이 아니라고 생각해… 우리 동해안에 갔을 때부터 걔네들 우리에게 정말 간절히 사랑을 호소한 거야… 그런데 우리 너무 순진해 그걸 알아차리지 못했을 뿐이야… 여자 애들은 다들 그러는 줄로만 알았지. 우리 바보였어. 너무 순진했다 할까…”

“여자 경험이 전혀 없었잖아… 알 턱이 있었겠어!”

“너를 파리로 초청한 것은 혜란의 의사만이 아니야. 미라도 마찬가지야. 오히려 미라가 혜란 뒤에 있을지도 모른다는 생각도 들어. 알렝과 헤어진 체면에 앞장서서 나올 수는 없었을 거야. 아니면 미라가 혜란을 시켜서 너를 초청한지도 몰라…"

"그럴까… 나도 새로운 그림을 좀 배우고 싶어. 그림을 진정으로 생각한다면 왜 파리 행을 거절하겠니…"

나는 가장 중요한 두 가지 사실, 그러나 절대로 내가 먼저 발설해서는 안 되는 두 가지 사실을 확인할 수 있었다. 그것은 물론 지금의 그의 생활을 청산하는 것과 그가 프랑스로 유학을 떠나는 일이었다.

그것은 어쩌면 나 자신도 추구해야 할 나의 미래상인지도 몰랐다. 그러나 나는 그것이 정말 불가능하다. 나는 여러 가지 사정을 감안하건데 직장을 지켜야 하고, 직장을 지킨다면 나의 해외유학은 불가능한 일이다.

그러나 세계미술계의 동향으로 보아 화가들의 교류의 중심이 되고 있는 파리나 뉴욕으로 가서 그림 공부를 하여야 세계화단에 데뷔할 수 있는 것은 확실하다. 국내 작가로서 세계화단에 알려진다는 것은 엔간한 독창성과 인적교류가 아니고서는 대단히 어렵다.

음악계도 마찬가지고, 조각계 하물며 언어의 예술인 문학계까지도 선진국을 중심으로 하는 인적교류가 중요시되고 있다. 세계가 넓어 누가 누구인지 모르는 것 같지만, 세계를 무대로 한 어느 한 예술 분야에 종사하는 사람들의 상호 인지는 그리 막연하기만 한 것은 아닌 것이 오늘날의 실정이다.

"그런데 태현아 너 그만 프랑스로 가려무나… 주저하지 말고…"

나는 갑자기 대화를 돌렸다. 슬쩍 말을 바꾼 것 같지만 이것이 그야말로 내가 오래전부터 그에게 하고 싶은 말이었다.

"마음의 준비가 안 되었어. 경비 문제도 해결하기 어렵구."

이야기는 핵심을 건드리고 있었다. 나는 대화를 가장 부드럽게 그

러나 어디까지나 핵심에서 벗어나지 않게 이끌어야 한다는 생각을 스
스로에게 다짐하고 있었다.

"너나 나나 딸린 사람이 없잖아. 아직 장가도 안 갔으니… 그리고
그림 몇 점 가지고 가봐… 팔릴 거야. 너의 그림은 하도 독창적이라
서… 나의 생각이지만… 그리고 정 어려우면 나도 도울 수 있어… 네
가 가면 나도 뒤따라갈 것 같아… 못가면 방학 동안이라도… 선생 노
릇하니 그거 하나 좋더군… 일 년에 삼분의 일은 자유시간이야."

"혜란이와 미라가 먹고 자는 문제는 걱정 말라고 말하긴 했어… 두
사람 몫을 한 사람 몫으로 합치고 나머지 한사람 몫을 나에게 주겠다
는 거야."

"솔직한 고백이지만 네가 파리에 가서 그림을 그려야만 나도 한국
에서 죽어라 그림을 그릴 수 있을 것 같아. 네가 파리로 가기를 바라
는 내 마음은 사실 나 자신 헤어날 길 없는 슬럼프에서 벗어나는 길이
라는 생각이 들기 때문이기도 해…"

"야 참 우린 일란성 쌍둥이도 아니면서 어떻게 그렇게나 서로 생각
하는 것이 비슷할까! 나 역시 네가 슬럼프에 빠지면 나도 그림을 못
그리겠어… 네가 열심히 그려야… 그리고 열심히 새 작품을 내어놓아
야 나도 그림을 그리고 신작을 내놓을 수 있을 것 같아."

"대학을 졸업하고 4, 5년 흐르면서 뿔뿔이 흩어져 오만 인생의 풍파
에 시달렸던 우리들, 이제 서른 살 고비를 넘어서서 파리에서 재회한
다… 거참 괜찮군!'

나는 그의 도불을 기정사실화하기 위한 말을 부드럽게 했다.

나는 이 문제에 있어서 그 신비스러운 여인과 태현과의 관계에 대
해 고심했으나 그것을 직접적으로 내색할 수 없었다. 세상에 알 수 없

는 것이 두 남녀가 그들만이 가지는 감정의 교류다. 그러나 눈치나 느낌으로 보아 그 문제를 태현은 심각하게 생각하고 있지는 않은 것 같았다. 그는 아주 간접적인 표현으로 그분의 의미를 말한 적이 있었다. 그녀는 그에게 그림을 팔아주는 사람으로 존재한다는 것이었다.

"졸업 후 우리 너무 많이 변했어. 하지만 네가 겪은 인생의 모진 시련은 우리 세 사람의 것을 합친 것보다 훨씬 심했어. 우리 모두의 희망이 그러하고 우리에게 힘과 용기를 준다는 측면도 있으니 그만 결심하거라."

"잠시 갔다 오는 것은 몰라도… 불어도 못하는데…"

"그림쟁이는 그림으로 얘기하는 거지 무슨 말로 대화하는 거 아니야."

드디어 태현이가 반 응락을 한 것이다.

그해가 저물기 전에 태현은 파리 행 비행기에 몸을 실었다.

나는 그를 배웅하기 위해 인천공항까지 그를 태우고 갔다. 그는 깊은 생각에 잠긴 듯 별 말이 없었다. 우리는 자판기에서 커피를 빼서 마셨다. 그는 '출국' 으로 들어가면서 나에게 이런 말을 했다.

"죽어도 그림을 그리고 싶어 하는 너를 이제 조금 알 것 같구나. 너는 참 무서운 아이야…"

"…"

나는 금방 무슨 말을 하지 못했다. 그의 말이 너무나 뜻밖이었기 때문이었다. 자기를 위해 하는 일을 가지고 나에게 그렇게 말하다니 금방 납득이 가지 않는 것은 아니었으나 과연 그런지 자문해보지 않을 수 없었다. 과연 내가 그런가…

그가 출국구역으로 들어가 버린 후 나는 한참 동안 거대한 중앙홀의 유리문 아래 늘어서 있는 의자에 앉아있었다. 알 수 없는 감격이 가슴으로 몰려들어 나는 나도 모르게 흑흑거리며 소리없이 눈물없이 흐느꼈다.

정신이 멍해져 있는 내 앞에 누군가가 낯익은 사람이 모습을 드러냈다. 나는 정신을 가다듬으며 그를 알아보려고 애썼다. 아니 이 사람이, 나는 적이 놀라지 않을 수 없었다.

"결국 떠나셨군요… 잘하셨어요. 두 분의 우정이 아름다워요."

"당신은 바로!"

"네, 바로 접니다. 그분은 한국을 떠난 것이 아니라, 바로 나를 떠난 거예요… 잘하셨어요. 모든 것을 정확히 보신 거에요. 특히 현우 씨가…"

"…"

나는 역시 할 말을 찾지 못했다. 지금 여기서 이 여자 앞에서 무슨 말을 할 수 있단 말인가. 그것은 내가 태현을 만나지 못하는 사이 그에게 있었던 가장 비밀스런 부분이다.

그녀는 공손히 인사하고 나를 떠났다. 그 순간 나는 다만 나와 태현의 인생에 있어서 가슴 아프고 낯선 한 고비가 흘러갔다는 느낌이 왔다.

혜란과 미라와의 몇 차례 통화에서 나는 그녀들이 얼마나 세심하게 태현의 도불을 위해 준비하고 있는지를 알 수 있었다. 그것은 비단 태현의 비극을 감안하기만 한 것은 아니었다.

"태현이 계속해서 그림을 그리기를 바라는 마음이야… 파리에 오면 그림을 그리지 않고는 못배겨. 우리 학교가 있는 생제르멩 데 프레는 온통 그림 세상이야. 사람 전부가 화가 아니면 조각가이고 집이란 집은 미술관이고 박물관이야. 태현이 아마 그림에 푹 빠질 거야."

나는 참으로 오래간만에 미라와 통화했다. 그녀의 목소리는 조금도 변하지 않았다. 목소리만 변하지 않은 것이 아니었다. 목소리로 나를 대하는 그녀들의 태도가 옛날과 조금도 다르지 않은 것 같았다. 알렝과의 이별에서 입은 상처가 완전히 가신 듯했다.

이 사실은 나를 안심시키기도 했지만 크게 놀라게도 했다.

대학 졸업 후 줄잡아 5년이란 세월이 흘렀고, 그 사이 우리는 인생의 가혹함을 쓰라리게 맛보았다. 혹독한 인생의 체험이란 관점에서 그녀들은 우리 못지않았다. 혜란의 경우 결혼과 사별, 미라의 경우 동거와 이별 등은 그것을 받아들이는 그녀들의 성격차이가 있을 수 있지만 사실상 남자에 있어서는 거의 죽음과도 맞먹는 여성 최악의 혹독한 체험임에 틀림이 없다. 여성에게 있어서 사랑의 실패는 그 이상의 가혹한 형벌은 없을 것이다.

"미라야, 태현이가 그래 너희들 파리미술대학 기숙사에 들어갈 수 있을까?"

"그것 조금 어렵기는 해. 하지만 불가능한 것은 아니야. 내가 오래 이 학교 기숙사 생활을 해서 각 동을 지키는 경비들을 잘 알아. 경비 이상 체크하는 사람은 없어. 그들에게 이 남자 기존 여자 입사생의 약혼자다 아니면 남편이다 하는 말만 하면 된다구."

"그래서 뭐라구 했어?"

"내가 알렝과 동거를 했기 때문에 너무 잘 알려져 있어서 혜란의 약혼자라고 말했어. 그렇게 말하면 믿어버려. 그 증거가 있나 하고 묻지를 않아."

"그럼 태현과 혜란이 한방을 써야 하니?"

"그건 아니야. 한번 방을 배정해주면 그 다음부터는 더 이상 체크하지 않아. 여긴 대학생들의 천국이야. 동거하는 학생들을 위한 기숙사가 따로 있는 데도 많아. 태현이 학생이 아니기 때문에 문제가 있지만 약혼자라고 하면 별 문제가 없어. 학생들 간의 애정에는 학교당국도 나라도 하물며 부모까지도 절대로 개입하지 않아."

"서울에서의 태현의 여러 가지 문제는 내가 알아서 처리할 테니 그쪽 파리에서의 문제를 너희들이 해결해다오. 내가 직장이 있어서 필요한 만큼 협조할 수 있어… 약속한다!'

"너희들, 조금도 변하지 않았구나. 언제 너희들 서로들 떨어져서 잊고 살 수 있겠니? 분명 호모는 아니구… 호호호호."

"무슨 소리하는 거야! 그냥 대학생 시절의 우정 이상은 없어! 대학생 시절의 우정, 그것은 인생여정의 영원한 길잡이가 아닐까."

"대학생 시절의 연애감정은?'

"그건? 그건 잘 모르겠어! 우선에 결혼하고 살아야 하니까. 결혼은 세 끼 먹고 잠자고 섹스 해결하는 것이 문제야… 그리고 결혼하면 단번에 자식이 생기잖아! 그러면 끝장이지 뭐. 심약한 사람, 자식 낳아준 마누라 배반하기 어려워…"

"심약한 사람? 아닐 거야… 동양 사람… 그런 풍습을 가지고 있는 동양의 문화가 문제야… 자식을 자신이 책임져야 한다는 동양적인 풍습과 사고방식의 문제야… 자식과의 결별을 결심하지 못하기 때문에 마누라하고도 못 헤어지는 거야. 가족중심주의라고나 할까! 여긴 개인중심주의야. 자기 자신만을 생각하는 것 같아. 그러면 모든 문제가 훨씬 간단해지지! 너도 한번 파리에 와라. 방학 때 오든지… 아니면 사표내고 오든지… 아니면 휴직하고 오든지."

“그것은 차후문제고 지금 당장은 태현의 손에 붓을 쥐어주고 춤추게 하는 거야. 그의 영혼이 다시금 그림으로 불타오르게 하는 거야!”

“틀림없이 태현은 변할 거야! 파리에 오면… 그리구 너도 앞으로는 그림을 좀 파리로 보내줘. 화랑과 나의 지도교수에게 보여 볼게. 나도 어학연수를 위해 1년을 보내고 입학허가를 따기 위해 몇 년을 보냈기 때문에 졸업이 지연되고 있어. 혜란이도 마찬가지야. 그 사이 사귄 화랑도 몇 군데 있어… 알렝도 도와줄 거야. 그리고 너 시계선물 참 고마웠어…”

“그거 뭐 언제 때 얘기라고… 그 친구하고는 헤어졌다면서?”

“그래도 만나서 밥도 먹고 술도 마셔. 두 사람 사이에 갈증이 해소되었을 뿐 무슨 억하심정이 있어서 헤어진 건 아니야.”

“갈증이라… 거참!”

“영원히 해소되지 않은 갈증도 있다구 생각해… 그게 참 사랑이 아닐까.”

태현이 파리로 가고 나서 나는 내 월급의 약간을 그의 생활비로 부쳤다. 단 태현에게는 절대로 비밀로 한다는 조건을 달았다. 별난 성격의 그가 무슨 생각을 할지 알 수 없었기 때문이었다.

내가 아무리 태현에 대해 남에게 말할 수 없는 우정을 가지고 있다고 하더라도 그가 나의 혈육도 아닌데 그에게 아무리 적은 액수라도 현금을 부치기에는 어려웠다. 이것은 내가 행방불명된 그의 귀가를 기다리며 연천 골짜기에 집을 짓는 문제와는 또 달랐다. 나는 사업가가 아니고 사회 초년생 월급쟁이가 아닌가.

그러나 나는 이런 행동을 하는 나 자신을 가만히 분석해 보았다.

거기에는 두 개의 ‘나’ 가 있었다. 그 첫째는 정말 태현의 재능을 아끼고 그의 장족의 발전을 비는 '나' 가 있었고, 두번 째로는 그의 활발한 그림 활동이 빚어내는 어떤 파동을 타고 그림에의 열정이 회복되는 '나' 자신이 있었다.

교직 발령을 기다리면서 일 년, 발령을 받고나서 이 년 가까운 세월 동안 내가 겪은 슬럼프는 끔찍한 것이었다. 그 기간은 태현과의 연락이 두절된 시기였다. 그것은 다른 말로 표현해서 삶의 의미를 상실한 시기라고 말할 수 있으리라.

그런 각도에서 나는 월급날이 기다려졌고, 은행에서 송금하는 날이 기뻤다. 내가 인간으로서의 기능을 다하는 것 같은 느낌과 내가 물질 만능의 세상 속에서 그래도 그림을 그릴 수 있는 능력을 회복할 수 있다는 희망이 솟아나기 때문이었다.

태현이 파리로 날아간 후 만 하루 만에 혜란이 나에게 전화를 했다.

"응, 현우야, 태현이 잘 도착했어. 샤르르 드골 공항에서 만났어. 지금 우리 대학 기숙사 식당이야."

"다행이구나. 그리도 멀리 느껴지던 파리가 바로 옆 동네 같아!"

"너도 와라. 못 올 일이 뭐가 있어? 사표 내기 싫으면 이번 여름방학에 와서 태현이하고 한방을 써! 일인 일실이지만, 두 사람 자도 무슨 말 안 해."

"기숙사에 금방 방이 있던?"

"내가 말했잖아… 내 방을 내주고 나는 미라와 한방을 쓴다구. 태현이가 내 약혼자라고 경비 아줌마한테 말해서 통과되었어. 원칙은 안 돼. 하지만 만사에 예외가 많은 게 프랑스야. 이 원칙 지켜지지 않아…"

"하지만 그래도 약혼자 흉내는 내야 할 걸…"

“그래서 팔짱끼고 다니고, 아줌마 보는 데서 뽀뽀도 하고 그래… 호
호호호… 숫총각이라 부끄러움을 많이 탄다구… 태현이가.”

“숫총각! 태현이가! 그럴지도 모르지… 장가 간 적이 없으니까… 하
지만 남자 나이 서른이면 볼장 다 본 거 아니야! 그 무서운 군대까지
갔다 왔는데! 세계 최강 대한민국 육군이었잖아!”

“야 너들 이제 많이들 변했구나. 역시 세월은 무서워! 그 골샌님들
이 서른 살 고비를 넘더니 이제 뭔가 인생을 조금은 아는 것 같아…
태현이 바꿔줘?”

“아니, 그냥, 건강하기를 바란다고만 전해줘.”

혜란의 목소리는 내 영혼 속에 잠들어 있던 그녀에의 향수를 자아
냈다. 그 느낌은 얼마 전 미라와 통화했을 때도 비슷했다. 그러나 어
쩐지 혜란의 것이 더욱 울림이 큰 것 같았다. 혜란은 나에게서 멀리
멀리 가버렸지만 왠지 내 가까이 있는 것만 같은 착각을 느끼게 했다.
그녀는 내가 무슨 말을 하면 주저하는 법이 없다. 그녀의 대답은 언제
나 그 자리에서 확고하게 주어졌다. 대부분의 경우 그녀의 대답은 나
의 요구를 들어주는 방향이었다.

그래서일까, 나는 혜란이 태현의 약혼자 노릇을 하고 있다고 해도
질투심 같은 것이 생기지 않았다.

태현이 파리로 간 이후 나는 내 영혼의 안정을 얻었다. 오랜 방황 끝
에 집으로 돌아온 탕아처럼 나는 희망과 열정의 꽃이 핀 내 심혼의 집
에서 안정을 취할 수 있었다. 그리고 그 다음 순서인 그림 그리기 작
업에 매진했다. 사실 대학을 졸업하고 차분한 마음으로 그림에 열중
한 적이 거의 없는 것 같았다.

나의 섬 학교 미술선생 노릇은 이제 서서히 열정을 띠어 갔다.

나는 어렵게 그림 두 점을 완성하였다. 하나는 「서해안의 황혼」이란 타이틀을 붙였고, 다른 하나는 인천의 부둣가로 학생들과 함께 스케치하러 가서 그린 그림인데 「인천부두」라는 타이틀을 붙였다.

강화도 사람들은 김포를 내집 드나들 듯이 드나들고, 김포가 성이 차지 않는다고 인천을 수시로 드나든다.

나는 이 두 개의 그림에 혼신의 힘을 기울였다. 「서해안의 황혼」에서는 그래도 조금은 한국적 어촌의 모습이 남아있는 해안 풍경을 황금빛을 주로 해서 부각시키려고 노력하였고, 「인천부두」에서는 주로 월미도 주변의 어수선한 항구모습과 중국왕래를 주로 하는 국제여객선터미널 인근을 그렸다.

나는 거의 다섯 차례나 완성된 그림을 찢곤 했다. 천신만고 끝에 흡족하지는 않았지만 그림을 완성하였다. 나는 거의 파김치가 되었다.

나는 오랜 망설임 끝에 이 두 그림을 파리의 미라에게 보냈다. 콧대 세고 까다롭기로 유명한 파리의 화가들과 화상들이 나의 그림을 보고 어떤 반응을 보일지 조금은 궁금하였다. 그냥 보내본 것이지 무슨 기대를 건 것은 아니었다. 무슨 기대를 걸 수 있겠는가. 그들은 나보다 한참 저 멀리 앞서 있는 것은 분명하지 않은가.

그림을 보내고 나서 근 석 달이 되어갈 무렵 미라가 전화를 했다.

"현우야, 네 그림이 꽤나 호평이야… 네 그림을 사겠다는 사람이 나타났어."

"믿어지지 않는데… 정말이야?"

"그것도 만 유로야. 한화로 천오백인데… 한국에서는 그리 큰 금액이 아니지만 파리에서는 일급화가의 그림값이야!"

"믿어지지 않는데… 누군데? 그 사람?"

"프랑스 사람인데… 나도 아직 만나보지는 않았어. 나이가 지긋한 할머닌가 봐… 이번 여름에 파리에 와라. 비행기값은 벌어놨잖아. 그리고…"

"그리고 또 뭐야?"

"내 지도교수도 네 그림 두 점을 보시고, 네가 원한다면 일 년 어학연수를 한다는 조건으로 우리 학교에 받아주시겠대."

"입학시험도 안치고 받아준대?"

"프랑스는 완전히 국제화된 나라야. 비자도 없잖니! 다른 나라의 학제와 학위를 싹 무시하는 미국하고는 달라. 다른 나라에서 학사학위를 받은 사람들은 꽁세이유 시앙티피끄라 해서 다른 나라 학위 심사위원회가 있어서 심사를 해서 인정을 하는 제도가 있어. 우리가 한국에서 학사학위를 했기 때문에 그대로 인정을 받는 거야. 그러니 너는 잘만 하면 우리 대학 석사과정에 입학할 수 있어. 나, 혜란, 태현이 전부 그렇게 해서 입학한 거야."

"글쎄… 여름방학 때 두 달 정도 다니러 가는 것은 몰라도 학교를 그만두고 가는 것은 좀 더 생각해봐야 해… 딸린 사람들이 많아."

괜히 하는 소리가 아니었다. 나는 지난 2월에 정년하신 아버님을 대신하여 집안을 책임져야 하고 세 명의 동생들이 있다. 그리고 별것은 아닐지 모르지만 태현이도 있었다. 유학도 좋고 그림도 좋지만 매일매일 닥치는 이 오늘을 책임져야 하는 한 사람의 인간으로서의 책임도 절대로 무시할 수 없었다. 그림 그리는 사람은 굶어 죽는 한이 있더라도 오직 그림만 그려야 한다는 생각을 내가 왜 하지 않겠는가. 그러나 나는 왠지 그럴 수가 없는 체질인 것 같다. 나를 쳐다보고 있는 나의 어린 혈육들과 헤어날 길 없는 빈사의 사지에서 허우적거리느라 자기의 재능을 썩히고 있는 친구를 외면할 수 없는 나의 심정을 도대체 어떻게 그리고 누구에게 표현할 수 있겠는가.

"미라야, 나를 생각해줘서 고맙구나. 너희들의 우정은 정말 아름답다. 하지만 나는 직장을 그만둘 수는 없어… 그림도 좋구 유학도 좋지만 내가 당면하고 있는 이 오늘이 더 중요해… 네가 오라면 여름방학에 한두 달간 갈 수는 있을 거야…"

"그래 그럼. 이번 여름방학에 꼭 와라. 사실은 좀 중요한 일이 있어서 그래…"

"무슨 일인데? 내 그림의 원매자를 만나는 일이냐?"

"그것도 중요해. 프랑스 사람들 화상에게 사겠다고 말했으니 그건 틀림이 없어. 그리고 사실은 중요한 결혼식이 있어."

"결혼식이라니?"

나는 너무 뜻밖의 말이라 조금 어리둥절했다.

"혜란이와 태현이가 결혼을 할 것 같아… 둘이 동거하고 있어… 이번 여름에 네가 오면 결혼식을 올리려구 하고 있어."

"…"

나는 너무나 뜻밖의 말이라 무슨 말을 어떻게 해야 할지 금방 판단이 서지 않았다. 어떻게 생각하면 올 것이 오고야 말았다는 느낌도 들었다. 두 사람이 서로 사랑할 가능성은 충분히 있었다. 그러나 어쩌면 혜란보다도 미라가 태현과 더 가까울 수도 있었다는 생각도 들었다. 그러나 혜란의 성격으로 보아 태현에게 더한 연민의 정을 가졌을 가능성도 있었다.

"너무 놀랐니? 현우야…"

"응… 그래… 조금…"

"애들 말이야, 기숙사에서 가짜 약혼자 노릇하다가 정이 붙었나 봐… 나 참! 두 아이 결혼한다고 기숙사에서 학생들 사이에 야단들이야! 우리 적은 나이가 아니잖니! 이제 자기 영원한 짝을 찾아가야지… 여름에 네가 오지 않을 수 없게 됐어, 현우야!"

"그럼 그럼 당연히 가야지! 가서 축하해줘야지! 내가 날짜를 정해서 통보해줄게!"

"프랑스에서는 결혼식을 두 번 하더라. 시청에서 한번 하고, 교회에서 또 한번 해… 두 아이 다 교인이 아니니까 교회결혼식은 생략하겠어… 혜란이도 재혼이고, 태현이는 파리까지 올만한 일가친척이 없고 해서 너와 내가 꼭 참석해야해… 알았지!"

"염려말라니까!"

혜란과 태현의 결혼소식을 전해 듣고 나는 며칠 멍한 상태로 보냈다. 충분히 그럴 수 있고 축하해주고 싶은 마음이 가득한 반면 뭔가 허전하고 쓸쓸한 마음도 아울러 느꼈다.

젊은이들은 항상 주변에 사랑과 결혼의 가능성을 여럿 가지고 있기 마련이다. 그들이 어느 특정인과 결혼을 결정할 때에는 이런 여타의 가능성을 포기하는 것을 말한다고 보아야 한다. 거기에 약간의 아픔이 있는 것은 당연하지 않는가.

나는 열심히 그림을 그림으로써 공허감을 달랬다. 그리고 나는 오히려 내 영혼을 적셔오는 어떤 희망과 열정을 느꼈다.

그러나 혜란과 태현의 관계를 깊이 알지 못하는 나는 그들만이 나눈 영혼의 대화를 이해하지 못한다. 그래서 내가 지금 무슨 착각을 하고 있는지도 모른다는 생각을 하기도 했다.

이 얼마나 가슴 벅찬 일인가. 그 오랜 세월 동안 서로의 영혼의 체온을 덮혀온 그들이 인생의 가시밭길을 돌고 돌아서 결국 결혼에 이른 것이다. 나는 나의 시시한 감정의 찌꺼기를 덮고 그들의 결혼을 진심으로 축하해주기로 마음을 먹었다.

며칠 후 태현이 전화를 해왔다.

"현우야, 일이 그렇게 됐어. 패잔병들의 결합이지 뭐."

"너무 잘 됐어. 혜란은 너를, 너는 혜란을 위무하고 사랑해줄 수 있을 거야! 우리 적은 나이에도 벌써 엄청난 상처를 입었어."

"우리를 축하해주러 파리까지 온다구! 난 정말 염치가 없어!"

"다 내가 좋아서, 아니 너무 좋아서 하는 일이야. 조금도 부담감 가지지 말어! 너희들 결혼식에 내가 어떻게 가지 않을 수 있니!"

그해 여름방학 때, 나는 약 한 달 간의 짬을 내어 파리를 방문하였다. 미라와 혜란, 그리고 태현이 샤르르 드골 공항에 나와 있었다. 우리는 서양인들도 아니면서 서로들 끌어안고 마구 뛰었다. 너무나 반가워서 어쩔 줄을 모를 지경이었다.

"동거하면 혼인신고나 하고 그냥 살지 무슨 또 결혼식이야!"

나는 조금은 어색해질 수도 있는 분위기를 피하기 위해 속 시원하게 농담조로 나갔다.

"이년이 팔자가 드세서…"

"우리 여왕님이 무슨 그런 소리를! 태현이하고 행복하게 잘 살어!"

조금 긴장될 뻔도 했던 분위기가, 수많은 사람들이 저 푸른 하늘을 통해 도착하고 떠나가는 비행장이라는 분위기와 나의 스스럼없는 농담으로 아주 활짝 개었다.

"역시 현우가 있어야 해! 현우는 분명 우리의 리더야!"

혜란이 소리쳤다.

"리더? 리더는 무슨 리더야! 너희들의 뒤치다꺼리하는 똘만이지!"

나의 똘만이라는 말에 다들 하하거리면서 웃었다.

"현우야, 저기—"

미라가 손가락으로 나의 뒤를 가리켰다. 알렝이 걸어오고 있었다.

"현우, 너무 반갑구나! 네가 와서 멋진 결혼식이 되겠다!"

"어이 알렝, 너 한국어 실력 많이 늘었구나! 이 레이디는?"

알렝의 새로운 동거녀 스웨덴 여학생 크리스틴이었다.

나는 친구들이 있어서 세계문화의 수도, 파리에 왔으나 기가 죽지 않고 신나게 떠들 수 있었다. 그러나 내심 모든 것이 예술적으로 되어 있는 파리의 모습에 은근히 기가 죽었다.

전철 칸에서 내 곁에 앉은 혜란이 나에게 소곤거렸다.

"현우야, 태현이 많이 살아났어."

"으응… 그래 맞아."

그러나 이 짧은 혜란의 한마디는 나에게 정말 긴 여운을 남겼다.

아전인수인지는 모르겠지만, 나에게 혜란의 이 말은 이런 뜻으로 들렸다.

너가 그렇게도 잊고 못사는 현우를 결국 내가 살린 것이다… 그러니 결국 너를 살린 것이다.

하지만 서로 좋아서 결혼하기로 결심한 사람들에게 무슨 다른 이유가 있겠는가.

파리 체류 한 달간 나는 정말 바쁜 시간을 보냈다. 미라가 고맙게도 자신은 프랑스 여학생친구의 방으로 옮기고 자신의 방을 나에게 빌려 주었다. 파리미술학교가 위치한 셍 제르멩 데 프레 거리는 파리의 최고 문화의 거리다. 미술학교 입구에는 부뎅의 조상이 서 있어서 인상적이었다. 나는 기숙사에서 쫓겨나지 않기 위하여 미라의 한국인 약혼자 노릇을 해야만 했다. 대학 기숙사에서 신세를 지지 않으면 살인적인 파리의 숙박비를 견디기 어려웠다.

혜란과 태현의 결혼식이 노트르담 성당 약간 북쪽에 있는 파리 시청 강당에서 있었다.

신혼의 부부들은 한껏 행복해 보였다. 그러나 그들은 수입이 없는 학생 부부였기 때문에 나의 적은 도움과 혜란의 서울 장학금으로 살아가는 도리밖에 없었다. 혜란의 서울 장학금이란 혜란의 전남편이 남긴 약간의 유산과 자신이 직장생활하면서 벌어놓은 약간의 저축을 뜻한다. 안동 친정집의 도움은 거의 없는 모양이었다.

나는 생제르맹 데 프레 거리의 뒷골목에 자리 잡은 어느 화상(畵商)에서 미라의 통역으로 내 그림의 원매자를 만났다. 80이 넘어 보이는 할머니였다.

"일생 인천항에 한번 가보지 못한 것이 한이 돼요. 이제는 너무 늙어 갈 수 없어요."

"인천에 그렇게 가보고 싶은 이유는 무엇인가요?"

"남편이 6·25 때 인천상륙작전에 참전했어요. 죽기 전에 인천에 꼭 다시 한번 가보고 싶다고 하셨어요. 나를 데리구. 그런데 작년에 꿈을 이루지 못하고 죽었어요."

"프랑스군이 한국전에 참전한 것은 알고 있지만, 인천상륙작전에 참전한 것은 알지 못했습니다."

"인천상륙작전에 참전한 연합군 함정이 전부 200여 척이었어요 그 중 미군함정이 175척이었고, 영국군 함정이 12척이었어요. 그리고 나머지 나라의 함정은 전부 한두 척이었는데, 프랑스군은 한 척이었습니다. 남편은 그 함선의 부함장이었어요."

할머니는 핸드백을 열고 무언가를 끄집어냈다. 금박지 같은 종이에
여러 겹 싼 것이었는데, 그것을 풀어헤치자 빛바랜 훈장 하나가 나왔다.

"당시 전공을 인정받아 연합군 총사령관 맥아더 장군으로부터 받은
것입니다. 당신의 인천 그림을 좋은 가격으로 허락해주어서 감사해
요. 이 메달과 함께 보르도에서 살고 있는 내 딸에게 주어서 가보로
삼으려고 합니다."

역시 미라의 소개로 그녀의 지도교수인 프레데릭 교수를 만났다.
쉰 살을 조금 넘긴 나이인 듯했다.

"당신의 그림을 잘 보았다. 어디서 공부하였나?"

"한국에서 미대를 다녔을 뿐 혼자서 그렸습니다."

"후기인상주의를 어디서 누구에게서 배웠나? 다분히 고갱적이다."

"배운 적은 없고 다만 고갱의 그림을 많이 보았을 따름입니다."

"고갱의 그림 중에서 어느 그림을 가장 좋아하나?"

"다 좋아하지만 원주민 여자의 얼굴 그림을 아주 인상적으로 생각
하고 있습니다."

프레데릭 교수가 일년 간의 어학연수를 조건으로 파리미술대학에
입학하도록 도와주겠다고 했으나 나는 좀 생각해 봐야겠다는 대답을
하였다.

나는 혜란과 미라가 모는 승합차를 타고, 프랑스의 알프스 지방인
사브와, 도피네, 프로방스를 여행하였고, 지중해연안 지방인 꼬뜨 다
쥐르, 그리고 포도주의 명산지인 아뀐텐 지방을 둘러보았다. 우리는
태현과 혜란의 신혼여행에 동행한 셈이었다.

뚜르를 중심으로 르와르 강변에 늘어선 중세시대의 고성들을 둘러

보았다. 너무나 환상적이라 실제로 믿어지지 않을 지경이었다. 르와르 강의 수면 위에 떠있는 슈농소 성의 모습은 참으로 환상적이었다. 건축은 어느 면 회화보다도 더 직접적으로 우리 인간에게 미적인 영향을 미치는 것 같다.

우리는 숙소로는 오토캠핑장을 이용하여 승합차를 신혼부부에게 제공하고 미라와 나는 텐트를 쳐서 잤다. 승합차는 좌석을 조작하면 침대가 되게 설치되어 있었다.

"우리 가짜 약혼자가 부부가 되었듯이 너희들 가짜 약혼자도 잘 좀 해 봐라—"

태현이 우리보고 농담을 했다.

그럴 수 있을는지도 모른다. 대학 졸업 후 근 5년여 동안 오만 풍상을 겪은 후 다시 만나 대학동아리로서의 체온을 회복한 지금 먼저 두 사람이 결혼으로 짝을 지었으니 나머지 두 사람들도 그럴 수 있는 가능성은 얼마든지 있었다.

그러나 우정과 사랑의 차이점이 이렇게 극명하게 들어나는 경우도 드물 것 같다.

나는 미라에게 깊은 우정을 분명 느꼈으나 그녀를 안고 싶은 사랑의 감정은 없었다. 뭔가 불확실한 채로 그녀를 마구 안았던 연천 골짜기의 통나무 시절과는 나는 너무나 변해 있었다. 많은 세월이 흘렀기 때문에 불확실한 것은 없다. 모든 것이 확실히 보이는 것 같았다.

내가 보기로는 미라도 마찬가지인 듯했다. 나에게 잘 해주지만 그녀의 두 눈은 분명 나에게서 사랑을 갈구하고 있지 않았다. 그녀의 두 눈은 분명 동해안에서 나에게 스스로 전라의 모델을 자청하던 시절의 그것은 아니었다.

나는 혼자서 미라가 알렝과의 감정이 아직 제대로 청산되지 않은 탓이 아닐까 하는 생각을 해보았다. 알렝이 지금도 한국어 공부를 하고 있다고 하지 않았나. 그렇다면 그는 아직도 미라를 만나고 있다는 뜻이 아니고 무엇인가. 그러나 한번 식어버린 사랑은 좀처럼 회복되지 않는 법이다.

나는 하물며 미라와 태현의 관계를 생각해보기까지 했다. 사람이 누구와 결혼해 갔다 해서 기존의 연애감정이 완전히 청산되는 것은 아니다.

나는 정체 모를 이 감정의 향방에 어리둥절해 하면서도 유쾌한 여행이 되도록 노력하였다.

미라가 소외감을 느끼지 않도록 그녀를 웃기고 안아주고 업어주기까지 했다.

"야, 우리도 부부가 될 것 같아—"

나는 태현과 혜란에게 소리치기까지 했다.

"햐, 거참 잘 됐다! 우리 진즉부터 이랬어야 해… 얼마나 많은 세월을 허송했어!"

"미라야 왜 말이 없니?"

혜란이 미라에게 물었다.

"나! 잘 모르겠어. 현우가 괜히 하는 소리야…"

미라가 김을 뺐다. 그녀는 나의 농담을 농담으로 받아주지 않았다.

우리는 마지막으로 노르망디지방을 돌아 파리로 돌아왔다. 근 보름이 걸린 대장정이었다.

나는 그해 여름 8월 중순경에 파리를 떠났다.

제11장

기항지

파리에서 돌아온 후 가을 학기를 보내고 겨울이 되었다.

지난가을에는 전국 어느 산에도 유난스레 단풍이 풍성했고 아름다 웠다. 마치 온 산하가 불타는 듯했다. 그 가을도 가고 절기가 바뀌니 초입부터 눈이 내리기 시작했다.

그런데 이게 어찌된 일인가. 내리기 시작한 눈은 좀처럼 그치지를 않고 계속 내렸다. 하도 신기해 사람들은 새벽에 눈을 뜨면 창문부터 열어보았다. 아니, 눈은 계속 내리고 있는 것이 아닌가. 눈은 잠시 잠 시 쉬거나, 혹은 하루나 이틀 정도 쉬었다가 또 내리는 것이었다

나는 자연의 풍요로움이 던지는 색체의 향연에 위무되어 열심히 붓 을 놀렸다.

하지만 한편으로는 연천 골짜기의 집이 걱정되었다. 산과 강이 어 느 고장보다 많은 지역이라 유난스레 눈이 많이 내린다.

쌓인 눈이 집을 무너뜨리지나 않을까 하는 걱정이 앞섰다.

학생들의 수업과 나 자신의 그림 그리기 작업이 정상궤도에 올랐다. 파리 방문은 나의 여러 가지 현안들을 획기적으로 해결해주는 구실을 했다. 뭐니뭐니해도 나는 태현을 도불시킴으로써 그가 혜란과 결혼할 수 있는 전기를 마련했다. 그를 인간적인 측면에서 가히 사지에서 구했다고 생각할 수도 있었다. 아울러 그가 안심하고 화가로서의 길을 걸을 수 있게 된 것도 참으로 중요했다.

그리고 미라의 적극적인 도움으로 파리미술대학 프레데릭 교수를 알게 되었고 그의 호의적인 반응을 끌어냈으며 계속 나의 그림을 봐주겠다는 약속을 받아냈다. 나의 그림을 팔아준 화상으로부터도 나의 그림을 계속해서 취급하겠다는 언약을 받아냈던 것이다.

돌이켜 생각해보면 서른 살 내 인생이 그리 요동쳤다고 볼 수는 없었다. 내가 군에 가서 전시도 아닌데 사람을 죽이는 체험을 실제로 했다고 하지만 그것은 누구나 대한민국 청년이면 겪어야 하는 일일 뿐이다.

파리 행의 또 다른 의미는 나에게 그렇게 큰 역할을 해준 미라였지만, 나이가 깊어질 대로 깊어진 지금 나와 미라는 결코 결혼으로 이어질만한 연애감정이 없었다는 사실의 확인이었다. 두 사람이 사랑의 감정이 있었더라면 그야말로 결혼으로 이를 수 있는 절호의 찬스에서 두 사람 다 손을 내저었던 것이다. 그녀의 적극적인 호의는 그녀의 나에 대한 사랑의 가능성을 가늠해 볼 수 있었으나 그녀는 마지막 순간에 그것이 사랑의 감정이 아님을 분명히 한 것이었다. 세월이 그렇게 많이 흘러서야 그것이 분명히 들어난 것이다.

세월은 물처럼 흘러갔고, 나의 나이는 한 살 한 살 불어갔다.

집안에서는 나의 결혼을 바짝 서둘렀다. 잘못하다가는 연변처녀에게 장가를 가야하는 일이 벌어질지도 모른다는 말까지 했다.

"좋은 대학을 나와서 좋은 직장을 잡았고, 군대까지 갔다 왔는데 왜 결혼을 미루느냐 말이다. 지금 나이를 지나면 처녀들 하고 선도 볼 수 없게 된다… 불효자가 따로 없다. 멀쩡한 자식이 홀로 늙어가는 것을 보는 부모의 마음도 헤아려야지…"

아버님은 나를 점잖게 꾸짖으시곤 했다. 어머님은 아무 말씀도 않으시고 나의 눈치만 보신다. 그래서 나는 몇 차례 부모님이 추천하신 신부감과 맞선을 보기도 했다. 그러나 이들 신부감들과의 맞선은 다들 불발로 끝나고 말았다. 내가 잘났다고 생각해서 그런 것은 절대 아니었다. 그분들 전부 훌륭한 집안의 귀한 따님들이다. 내가 오히려 부족할 정도였다.

그러나 나는 뭔지는 모르지만 가정을 꾸며 안락한 생활을 하면서 지금 여기 이 위치에 안주하고 싶지 않다는 나 자신도 알 수 없는 생각에 사로잡혀 있었다.

그렇다고 내가 무슨 뽀족한 나름대로의 인생설계를 가지고 있고 그것을 대단한 열정으로 추구하고 있는 것도 아니다. 시늉만으로의 화가로서 겨우 명맥을 이어갈 뿐이었다.

내가 프랑스 첫 방문에서 귀국하고 난 후 3년간 재방문이 없었다. 왜 그런지 마음이 내키지 않았다. 그러나 3년이 되어갈 무렵 혜란 태현 부부, 그리고 미라가 알베르틴 할머니와 단골 화상의 지원으로 그룹전을 열게 되었고, 나에게도 당연히 참여를 요청했다. 그러니까 4인 작품전이었다. 파리에서는 드물게 보는 젊은 한국인 화가들의 그룹전이었다.

그 단골 화상이 경영하는 화랑이었는데, 생제르멩 데 프레 거리의 뒷골목이었으나 후진거리는 아니었다. 오히려 번잡하기만 하고 화가들의 왕래가 드문 거리보다 더한 예술적인 분위기가 풍기는 거리였다.

나는 이 작품전에 작품만 보내고 도불하지는 않았다. 마침 아버님께서 심장동맥이 좁아지는 협심증이 와서 입원을 하셨기 때문이었다. 약물로 좁아진 데를 넓혀 위기를 넘겼으나 병소가 다른 부분도 아니고 심장이라 왠지 기분이 좋지 않았다. 원래 심한 애연가이셨던 아버님은 자신의 건강을 위해 힘든 금연까지 단행하셨으나 심장은 가끔 애를 먹이곤 했다.

나는 이 4인 작품전에 강화도 해변 한 어촌 할머니의 초상을 그려 출품하였다. 서해안의 갯벌을 배경으로 한 어떤 할머니의 얼굴 그림이다. 여든이 넘으신 분인데 갯벌에서 조개를 캐서 여덟 자식을 키워 결혼 시키고 지금은 손자의 학비를 버는 할머니였다. 얼굴은 주름투성이이고 햇살에 그을려 가죽처럼 변했지만 그 얼굴 가득히 담겨져 있는 선량하고 해맑은 웃음은 보는 이의 마음을 한없이 위무한다. 그림의 제목은 「어느 한국 갯벌의 할머니(une vieillle femme d' un banc de sable de la Coree)」였다. 나는 매일 보는 서해안의 갯벌이지만 한국 서해안의 갯벌은 세계에서도 유례를 찾기 힘들다고 한다.

내 그림은 전시 첫날 원매자를 만났다. 그림 값은 원매자가 5천 유로를 내겠다고 해서 합의하였다.

태현의 그림도 5천 유로짜리 하나와 2천 유로짜리 그림이 두 점이나 팔려 대단한 성과를 보였다. 혜란과 미라도 천 유로 안팎으로 그림들이 팔렸다고 한다.

태현의 5천 유로 짜리 그림은 역시 알베르틴 할머니가 구매하였다.

파리에서 일본 화가들의 전시회는 자주 보게 된다. 일본화의 고정 컬렉터들이 있어서 전시회가 열릴 때마다 메스콤에서는 판매가를 대대적으로 보도한다. 만 유로 이상의 그림도 가끔 있고, 놀랍게도 경우에 따라서는 십만 유로 이상으로 판매되는 그림도 있다.

프랑스에서는 원래가 프랑스 현대회화의 시조라고 할 수 있는 인상주의의 완성자 끌로드 모네의 일본화에의 경도에서 친일경향이 시작되었다. 모네는 자신의 화실이 있는 지베르니에 거대한 인공정원을 만들면서, 호수의 모양과 다리들을 일본풍으로 지었다.

프랑스 화가들의 친일경향은 모네뿐만이 아니다. 낭만주의의 대표적인 화가라고 하는 들라크루아의 경우도 일본의 전통회화인 우끼요에(浮世畵)의 영향을 많이 받았다.

그리고 놀라운 일은 나의 그림을 산 사람은 바로 파리미술대학의 프레데릭 교수였다는 사실이었다.

본인의 요청으로 이 그림의 판매가가 결정되기 전에는 원매자의 신분이 공개되지 않았는데 그 후에 사실을 알고 나는 크게 놀랐다. 그 사실을 알았더라면 그림값을 좀 더 낮출 수도 있었다. 나에게 큰 힘이 되어주고 있는 가히 스승이라 할 만한 분이기 때문이다.

나는 프레데릭 교수에게 감사의 편지를 썼다. 그동안 조금씩 공부한 불어로 간단히 감사의 정을 표시하였다.

교수님, 소생의 그림을 사주시다니 정말 감사합니다.

소생의 그림을 가지고 싶으시다고 먼저 말씀하셨으면 기꺼이

기증하였을 것입니다. 다음 기회에는 먼저 말씀을 해 주십시오.

저를 용기백배하게 만든 그 소식을 듣고도 도불하지 못하는 이유는 저의 아버님의 병환 때문입니다. 교수님에게 보여드리기 위해 좀더 열심히 연구하고 그리겠습니다.   서울에서 현우 올림

프레데릭 교수의 답장이 왔다. 편지가 너무나 짧아 처음에는 조금 실망하였다.

현우, 서해안의 갯벌을 한번 보고 싶소.
한국의 여인들은 젊으나 늙으나 얼굴이 비슷합니다.
                              프레데릭

이 편지가 무엇을 말하는지 잘 짐작이 가지 않았다. 그림의 배경이 되었던 서해안의 갯벌을 한번 보고 싶다는 말은 이해할 만했다. 그러나 그 다음 말은 무슨 뜻일까. 한국의 여인들은 얼굴이 비슷하다! 거기다가 젊으나 늙으나… 그럼 그 할머니를 닮은 젊은 한국 여인이 교수의 주변에 있단 말인가. 그가 한국의 여인들의 얼굴을 그리 오래 연구했을 턱도 없을 것이다. 그렇다면 지금 그의 주변에 있는 젊은 한국 여인의 얼굴이 갯벌 할머니의 얼굴과 닮았다는 이야기인데, 그가 누구일까. 지금 파리미술학교에 한국인 학생들이 열명 정도 있다는 말을 들었다. 그 중에 여학생이 네 명이라고 한다. 나도 한 차례씩 만나본 적이 있었다. '여인'이라는 말을 붙이기에는 아직 이른 앳된 여학생들이었다. 그렇다면 혜란이와 미라일 텐데… 미라는 얼굴이 서구적으로 생겼다. 그럼 혜란이란 말인가… 그럼 내가 혜란의 얼굴을!

나는 스스로 놀라지 않을 수 없었다. 그제서야 나는 혜란과 실제로

모델이 되었던 할머니의 얼굴을 떠올려 비교해 보았다. 두 얼굴 사이에 비슷한 점이 있는 것 같기도 했지만 그렇지 않은 것 같기도 했다. 나는 적이 놀라지 않을 수 없었다. 나는 혜란을 생각하고 그 그림을 그린 적은 단 한 번도 없었기 때문이었다. 프레데릭 교수의 편지를 내가 너무 자의적으로 해석한 것은 아닐까.

나는 다시 한번 나의 그림을 머리에 떠올려보았다. 나를 쳐다보는 그 끝 간데없이 깊고 그윽한 눈길이 너무나 순수하다. 그것은 한국의 가을 하늘처럼 맑고 너무나 한국적이다. 이것은 분명 할머니의 눈이었다. 그러나 혜란의 눈도 그렇다는 말인가….

아버님은 석 달 정도의 입원치료 후 퇴원하셨다. 극도로 섭생에 조심하고 세심하게 건강에 유의하셨으나 이번에는 심근경색이 닥쳐 결국 운명하시고 말았다. 그렇게도 원하시던 맏아들의 결혼을 보지도 못하시고, 그렇게도 안아보시고 싶어 하시던 맏손주놈의 재롱도 받아보지 못하시고 핏줄이 막혀 굳어진 가슴을 끌어안으시고 청양집 과수원에서 운명하시었다.

나는 너무나 비통하여 몇 달간 식사를 할 수 없었다. 어른이 돌아가시더니 맏아들까지 죽는다고 어머니는 매일 눈물을 흘리셨다.

나는 하는 수 없이 직장에 휴직계를 내고 일 년을 쉬기로 하였다. 직장이 있는 강화도를 떠나 청양 집에서 휴양했다. 매일 나는 별채 거실에서 칠갑산 정상을 바라보며 그림을 그렸다. 칠갑산 자연휴양림에서 태현, 혜란과 지내던 겨울이 생각났다.

그리고 가끔 짬을 내어서 단풍으로 불타거나 눈 속에 깊이 깊이 파묻힌 연천 골짜기의 통나무집으로 가서 집안을 털어내고 며칠씩 묵으면서 그림을 그렸다. 병가로 휴직하였기 때문에 월급의 기본급이 지

급되었다. 나는 이러다가 영영 복직하지 않을는지도 모른다는 생각이
들었다. 붓을 들었을 때만이 내 영혼이 안온한 호흡을 하고 내면의 평
화를 느낄 수 있었기 때문이었다.

　연천 골짜기에서 그림을 그릴 때에는 곽 상사 패들이 눈구덩이를
헤치고 몰려와 밤새 막걸리를 마시면서 떠들다가 돌아가기도 했다.
나는 그들을 모델로 해서 그림을 그렸다. 「연천 골짜기의 막걸리 패거
리들」이란 제목을 붙이기도 했다.

　"야, 박가야. 너 군 생활 양구에서 했지?"

　"그럼, 5사단이잖아."

　"야 참 양구에 갔더니 서쪽 산 밑에 무슨 고성 같은 더럽게 큼직한
돌담집이 생겨서 무슨 집인가 했더니 말이야 무슨 그림 그리던 환쟁
이를 기념하는 기념관이래."

　"나두 가봤어. 박수근인가 뭔가 하는 환쟁이 말이야… 나 원 참!"

　"왜, 나 원 참이야? 그런 큰집 대통령하다가 죽어도 지어주지 않아.
박정희가 대통령 중에서도 제일 낫다고들 하는데 어디 박정희 기념관
같은 것이 있느냐! 환쟁이가 그리도 위대한 사람들인지 처음 알았
어… 우리 도련님과 여기 이 병장도 환쟁이잖어! 아마 여기 골짜기에
그 집보다 더한 기념관을 지을 거야!"

　"그래 위대해도 살아생전에 배고프다는 거잖아!"

　"다 그렇게 아니여… 환쟁이도 환쟁이 나름이여! 게중에는 더럽게
부자도 있다고 하던데…"

　일 년 휴직기간이 끝나갈 무렵 나는 그간의 완성된 그림들을 모아
인사동에서 개인전을 열었다. 내 나이 서른여섯이었다. 개인전 치고
는 조금 빠른 감이 있었지만 완성된 그림들을 계속 방구석에 처박아

둔 채 썩힐 수도 없었다.

　개인전은 뜻밖으로 호황이었다. 처음에는 관람객이 적었으나 날이 거듭될수록 찾아주는 사람들이 불어났다. 거기에는 나의 개인전을 다룬 신문기사의 영향도 있는 듯했다. 우연히 취제차 나의 개인전에 들른 어느 신문사의 미술담당 기자가 지나가는 말로 해외에서 그림이 팔린 적이 있느냐고 물었다. 한국현대화의 해외진출을 알아보려는 의도인 듯했다.

　"프랑스에 만 유로에 팔린 적이 있습니다."

　있었던 일을 없었다고 거짓말할 수도 없었다.

　"어떤 그림이었고, 사 간 사람은 누구였습니까? 전시회는 어디에서 열렸습니까?"

　기자의 5가 원칙에 의한 직업적인 질문이었다.

　"인천항을 그린 것이었고, 사 간 사람은 6 · 25 전쟁 때 인천상륙작전에 참전한 프랑스 해병대 함선의 부사령관 부인이라는 분이었고, 전시회에 걸려진 작품이 아니라, 프랑스에 유학중인 친구의 소개로 프랑스 화상이 자신의 화방에 걸어놓았다가 임자를 만난 것입니다."

　"인천상륙작전 시 프랑스 함선이 참전했다는 이야기는 처음 들었습니다."

　"200여 척 연합군 함선 중에 프랑스 함선도 한 척 참전했다고 합디다."

　이런 극히 사무적이고 실제적인 이야기가 신문을 탔던 것이다. '인천상륙전 참전 프랑스 함선 부선장 부인, 프랑스 유학 한국미술학도의 그림 만 유로에 구입하다' 등으로 대서특필 된 것이다. 기사거리를 찾아다니는 기자들의 눈은 일반인들의 그것과는 좀 다른 듯했다. 그 사실이 무슨 큰 기사거리가 되겠는가 하는 것이 나의 생각이었다. 그가 물어서 나는 실제의 이야기를 간단히 대답했을 뿐이었다.

전시된 서른 점 작품들의 3분의 2가 팔려나갔다. 갤러리 주인 이야기로는 아무리 대가라 해도 이런 호황을 본 적이 없다고들 했다.

나는 우울한 기분과 건강이 완전히 회복되지 않아 일 년 더 휴직하였다. 사립학교 같았으면 아마 불가능하였을 것이다. 그러나 나의 직장은 공립이었기 때문에 교원의 인사를 다루는 내규에만 맞으면 얼마든지 휴직할 수 있었다.

나는 청양집 별채를 증축하고 2층을 올렸다. 칠갑산 정상이 더 잘 보이도록 했다. 그리고 화실을 2층으로 옮겼다. 그리고 아래층에는 아버님 상청을 차려 2년 동안 매일 예를 차렸다. 요사이 세상에 그렇게 하는 사람이 없다고들 동생들과 주변 사람들이 다들 말렸으나 나와 어머니는 집안의 전통이라고 강행했다. 어머니와 나는 우리 윗대분들의 장례시 그렇게 하는 것을 죽 보아왔다.

나는 이제 서른여섯에 올라서 보니 마흔을 바라보는 나이가 되었다. 이제 나보고 무슨 선을 보라는 말 따위를 하는 사람조차도 없는 것 같다. 이제 저 사람은 혼자 늙어죽을 사람으로 취급하는 것 같았다.

태현은 뜻밖으로 알베르틴 할머니의 양아들로 입적이 되었다. 그녀의 간절한 요청을 차마 거절할 수 없었다는 것이다. 할머니 자신 그림에 소양이 있는 데다가 죽은 남편의 한국에 대한 애착심등이 작용하였을 것이다. 내가 오랫동안 도불하지 않아 할머니의 머릿속에서는 나 대신 태현이의 그림 세계가 들어앉은 것 같았다.

그래서 태현 부부는 알베르틴 할머니댁으로 입주해 살고 있었다.

사정이 이렇게 되니 이제 나의 적은 도움도 소문 없이 중단되었다.

그렇게 자주 갈 것 같던 프랑스도 나는 근 5년간 가지 못했다. 프랑스에 가려고 수속까지 다 해놓았다가도 왠지 내키지 않아 취소한 것이 두 번이었다. 그냥 그림을 그려서 미라와 프레데릭 교수에게 보낼 뿐이었다. 그 그림들은 화상으로 연결되어 팔리기도 하고 그냥 되돌아오기도 했다. 간다 간다 하면서 가지 못하는 프랑스, 내 친구 태현이 프랑스 국적을 획득하여 살고 있는 곳이다. 그런데 나는 그곳에 왜 가고 싶지 않은 것일까. 나도 잘 모를 일이다. 그것은 내가 결혼을 한다 한다 하면서 하지 못하는 것과도 비슷한 것 같았다. 특별한 이유가 있는 것 같지도 않은데 그냥 그러고 있다.

오히려 프레데릭 교수와 태현이가 한국을 한 차례 방문하였다. 태현이는 혜란이가 아르바이트를 하느라고 같이 올 시간이 없었다고 했다. 그가 귀국했을 때가 마침 크리스마스를 전후해서였다. 십여 년 만에 화이트크리스마스를 맞았다고들 언론에서 떠들어댈 때였다.

태현은 눈 덮인 나의 청양집과 연천 골짜기집에서 나와 근 한 달 가량 체류하면서 수많은 대화를 나누고 돌아갔다. 특히 연천 통나무집에서의 그와의 한 이주일간의 체류는 정말 환상적이었다. 어머니가 해 주시는 밥을 얻어먹으면서 수많은 대화를 나누었다.

"현우야, 어머니가 저렇게 연로하신데 밥을 얻어먹어서 되겠니?"

"그러게 말이야, 나도 찾고 있어… 어디선가 참한 신붓감이 나타나겠지 뭐…"

프레데릭 교수는 나의 직장이 있는 강화도에 와서 실제 갯벌을 한참 감상하고 돌아갔다. 태현이도 강화도 갯벌을 보고 싶다고 하였고, 그 할머니가 실제 인물이라면 한번 만나보고 싶다는 말을 했다. 그림으로 보아야 의미가 있지 실제 인물을 보고서는 실망하는 것이 사실이다.

태현은 할머니를 만나고 나서 깊은 상념에 젖는 눈치였다.

그들이 돌아가고 나니 한결 더한 고독감이 나를 엄습해왔다.

그럴 때면 나는 어머니를 모시고 연천 골짜기 통나무집으로 가기가 일쑤이다. 거기서 여름과 겨울을 나면서 나는 그림에 열중하곤 했다.

작년에 이어 올해 겨울에는 더한 폭설이 내렸다. 골짜기 전체가 눈에 갇혀버렸다. 나는 어머니의 수발을 받으며 눈구덩이 속에서 그림을 그렸다. 이제 나는 그림을 그리면 보낼 데가 있었고, 전시에도 어느 정도 자신감 같은 것이 생겼다.

눈 덮인 골짜기는 나에게 무한한 위무와 상상의 세계를 선사하였다. 나는 밤 새워 그림을 그렸다. 나는 어느덧 연천 골짜기집을 나의 여름 겨울 작업실로 쓰고 있었다.

그런데 어느 날, 점심을 짓고 계시던 어머니께서 누가 날 찾아왔다고 하시면서 내 화실로 들어오셨다. 알만한 사람이라면서 나가 보라고 했다. 화실 유리문을 통해 눈이 하염없이 뿌려지고 있는 마당을 내려다보았더니 아니 이게 누군가. 혜란이가 흐린 하늘과 눈발로 한껏 깊어진 마당의 공간 속에 큼직한 트렁크를 들고 서 있는 게 아닌가. 나는 너무나 놀랐다. 현관문을 열고 마구 뛰어나갔다.

"혜란아 —"

"현우야 —"

"네가 어찌…?"

"태현이가 너에게 가서 오지 말래… 태현이 비행장까지 나와 주었어… 아흐흐흐흐."

“어어어어어…”
혜란을 얼싸안은 나의 두 눈에서는 뜨거운 눈물이 마구 쏟아졌다.

사신(私信)의 형식으로 쓴 『설향』의 독법

-정소성 형에게

권영민(서울대 교수, 문학평론가)

1

정소성 형!

신작소설 『설향』의 원고를 세 번이나 되풀이하여 읽었습니다.

젊었던 시절 형의 화제작 『천년을 내리는 눈』, 『슬픈 귀국』, 『아테네 가는 배』 등을 읽었던 당시의 긴장을 기대하지는 않았지만, 문학에 대한 형의 믿음이 변함없다는 사실을 확인할 수 있었습니다. 장편소설 『설향』은 젊음의 이야기입니다. 우리에게는 좀 거리가 있는 것이지만, 여기서 젊음이란 단순한 세대적 감각만을 의미하는 것은 아니라고 생각합니다. 독자들도 쉽게 알아차리겠지만 이 소설은 미술대학을 졸업한 남녀 주인공들의 제 길 찾기의 과정을 서사의 주축으로 삼고 있어요. 물론 형은 소설적 기법을 최대한 살려 예술에 대한 열정과 연애의 욕망을 이 서사의 과정에 교묘하게 교차시키면서 이야기의 긴장을 이어갑니다. 사랑이라는 이름으로 설명해야 하는 마음의 행로를 여기서 제외할 수 없을 듯합니다. 새로운 예술을 향한 도전에는 좌절도 있고 실패도 있지만 자기 욕망을 따라가고자 하는 힘이 그 저변에 작용한다는 사실을 발견한 것도 기분 좋은 일입니다. 그래서 나는 무엇보다도 중요한 것은 이 소설의 이야기 자체가 보여주는 젊음의 감각이라고 내세우고 싶습니다.

2

젊음이란 아름답지만 늘 충동적이다. 이러한 점에서 나는 소설 『설향』의 이야기에 공감한다. 자기 파괴적이라고 할 정도로 격정적이면서도 때로는 거기에 망설임이 또한 덧붙여지기 때문이다. 이 소설에서 그려내고 있듯이 젊음이란 거기에 포함되는 가장 격렬한 여러 가지 파격의 장면들을 빼놓고는 이해하기 어렵다.

열 한 개의 꼭지로 구성되어 있는 이 소설의 이야기에서 서사의 진행을 주도하고 있는 것은 일인칭시점 인물로 내세워 놓고있는 '현우'라는 인물이다. 모든 삽화들은 현우(나)의 관점에서 묘사되고 그 전후 관계가 설명된다. '나'는 미술대학 시절의 친구인 '혜란'을 상대역으로 내세우면서 그 중심서사의 주변에 '태현'과 '미라'라는 남녀를 병치시켜 놓고 있다. 그러므로 소설의 이야기는 자연스럽게 네 사람의 관계를 중심으로 이어진다.

화가를 꿈꾸는 네 사람의 젊은이들은 모두가 특이한 개성을 지니고 있다. 현우는 사려깊은 모범생처럼 그려진다. 예술이라든지 생이라든지 하는 것에 대한 진지성이 이 인물에게서 느껴진다. 현우는 자기 욕망을 적절하게 자제하고 자연스럽게 친구인 혜란과 가까워진다. 즉흥적인 행동보다 상대방을 배려할 줄 아는 그에게 싹트는 사랑의 감정은 오히려 순수하게 느껴질 정도이다. 현우의 삶은 어떤 면에서 매우 현실적이라고 할 수 있을 것 같다. 친구인 태현을 위한 배려와 깊은 우정도 그렇고 군대를 제대한 후에 그가 선택한 미술교사의 길도 평범한 자기 선택처럼 보이기 때문이다. 그러나 그는 자기 내면 깊이 삶과 예술에 대한 진정성을 키워나간다. 젊은 독자들에게는 불만스럽게 보일 수도 있지만 이 삶의 진정성이 그의 행동에 균형을 부여하고 있다. 혜란의 경우는 이같은 현우의 성격과 그런대로 어울린다고 할 수 있다. 혜란에 대한 현우의 태도는 친구로서 또는 미술의 길을 걸어가는 예술적 동반자로서 가질 수 있는 감정을 넘어선다. 혜란은 한 사람의 여성으로서 현우의 마음속에 자리 잡게 되지만 두 사람은 서로에게 그 감정을 제대로 전달하지 못하고 있다. 그러기에 혜란은 현우가 군대생활을 거치는 동안 다른 남성과 결혼하기도 했고, 남편과 사별하는 고통을 겪으면서 다시 파리로 떠나 미술의 세계에서 자신의 길을 찾는다. 이 소설의 결말에서야 비로소 가능해지는 두 사람의 결합은 너무 늦어 보이지만 결코 그 선택 자체가 이미 운명적으로 예정되었던 것처럼 보일 정도다. 나는 사실 이런 식의 이야기의 귀결에 불만이다. 너무 짜 맞춰진 것처럼 그렇게 결말이 이루어지고 있기 때문이다.

현우와 혜란의 경우에서 볼 수 있는 젊음과 그 충동은 삶의 현실에서 요구되는 여러 가지 요건들을 결코 외면하지 않는다. 그러나 태현과 미라의 경우에는 이와 다른 변수들이 작용한다. 태현은 정치를 꿈꾸는 장교 출신 아버지와는 다른 섬약한 예술가 지망생이다. 태현은 미술공부를 하면서 욕망에 따라 행동하기 때문에 자기중심적이기도 하지만, 내성적이면서도 자유롭고, 충동적이면서도 진취적인 특징도 함께 보여준다. 어떤 면에서 이러한 기질은 미라의 경우와 상통한다. 두 사람이 보여주는 일탈된 행동과 기질이야말로 현우와 혜란에 비해 훨씬 예술가적이라고 말할 수도 있을 것 같다. 태현의 부친은 국회의원 선거에서 낙선한 후 막대한 선거 비용으로 재산을 날리고 파산지경에 병을 얻어 세상을 떠나는 것으로 설정되어 있다. 태현은 이 같은 현실적 고통을 스스로 자신의 몫으로 받아들이고 외부 세계와 단절한 채로 칩거한다. 그는 오직 자신에게 밀려드는 시련을 오직 예술적 욕망을 불태우면서 감내하고자 한다. 미라의 경우는 대학시절 파리로 연수를 떠났다가 거기서 만난 프랑스 남성과 동거하면서 새로운 세계에 도전한다. 미라는 그 자유분방함 자체를 자신의 미술에 대한 예술적 욕망으로 바꿈으로써, 결국 대학시절의 친구인 태현에게 새로운 예술가의 길을 열어주고 현우와 혜란에게도 파리에서의 새로운 삶을 가능하게 하는 매개적 역할을 담당한다.

그런데 소설 『설향』의 이야기 자체는 이 젊은이들의 육체적 욕망과 사랑, 예술적인 야망과 성취 사이에 역동성을 보여주지는 못한다. 물론 이야기의 배경 자체가 당대적 상황과는 일정한 시간적 거리를 두고 있다는 것이 근본적인 이유이긴 하지만 서사의 진행 자체가 완만하고 차분하다는 점을 지적해 둘 필요가 있다. 정적(靜的)이라고 할 만큼 밋밋하게 느껴지기도 하는 이들의 행동은 지나치게 정직하다. 바로 이러한 특징 때문에 요즘의 젊은이들이 보여주는 일탈과 파격에 미치지 못한다. 하지만 그 속에 무게를 더해주는 삶에 대한 진정성이 담겨져 있다는 점을 놓쳐서는 안된다.

3

　소설 『설향』의 독법 가운데 가장 힘들여야 할 것이 사랑과 예술의 의미를 결합시켜 가는 일종의 '성장소설'로서의 속성이다. 이 소설의 이야기는 주인공인 현우의 경우를 중심으로 할 경우 크게 두 단계로 나누어지는 삶의 과정을 거치고 있다. 하나는 대학생활이고 다른 하나는 군대생활이다. 이 두 단계의 과정은 소설 속의 이야기에서도 전반부와 후반부의 중심 내용을 각각 차지한다. 그 상황이 집단적인 것이면서도 전혀 다른 조건들로 채워진다.

　이 소설에서 전반부를 차지하고 있는 등장인물들의 대학생활은 사랑의 의미와 예술의 정신에 대해 막연한 환상과 충동을 보여주는 시기이다. 이 단계에서 볼 수 있는 인물의 갈등과 방황은 대체로 그 원인이 외부적 현실과의 부조화에서 오는 것이라기보다는 자기 내면의 욕망과 그 충동에서 찾아진다. 이들은 사랑에 대해서도 어떤 확신을 지니지 못하고 있으며 새로운 예술에 대한 갈망도 막연한 동경 이상의 의미를 지니지 못한다. 이들의 행동 속에서 간간이 드러나는 일탈은 개인적 충동의 결과이긴 하지만 젊음의 시대에 겪게 되는 하나의 고통과 시련이라고 말할 수 있다. 젊음의 시대는 언제라도 이념과 현실의 간격, 개인적 욕망과 그 좌절 등으로 점철되며, 그 갈등이 충동 속에서 더욱 격렬해지고 방황의 몸부림으로 연결되기 마련이다.

　소설 『설향』은 젊음의 이야기답게 연애의 서사를 중시한다. 이 소설을 젊은 미술학도들의 자잘한 연애담으로 읽어도 무리가 아니다. 그러나 이 소설의 연애는 자신의 상대를 찾아가는 과정에서 겪게 되는 사랑의 배반이라든지 갈등과 같은 극적인 요소가 드러나지 않는

다. 시점인물인 현우에게 처음부터 그 상대역으로 혜란이라는 여성이 노출되어 있으며 태현과 미라 역시 비슷하게 연결되어 있다. 그러므로 이들은 소설의 결말에서 그 결합이 예정되어 있던 것처럼 그렇게 한데 만나게 된다. 그러나 현우와 혜란, 태현과 미라의 결합은 서로의 사랑에 대한 어떤 확신을 가질 수 있게 되기까지는 적지 않은 곡절이 숨겨져 있다.

그런데 이 소설의 시점인물인 현우의 경우는 자신에게 다가오는 모든 문제들을 외면하지 않고 거기서 비롯되는 고통과 시련을 견디면서 끊임없이 자기 확인의 노력을 지속하고 있는 것이 특징적이다. 그는 고통을 내면화하고 갈등을 넘어서는 하나의 방법으로서 주어진 상황을 외면하거나 회피하는 것이 아니라 자신에게 충실하면서 모든 조건을 감내한다. 그리고 이러한 과정 속에서 삶의 현실에 대한 새로운 인식의 단계에 올라설 수 있게 되는 것이다. 그러므로 현우라는 특이한 개성을 통해 차분하게 전개되는 자기의 발견, 새로운 삶의 가능성에 대한 추구, 삶의 가치에 대한 인식은 이 소설의 핵심에 해당된다.

소설 『설향』의 등장인물들이 이야기를 통해 보여주고 있는 삶의 과정은 곧 개인적인 자기 성장의 단계에 해당한다. 그러므로 이 소설에서 발견되는 운명적 개별성이 사실은 이 시대를 살고 있는 모든 젊은 이들에게 의미있는 삶의 과정으로 읽힐 수 있다는 가능성을 갖고 있다. 자신의 운명의 막바지까지 달려갈 수 있는 인간이란 현실 속에서는 그리 많지 않지만, 우리는 그 가능성을 믿고 있기 때문에 소설 『설향』이 보여주는 젊음의 방황과 그 의미를 더욱 높이 평가할 수 있는 것이다.

인간의 삶의 과정에서 문제가 되는 참된 의미의 성장이란 끊임없는 자기 탐색의 과정과 통한다. 여기서 말하는 탐색이란 잃어버린 옷깃의 단추를 찾는 것과 같은 일은 아니다. 탐색한다는 것은 어디까지나 인간이 아직껏 경험하지 못한 어떤 대상에 대한 추구를 뜻한다고 할 수 있다. 소설 『설향』의 주인공들이 보여주는 모든 행동은 결코 자신들이 겪었던 과거의 체험을 되풀이하지는 않는다. 비록 그것이 어떤 우연의 법칙에 의해 그런 식으로 이어지고 있는 것처럼 보인다 하더라도 모든 일들은 항상 변화를 보이게 마련이다. 작가 정소성은 『설향』을 통해 끝없이 열려있는 예술적 신념에 매달려 자기 삶에 충실하고자 하는 젊음의 모습을 보여주고자 한다. 이 젊음의 도전은 미지의 세계로 뻗쳐 있는 길과 같은 것이다. 그리고 그 길은 비록 목적지가 보이지 않더라도 언제나 그 자체로서 확실한 방향으로 고정되는 것이다. 이러한 의미에서 볼 때 소설 『설향』의 이야기는 비록 고통스런 방황의 과정이긴 하지만 더 큰 것을 향한 탐색의 길과 통한다는 사실을 확인할 수 있다.

4

정소성 형!

형의 신작 장편소설 『설향』을 읽는 독자들에게 나는 형의 소설 『천년을 내리는 눈』, 『슬픈 귀국』, 『아테네 가는 배』 등을 한번 펼쳐보라고 권하고 싶습니다. 이 작품들을 발표하던 시절 형의 어눌한 음성과 진지한 눈빛은 온통 문학에 대한 신념으로 가득 차 있었지만 나는 용케도 거기서 현실에 대한 환멸이 그 가운데에 깔려있다는 것을 느꼈었다고 할 수 있습니다. 이 작품들은 사건의 인과적 해석을 거부하고 플롯의 원칙을 파괴하는 데에서 새로운 소설 미학의 가능성을 제시해 놓았다고 나는 생각합니다. 형은 언제나 예정된 해석을 뒤로한 채, 해석되지 않는 인간적 진실을 찾고자 했습니다. 이같은 형의 작가적 노력이 소설적 세계의 새로운 차원을 넘나들고 있었다는 것만으로도, 형의 소설을 읽은 독자들에게는 신선한 충격이었습니다.

나는 『설향』을 읽으면서 군데군데 『천년을 내리는 눈』의 공간 속으로 들어가 보기도 했고, 『슬픈 귀국』과 『아테네 가는 배』에서 소설구조의 추상성을 구체적 현실로 형상화하고 있는 '길'을 찾기도 했습니다. 형은 언제나 소설이야말로 인간의 삶의 '길'이라는 사실을 외면하지 않았습니다. 『설향』에서도 그 '길'은 현실이며 삶의 과정입니다. 그리고 동시에 소설의 내적 형식으로서 그 구조를 드러내는 골격에 해당된다고 할 수 있습니다. 그러므로 그 '길'은 소설 속의 주인공들이 가지 않으면 아니 되는 운명의 '길'에 해당합니다. 『설향』의 이야기 속에는 주인공들이 도달해야만 하는 귀착점도 암시되어 있으며, 출발점의 의미도 드러나 있습니다. 그러나 이 운명의 '길'은 어떤 가능성의 의미만을 어렴풋하게 드러낼 뿐, 결코 명확한 도정과 그 귀착점을 보여주지 않습니다. 가야만 하는 '길'이지만, 그 '길'에서 맞닿는 목표란 막연한 가능성의 상태로 암시되고 있을 뿐입니다. 바로 여기서 소설의 주인공들이 앞으로 겪어야 할 운명적인 삶이 더 복잡하게 전개되리라는 것을 예상하게 됩니다. 좀 더 사려깊은 독자라면 그 운명적인 길에 자신도 포함되어 있음을 알아차릴 수 있지 않겠습니까?

정소성 형!

형은 소설이라는 것이 이미 확정되어 있는 세계, 체험된 세계를 보여주는 것만으로 만족될 수 없다는 점을 우리 독자들에게 늘 강조해 왔습니다. 삶의 과정에서 미지의 세계를 조심스럽게 밟아가는 것처럼, 소설의 세계도 그렇게 체험되어야 한다고 주장하던 형의 목소리가 지금도 귀에 울립니다. 나는 그것이 바로 소설을 통한 생의 창조이며, 발견을 뜻하는 것이라는 점에 지금도 공감하고 있습니다. 이제 초로(初老)의 단계에 접어들고 있는 내가 형과 함께 소설에 대한 고정관념을 벗어날 수 있도록 독자들 앞에 서 있어야 하는 이유도 『설향』을 통해 다시 절감합니다.

설향(雪鄕)

2012년 2월 27일 초판 1쇄 펴냄
2014년 10월 10일 초판 2쇄 펴냄

지은이 _ 정소성
펴낸이 _ 양문규
펴낸곳 _ 詩와에세이

신고번호 _ 제319-2005-000014호
주소 _ (120-865) 서울시 서대문구 북아현로16길 7 세방그랜빌 2층
대표전화 _ (02)324-7653, 070-8877-7653
팩시밀리 _ 0505-116-7653
휴대전화 _ 010-5355-7565
전자우편 _ sie2005@naver.com
공 급 처 _ 한국출판협동조합
주문전화 _ (070)7119-1741~2
팩시밀리 _ (031)944-8234~6

ⓒ정소성, 2012
ISBN 978-89-92470-71-1 03810